Philippe Horvat

Le Peuple du Sel

Philippe Horvat

Le Peuple du Sel

Ceux qui Sont Debout/1

www.ceux-qui-sont-debout.fr

Éditeur : BoD-Books on Demand, 12/14 rond point des Champs
Élysées, 75008 Paris, France
Impression : BoD-Books on Demand, Norderstedt, Allemagne

ISBN : 978-2-322-15678-8
© Philippe Horvat

Dépôt légal : mai 2017

à Fanfan

Avertissement

Ami lecteur, ce livre raconte les aventures de nos très lointains ancêtres, alors qu'ils étaient encore très primitifs, bien longtemps avant ceux qui ont peuplé, il y a trente mille ans, les cavernes d'Europe.

Ils n'étaient peut-être pas encore tout à fait des hommes, mais ils n'étaient plus des singes.

Ils ne connaissaient ni les silex taillés, ni le feu, ni le tannage des peaux. Ils ne savaient pas compter les jours, ils n'avaient pas de récipients pour transporter l'eau, pas de huttes, et leurs enfants ignoraient même qu'ils avaient un père.

Pourtant, ils parlaient avec des mots et des gestes, ils pensaient, ils aimaient et faisaient des projets.

Ils vivaient dans ce qui s'appelle aujourd'hui l'Ethiopie, il y a peut-être quatre millions d'années, deux millions d'années après que notre lignée se soit séparée de celle du chimpanzé.

Une mer moribonde qui les a nourri s'assèche, et les oblige à un périple à travers un paysage de lacs et de volcans.

Le roman Le Peuple du Sel est basé sur la Théorie du Primate Aquatique. Celle-ci propose que, pour des raisons climatiques, nos ancêtres directs ont été, pour survivre, obligés de s'adapter à un milieu semi-aquatique, contrairement à leurs cousins chimpanzés qui sont restés dans la forêt.

La vie dans l'eau les a fait acquérir la station debout, perdre leur pelage, apprendre à vocaliser pour mieux communiquer dans un milieu où les gestes et les postures sont inopérants.

Plus tard, ils ont reconquis la terre ferme et sont devenus… nous.

Le voyageur

Rêve-d'Ailleurs voyage depuis un nombre de jours qu'il est incapable de compter. Il a quitté Ceux-des-Collines, tout là-bas, au bord du Lac-de-la-Tourbière, dans l'incompréhension de tous, poussé par le besoin d'aventure, le goût du risque, la curiosité, et les légendes racontées par les anciennes de la horde.

En descendant la rivière, disaient les aïeules de leurs aïeules, on trouve, très loin, une immensité d'eau qui n'étanche pas la soif, et qui est peuplée d'animaux oubliés. Ce qu'on peut y manger a un goût fort et merveilleux.

Rêve-d'Ailleurs est parti seul, laissant la proximité rassurante de la horde, pour braver les dangers de la rivière, affronter la solitude et les bêtes dévorantes. Il a essayé de convaincre Longs-Cheveux de le suivre, a insisté, imploré, mais elle est restée avec Ceux-des-Collines, suivant les injonctions de sa mère. Il est alors parti seul, têtu et fâché, sans se retourner.

Rêve-d'Ailleurs a laissé les siens depuis de longs jours, et pour lui, la mémoire du monde qu'il a quitté s'estompe déjà, se cristallise sur des tableaux précis, des images. Sa horde, Ceux-qui-sont-Debout, comme ils s'appellent eux-mêmes, l'ont quant à eux presque oublié, comme si le temps et la distance l'avaient effacé. Il progresse lentement, précautionneusement, le plus souvent le matin et le soir, pour éviter la grande chaleur, longeant le courant lorsque les bancs de sable sont trop nombreux ou que des rapides précipitent les eaux dans des tourbillons dangereux. Sur les tronçons de rivière plus calmes, il préfère nager, en évitant de déranger les petits crocodiles qui paressent sur les berges. Aux heures les plus chaudes, il somnole à l'ombre. La nuit il trouve un îlot au milieu du fleuve, ou à défaut un repli de terrain où se cacher, un surplomb de la berge, tout près de l'eau, pour pouvoir plus facilement fuir lorsqu'un danger le menace.

Pour se nourrir, il ramasse des fruits et des végétaux sur les berges, capture des écrevisses en remontant les petits affluents, ramasse les poissons échoués ou malades.

La rivière traverse des forêts semblables à celles qui environnent les lacs de son enfance, mais aussi des étendues herbeuses entrecoupées de rares arbres rabougris, où les berges n'offrent que peu de ressources. Rêve-d'Ailleurs entrevoit des troupeaux qui paissent sur ces grands espaces. Il se laisse alors emporter par le courant.

Par endroit, l'eau se fraie un passage entre les flancs rapprochés d'une gorge, où le courant accélère et où il devient impossible d'accoster. Alors Rêve-d'Ailleurs, pris de crainte, se maintient au milieu de la rivière pour ne pas être déchiqueté sur les berges par les rochers pointus.

Au fil des jours, la solitude devient plus pesante, et une sourde tristesse le gagne. Le souvenir des abris où il pouvait se blottir près des siens se fait plus brumeux, mais plus douloureux. L'image de Longs-Cheveux, de ses yeux sombres et de sa peau noire et satinée le poursuit. Peu à peu, la nostalgie et la pesante solitude lui font regretter d'avoir quitté la sécurité de la horde. Chaque matin, lorsque le soleil fait miroiter la surface de l'eau et que la brume se lève, lorsque les rochers sont froids et moites, il hésite à rebrousser chemin, puis, comme dans un second réveil, se secoue, se redresse et poursuit.

Après de longs jours monotones de descente entre des rives boisées, un jour, le vent qui souffle du côté du soleil naissant lui apporte une odeur insolite. Au fil de la descente, les effluves forcissent, imprègnent l'air d'un parfum iodé.

Rêve-d'Ailleurs sent confusément un changement, subtil et prenant, dans l'atmosphère. Une promesse de nouveauté qu'il ne comprend pas. Des oiseaux blancs et noirs, qu'il n'avait jamais vus, remontent la rivière, au ras de l'eau, redescendent.

Le lendemain, plus loin sur le courant, une rumeur étrange et permanente, comme un léger grondement, peu à peu remplit le monde qu'il découvre.

La rivière devient alors de plus en plus paresseuse, serpente, se divise en bras fangeux, qui traversent une forêt inondée, dont les arbres plongent des racines ramifiées dans une eau presque opaque. Au-dessus, les cimes des arbres entrelacés, au feuillage épais et oppressant, ne laissent filtrer qu'une lumière tamisée qui tombe en rais dorés sur le clapotis de l'eau sombre. Une odeur prenante et inconnue, entêtante, lourde, envahit l'ombre de la forêt.

Rêve-d'Ailleurs hésite, anxieux, inquiet. Il remonte alors un peu le courant, jusqu'à un petit affluent qu'il découvre sur la berge opposée, presque caché sous les branchages qui le surplombent jusqu'à pendre au ras de l'eau. Il suit le ruisseau d'eau claire qui bientôt traverse une forêt plus aérée, plus rassurante. Dans les arbres, très haut, des singes noirs circulent de branche en branche.

Sur la berge boisée, des végétaux piétinés témoignent du passage répété de nombreux animaux. Sur une rive boueuse, plus loin, son regard est attiré par des traces imprimées dans l'argile. Son esprit a du mal à accepter ce que ses yeux découvrent : Des pieds familiers, ceux d'une horde de ses semblables, ont marché au bord de l'eau. Il s'immobilise, interdit. Saisi par une émotion qui le bouleverse.

La piste de ceux qu'il ne connait pas longe le ruisseau. Les empreintes lui montrent que les inconnus ont circulé dans les deux sens. La piste s'arrête à hauteur d'un méandre caillouteux où l'on peut boire, et où les traces se superposent. Puis elle repart vers l'amont.

Rêve-d'Ailleurs, tout remué par sa découverte, suit la piste, qui plus loin encore bifurque vers un promontoire. Le bruit grave, la rumeur, où il distingue maintenant comme les grognements lointains d'un orage, et l'odeur étrange se font plus insistants. Il s'arrête, hume la brise, les narines frémissantes.

Le crabe

La fin de journée est douce. Une brise légère et iodée pousse, tout là-haut, des plumets de nuages cotonneux. L'ombre plus fraîche des rochers s'est allongée sur le sable, barrant la bande humide inondée par la marée haute. Entre les débris de coquillages, les carapaces de crustacés pourrissantes et les bois flottés blanchâtres comme des ossements, sur un grand rocher plat surélevé, encore tiède, Deux-Doigts somnole dans la tranquillité du jour qui tombe, sa tête posée sur son bras replié, l'autre bras, celui de sa main mutilée, étendu sur la roche grise. Le bruit du ressac au pied du promontoire, là-bas, berce sa rêverie paresseuse.

Dans son ventre rebondi, sous sa peau lisse, noire et satinée, elle perçoit les tressaillements de l'enfant à venir. Sous ses paupières baissées, derrière ses longs cils et la cascade de cheveux noirs bouclés, mêlés de sable et de sel, qui pend en désordre sur son visage, la brise fait du monde un kaléidoscope de lumières orangées.

Dans le temps immobile, comme suspendu, dans la douceur du moment, elle rêve à la horde, aux temps anciens évoqués par les vieux, lorsque ses pareils peuplaient les nombreuses grottes de la côte, jusqu'à des jours de nage.

Elle pense aux compagnons de la horde, joueurs et facétieux, tendres et vigoureux, qui, depuis qu'elle saigne à chaque lune, lui ont appris l'extase. A ce premier enfant qu'elle porte, petite vie fragile qui saura peut-être survivre.

A la limite du perceptible, quelque chose de vague trouble maintenant sa somnolence. Une ombre fugitive, changeante, insaisissable, passe maintenant devant ses paupières closes. Revient. Repasse. Petit à petit, Deux-Doigts s'extrait de sa rêverie, ouvre un œil au blanc très blanc, à l'iris très noir. Puis l'autre.

Une pince nacrée et dentelée, moirée de reflets orangés, s'ouvre et se referme mécaniquement, tout près, devant ses yeux.

Comme un coup de tonnerre inattendu, l'horreur déferle instantanément sur Deux-Doigts, qui sursaute, se contracte, hurle et se relève, le cœur battant à une cadence affolante, la respiration oppressée. Elle est maintenant debout, les deux mains devant sa bouche, les genoux tremblants, les yeux hagards, une sueur glacée dans son dos.

Plus loin, des interjections fusent de Ceux-de-la-Mer qui paressaient, épars, sur les rochers.

Par petits groupes, ils accourent maintenant, ameutés par les cris hystériques de Deux-Doigts. Le crabe qui s'est immobilisé, comme interdit, est prestement écrasé sous un galet. Deux-Doigts, blottie dans les vieux bras décharnés d'Oeil-Blanc, la mère de sa mère, sanglote, à grosses larmes qui roulent sur ses joues noires et rondes et ses lèvres épaisses, pareilles à la pulpe vermeille d'un fruit entr'ouvert.

Le Gaucher, accouru avec les autres, d'abord alarmé, maintenant pragmatique, ramasse le crabe désarticulé, à la carapace rompue, et, gourmand, les yeux brillants de plaisir, indifférent à la détresse de Deux-Doigts, extrait de son index habile la chair délicate, qui disparaît dans sa bouche avide aux dents jaunes.

Deux-Doigts, soutenue par les femelles qui lui tapotent le dos, s'éloigne à pas incertains, encore toute remuée de l'événement.

Cette nuit, dans la grande grotte, en haut de l'escarpement, serrée contre les siens dans l'obscurité, elle repassera inlassablement, sur l'écran de ses paupières closes, l'horreur des crabes qui mangent les enfants de Ceux-de-la-Mer. Ceux qui ont dévoré ses doigts manquants quand elle était encore petite et sans défense, et que sa mère était allée ramasser des coquillages sur la grève.

Elle revivra la répulsion instinctive, la phobie archaïque et irrépressible de toutes celles de la horde pour les bêtes articulées qui parcourent les rochers, s'insinuent partout, mordent les petits de son peuple.

La pêche

Le soleil encore chaud est déjà bas au-dessus de la cime des arbres. Le ciel immense, d'un bleu intense, est vide de tous nuages. La canopée retentit des cris, proches ou lointains, des oiseaux et des disputes des singes, du foisonnement de tout ce qui vit et qui bouge, qui dévore ou est dévoré.

A l'opposé, au loin, à l'horizon, du côté du soleil naissant, dans la trouée déchiquetée entre les rochers, la mer et le ciel se fondent dans une purée incertaine de brume et d'embruns.

Ceux-de-la-Mer sont tous là, autour d'une arène rocheuse, un bassin vaguement circulaire, ceinturée de blocs irréguliers, adossée à l'escarpement, qui communique avec la mer par un étroit goulet.

Tout autour de l'arène saumâtre faite de mares peu profondes et de pierraille, Ceux-de-la-Mer attendent, par petits groupes, en silence. Ils ont progressivement quitté les coins d'ombre où ils patientaient depuis le milieu du jour, dans la chaleur étouffante, pour s'approcher peu à peu des mares. Ils sont là, passifs, certains assis sur un rocher, les pieds dans l'eau, d'autres accroupis. Les mères serrent leur petit sur leur ventre. Certaines, de temps en temps, poussent d'un doigt noir la pointe d'un sein entre les petites lèvres rebondies. Des adolescents jouent avec des cailloux, sans conviction, d'un air absent. De temps en temps, un assoiffé se lève doucement, étire ses bras en plissant ses yeux, déplie ses jambes ankylosées, et s'éloigne d'un pas balancé en longeant la paroi, vers la lisière de la forêt, en direction du ruisseau, pour y boire de l'eau douce. Puis il revient s'assoir, quelques instants plus tard, invariablement, au même endroit. L'un ou l'autre s'absente pour déféquer dans les broussailles, un peu plus haut, revient à son poste. Un bref échange s'ensuit, d'interjections et de regards interrogateurs : Non, rien n'a changé, on attend toujours.

Au fond de l'eau peu profonde de l'arène que délimitent les rochers noirs, glissants et gluants d'algues, entre les pierres, le sable sale grouille de mollusques, et de bestioles qui se fraient un chemin entre des coquillages brisés. Un autre jour ils se seraient affairés à ramasser toute cette nourriture facile, mais là, sous le soleil, aujourd'hui, indifférents à ces friandises, Ceux-de-la-Mer, patients, attendent.

Dans la lumière déjà dorée du soir, on aperçoit là-haut les trois guetteuses, inconfortablement accroupies sur les arêtes du rocher, entre les fientes des oiseaux de mer et les débris de nids. Elles scrutent la mer, entre la côte et le chapelet d'îlots bas qui émergent des flots écumants.

Soudain l'une d'elle, la plus jeune, celle dont les mamelles sont encore haut perchées, se redresse, soudain alerte, fronce les sourcils, pointe de l'index vers l'horizon. Un appel, un autre, toutes les têtes se lèvent.

Une onde d'excitation et d'anticipation parcourt la horde. Les nourrissons potelés agrippent plus fermement la longue chevelure noire des mères, et les regards se tournent vers le large, les yeux se plissent dans la tentative de voir au loin. Ceux-de-la-Mer restés au fond de l'arène ne voient rien encore, mais les guetteuses ont donné le signal : Les dauphins arrivent. Des coups de coude s'échangent, des regards entendus. Patients mais inquiets, tous font toutefois silence, tendent l'oreille, dans l'espoir d'entendre, derrière les jacassements de la forêt et la rumeur de la mer, le chant des dauphins, Ceux-Sans-Jambes, le peuple du large.

L'attente se poursuit, mais l'ambiance a subtilement changé. La faim, la gourmandise, l'impatience se sont réveillées. Ils sont maintenant tous au ras de l'eau, et les trois guetteuses sont précautionneusement redescendues, en empruntant les fissures étroites de la paroi rocheuse.

Le temps s'étire jusqu'à ce que Parle-Peu, le premier, posté sur une roche au ras de l'eau, à l'entrée du goulet qui relie l'arène au large, de sa voix rauque donne le signal : Poissons !

Les voilà en effet qui se faufilent entre les rochers pointus et s'engouffrent dans l'arène, d'abord un par un, puis en un flot continu de poissons argentés qui se précipitent, de plus en plus dru, dans une panique frénétique de queues et de nageoires. Ceux-de-la-Mer attendent... encore. Des mains fermes se crispent sur le bras des jeunes impatients, pour les empêcher de bouger. Le banc de poissons a passé le goulet, des centaines de corps brillants se bousculent dans l'eau, profonde parfois d'une main, et tournent, s'affolent entre les algues gluantes.

Bras-qui-Frappe et les autres, dès le flot entrant des derniers poissons tari, se ruent pour entasser à grands cris dans l'étroit passage des monceaux de branchages cassés qu'ils ont rapportés de la forêt. La bande s'agite, tournoie, rit, jubile dans l'attente du festin.

L'agitation est à son comble. Les poissons pris au piège, à l'étroit dans l'eau peu profonde que laisse la marée qui commence à descendre, se débattent frénétiquement tandis que Ceux-de-la-Mer, de leurs mains habiles, les ramassent et les projettent à la volée sur les rochers, loin de l'eau, où ils tressautent spasmodiquement. Des regards rapides et complices s'échangent, des yeux se plissent de contentement, dans des gloussements de satisfaction et des interjections. De temps en temps, des rires retentissent dans le bruit des éclaboussures, quand un poisson atterrit malencontreusement sur le visage d'un d'entre eux.

Lentement, le soleil mourant s'enfonce derrière la forêt, dans un incendie de trainées cramoisies, et laisse apparaître, dans la lumière qui décline, haut dans le ciel, le croissant pâle d'une demi-lune. Les singes se sont tus, seule la clameur de Ceux-de-la-Mer couvre encore le murmure de la mer.

Sur les rochers frétillent les nombreux poissons échoués, tandis que dans les mares les survivants s'agitent, tournent et retournent en cherchant une issue. Les anciens, attentifs, garants du bon déroulement de la pêche, veillent à ce que Ceux-de-la-Mer ne massacrent pas tous les poissons, et c'est Oeil-Blanc, la vieille, la sage, la première, qui les rappelle au rituel immémorial : Les dauphins attendent et la marée descend. L'heure de l'échange est venue.

Avec des gestes rapides les mâles dégagent le goulet, repoussent les branches et les débris qui l'obstruent, et Ceux-de-la-Mer, depuis le fond de l'arène, en battant l'eau de leurs pieds et en hurlant, chassent vers la mer les poissons rescapés qui suffoquent et sursautent dans les flaques.

Juste de l'autre côté du goulet, dans la crique largement ouverte sur la mer, l'eau est si peu profonde que Bras-qui-Frappe pourrait encore marcher en portant des fruits sans les mouiller, et le fond cailouteux descend en pente douce vers les profondeurs. Les dauphins, Ceux-Sans-Jambes, qui ont rabattu le banc de poissons et patiemment attendu, s'y pressent pour le festin, tournoient et bavardent. Leur babillage volubile et incessant dit leur excitation tandis que les poissons lents et affaiblis qui débouchent du goulet sont avalés promptement, d'un coup de gueule latéral, parfois plusieurs par bouchée. Dans l'eau bouillonnante, les grands corps gris fuselés et luisants côtoient les corps noirs et potelés de Ceux-de-la-Mer, descendus dans l'eau pour célébrer l'union et la fête. On se palpe, on se frotte, on nage côte à côte, dans une fraternité étrange, viscérale et archaïque. Une grande fête bruyante célèbre l'alliance contractée dans un passé oublié entre les habitants du large et ceux de la côte.

Le tumulte se prolonge bien après que les derniers poissons aient disparu dans les estomacs des dauphins, alors que la marée descend peu à peu, découvre des rochers immergés, revient et hésite. Ceux-Sans-Jambes doivent se retirer avec elle, sous peine de s'échouer.

Oeil-Blanc se souvient d'il y a de très nombreuses lunes, lorsqu'un dauphin imprudent s'est trouvé à sec sur les rochers. Ceux-de-la-Mer ont longuement peiné sous le soleil meurtrier pour le remettre à flots sans le blesser.

Avec des échanges excités et des éclaboussures amicales Ceux-Sans-Jambes regagnent le large par petits groupes. Dans la pénombre croissante, leurs chants, leurs sauts et leurs remous d'écume s'éloignent. Le dernier, l'ancien, le vénérable, Nageoire-Déchirée, s'attarde encore, comme hésitant, vocalise frénétiquement, comme si son départ avait, ce soir, une signification particulière. Il est le plus vieux, il est la mémoire de son peuple, et a connu Oeil-Blanc avant son premier enfant. Lorsqu'il quitte enfin, Ceux-de-la-Mer peuvent regagner l'arène.

Ils remontent un à un dans les rochers, presque hésitants, à reculons pour ne pas quitter des yeux les dauphins, dont on voit encore au loin les bonds hors de l'eau.

Bras-qui-Frappe s'arrache le premier enfin à la contemplation de la mer, et donne le signal du retour. Ceux-de-la-Mer, subitement conscients de leur faim et du festin qui les attend, se précipitent, dans une bousculade mêlée de protestations et d'exclamations.

Seule Oeil-Blanc s'attarde encore au bord de l'eau, accroupie sur un rebord de roche sombre, prise d'une étrange et subite tristesse, pour regarder l'immensité. Comme si elle, qui a vécu de si nombreuses lunes et connu les filles de ses filles de ses filles, se souvenait confusément qu'alors, la mer était plus riche, plus haute et moins salée, et Ceux-Sans-Jambes plus nombreux et plus hardis.

Jadis, avant que Ceux-Qui-Sont-Partis ne remontent la rivière pour ne jamais revenir, le Peuple pêchait avec les dauphins chaque lune, et le poisson abondait. Maintenant, celle de la horde qui nage le mieux, Sans-Petits, rencontre les dauphins entre les îles, là-bas, et ils ne décident d'une pêche que lorsque Ceux-sans-Jambes ont trouvé un banc de poissons de taille suffisante.

Oeil-Blanc pense à tout cela, nostalgique, puis se relève enfin, renifle bruyamment, et rejoint la horde, du pas lent que lui imposent ses articulations douloureuses.

Sur les rochers, sous la lumière blafarde de la lune, le festin de poissons agonisants se prolonge tard dans la nuit, entrecoupé de palabres, de disputes et de copulations.

On entend au loin du côté de la forêt, les hurlements des bêtes de la nuit. Elles ne viendront pas sur les rochers, disputer à la horde le produit de la pêche. Le bruit de la multitude les maintient à distance. Pour le moment.

Quand la lune est déjà basse sur l'horizon, et que la lumière qu'elle répand s'estompe, Ceux-de-la-Mer, un à un, repus, s'adossent à un rocher et somnolent. On n'entend plus, qu'au loin, inlassablement, le ressac et le cri des oiseaux de la nuit. Plus haut, un de la horde éructe et vomit derrière un rocher. Des poissons éventrés, des têtes et des nageoires parsèment les rochers. Demain tout aura disparu.

Aucun ne s'endort vraiment. Grommelant et rotant, ils regagnent lentement les grottes hautes perchées sur la paroi rocheuse qui surplombe l'arène et la plage, à petits pas précautionneux, dans la lumière avare de la lune, dans les cailloutis traîtres et les herbes sèches, après s'être soulagés dans les buissons.

Les mères aux seins pendants s'installent au fond, sur le tapis d'herbes et de fougères accumulées par des générations d'ancêtres, par petits groupes serrés, pour se rassurer et se tenir chaud, et allaitent une dernière fois les petits cramponnés à leurs cheveux. Les mâles, après quelques disputes de préséance, occupent l'entrée. Tous, repus, enlacés, sombrent dans un sommeil bruyant de ronflements et de toux, dans le remugle des caves. Cette nuit ils rêveront de poissons frétillants, de camaraderie et de bombance.

La mer

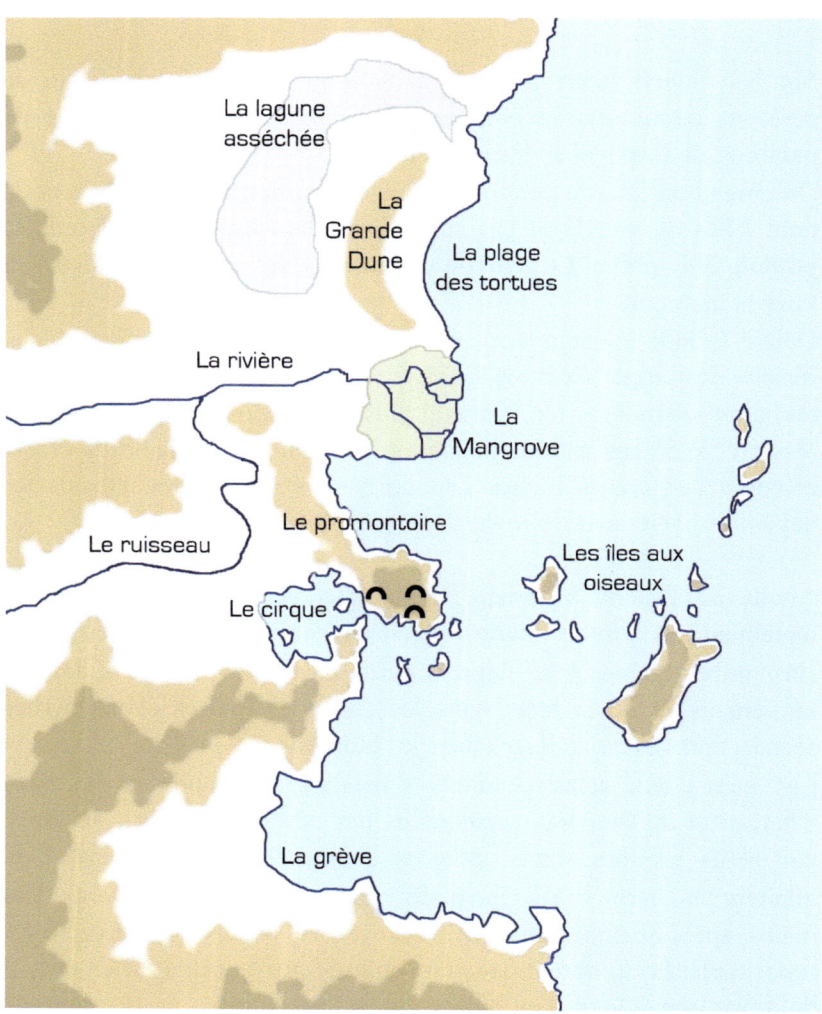

Les huîtres

Sans-Petits, Parle-Peu, Grand-Nez et son petit sont accroupis sur le rocher, au pied de l'escarpement, en contrebas des grottes. Le vacarme des paquets de mer qui heurtent la paroi, et qui grimpent vers eux en geysers mousseux et irisés dans la splendeur du soleil du milieu du jour, les empêchent de s'entendre. Les coups de bélier des vagues dans la concavité du rocher réverbèrent comme une clameur.

Avec des gestes précis, éprouvés depuis des générations innombrables, les adultes se concertent, décident de la marche à suivre pour ne pas être déchirés sur les rochers par la mer en furie, et atteindre les recoins convoités où ils trouverons des huîtres. Le petit de Grand-Nez, qui n'a pas encore de nom, suit leurs échanges, ses yeux grands ouverts et interrogateurs. Sa mère l'a amené pour qu'il apprenne, et pour qu'à son tour, lorsqu'il sera adulte, il transmette aux générations à venir.

Parle-Peu se lève, étire une jambe engourdie, l'autre, et à pas prudents, il suit latéralement le rocher, s'aidant de ses pieds et de ses mains, en agrippant les arêtes émoussées et les quelques végétaux cramponnés à la pierre. Les deux femelles ainsi que le petit, confiant dans l'expérience de sa mère, le suivent prudemment. Plus loin, là où les rochers descendent en pente plus douce, comme des escaliers, vers l'eau, et que le ressac est moins violent, ils parviennent à se mettre à flot sans danger. La déclivité les contraint très vite à nager, pour s'éloigner promptement du bord périlleux où les vagues heurtent le rivage. Chacun des adultes emporte, entre ses mâchoires, un cailloux anguleux, soigneusement choisi.

Le visage au ras de l'eau, la chevelure éparpillée, ils goûtent l'allégresse de la nage, cette joie si familière. Après s'être concertés, Sans-Petits, Parle-Peu, Grand-Nez et son enfant s'éloignent encore, puis longent le rivage à une distance suffisamment faible pour que le courant qui remonte entre la côte et les îles ne contrarie pas leur progression, et suffisamment grande pour éviter d'être précipités sur les rochers. Les voilà enfin arrivés sur leur lieu de pêche.

Ils plongent tous quatre, leur respiration bloquée, leurs narines obturées par leur épaisse lèvre inférieure retroussée, leurs yeux mi-clos. En quelques brasses vigoureuses de leurs mains et leurs pieds partiellement palmés, ils atteignent, sur le fond, des éboulis fantomatiques dans la lumière verte.

Là ils trouvent, partout sur les rochers, parmi les algues en perpétuel mouvement, des huîtres de toutes tailles. Ils sélectionnent les plus grandes, les détachent d'un coup de poignet expert, avec la pierre coupante qu'ils ont apportée. A chaque fois, pour chaque huître, ils remontent prestement vers la surface, puis de leurs mains habiles, insinuent le tranchant de la pierre entre les coquilles, les écartent pour gober la chair exposée, ou de temps en temps, la proposer à l'enfant.

Les voilà qui replongent, encore et encore. Le petit tente vaillamment d'imiter les grands, de plonger et de remonter. Privé de la pierre tranchante qui leur sert d'outil, il ne pourra qu'observer l'activité des adultes, sans participer à la récolte. Il finit par peiner, et reste en surface, espérant pouvoir manger une huître au retour d'un des adultes.

Il est maintenant seul, ballotté par la houle, environné d'algues flottantes et de débris. A regarder le ciel et l'horizon, et la silhouette surplombante des rochers.

Les adultes tardent, la dernière plongée se prolonge, et Grand-Nez, la mère du petit, ne remonte pas. L'anxiété gagne l'enfant.

Soudain, les trois adultes font surface en même temps. La bouche grande ouverte, ils respirent fort, échangent des cris, des gestes énergiques. Quelque chose s'est passé en-bas, ils n'apportent pas d'huîtres, ils ont chacun leur pierre dans la main.

Maintenant, un peu calmés, la respiration apaisée, ils se préparent à replonger, ensemble. Ils replacent la pierre dans leur bouche pour libérer leurs deux mains, et font comprendre à l'enfant qu'il doit les suivre. En quelques brasses, les voilà au fond. Ils parcourent les rochers, se regroupent, pointent de la main un endroit précis, et font signe à l'enfant de rester en retrait. Là, dans un trou rocheux entre des algues, une gueule s'entr'ouvre, garnie d'innombrables dents pointues. Une murène guette, prête à agripper une main, une cheville. Ils montrent à l'enfant l'animal diabolique qui blesse ou noie les imprudents et les petits de la horde, la bête maudite que redoutent les mères.

Lestement, car il n'est pas possible de s'attarder trop, au risque de manquer d'air, Parle-Peu provoque la murène en s'approchant, frappe le rocher de son caillou, et la tête darde vers la proie possible. Ceux-de-la-Mer sont plus rapides. Une pierre s'abat sur le crâne de l'animal, l'écrase. Une autre, puis une autre, qui le pilonnent. Frénétiquement, Sans-Petits saisit la bête, tire, s'arc-boute pour l'extraire de son trou, et sans vérifier qu'elle est bien morte, d'un coup de talon se propulse vers le haut. Les autres suivent.

Ils sont maintenant regroupés à la surface, haletants. Ils ébrouent leur chevelure dégoulinante, et le monstre détruit passe de main en main. L'enfant lui aussi le saisit non sans dégoût, il l'examine, le passe à sa mère qui, elle aussi, bien que l'animal soit mort, ne peut contenir un frisson de répulsion.

L'envie d'huître est passée, et après l'émotion, le désir de retourner auprès de la horde les pousse à regagner la terre ferme. Ils accostent, remontent en file indienne le chemin escarpé qui mène aux abris, tout là-haut. Parle-Peu, l'air crâne, porte maintenant la murène pantelante autour de son cou, la tête écrasée et la queue ballottant de chaque côté, au rythme de sa marche. Les membres de la horde croisés en chemin s'arrêtent, regardent, suivent. Arrivés à la plateforme en face de l'abri, Parle-Peu, sans un mot comme à son habitude, présente la murène à Dos-Courbé, l'ancienne, qui est accroupie là. Dos-Courbé lève son regard vénérable, et en clignant des yeux dans la lumière, tourne et retourne la bête morte et gluante entre ses vieux doigts ridés, l'examine, puis de ses dents déchaussées mastique la peau de l'animal pour la déchirer. Les autres sont maintenant autour d'elle, pour le partage. Le monstre malfaisant va disparaître dans leurs estomacs.

Les oeufs

Au-dessus des îles, du côté du Soleil-Naissant, les oiseaux blancs et noirs tournoient, dans un ballet incessant.

Oeil-Blanc, Tête-Nue et Sans-Petits, la meilleure nageuse, sont juchés sur un rocher, face à la mer, face aux îles.

Sans-Petits abrite ses yeux de sa main noire palmée, car la lumière du soleil encore bas est aveuglante. Elle pointe de l'autre main vers la Grande-Ile. Le débat est animé, fait d'exclamations articulées, de gestes et de mimiques.

Elle revient des îles, où dans les recoins des rochers, dans les anfractuosités, d'innombrables nids d'oiseaux de mer abritent des œufs juste pondus.

Chaque année, Ceux-de-la-Mer traversent la passe entre la côte et la Grande Ile, malgré les courants traîtres, pour prélever leur tribut. Le trajet n'est pas sans risques : L'an passé, un membre de la horde a été emporté par les Poissons-Dévorants.

Oeil-Blanc et Tête-Nue, à grands renforts de tapes sur les épaules, de hochements de tête et de grognements, tombent d'accord. L'expédition vers la Grande-Ile est pour demain, si les palabres, qui se prolongeront peut-être jusqu'au soir, permettent de convaincre tous les bons nageurs : Il faut que la horde se mobilise pour la traversée.

Les faibles, les mères allaitantes et leurs petits ne pourront pas nager suffisamment longtemps, suffisamment vigoureusement. Hélas leur rapporter un butin est une opération difficile, les œufs sont fragiles et ne peuvent pas être transportés par les nageurs.

Tête-Nue, dont le crâne dégarni par la vieillesse, veiné de cicatrices, ne supporte plus longtemps le grand soleil, se lève, suivi d'Oeil-Blanc. Ils se dirigent main dans la main vers la forêt, pour rejoindre les autres sous le couvert.

Sans-Petits descend vers la plage et s'avance en barbotant dans l'eau écumante jusqu'à hauteur de ventre avant de s'éloigner à la nage. Les dauphins sont peut-être dans les environs, elle doit les trouver. Leur escorte, demain, dans le trajet hasardeux vers la Grande-Ile, sera la bienvenue.

Ceux-de-la-Mer sont rassemblés dans les arbres, dans l'ombre bienfaisante, qui perché dans une fourche, qui à califourchon sur une grosse branche. Les échanges vont bon train, animés, passionnés. Et progressivement, malgré les éclats de voix, les disputes, une décision se dégage, de savoir qui sera de l'expédition. Ceux-de-la-Mer, dès l'aube, malgré le soleil levant en face d'eux, nageront vers l'île pour la récolte. Ils tenteront quand même d'en rapporter des œufs, ou à défaut, des oisillons, s'il en est déjà éclos, pour ceux qu'il aura fallu laisser sur la côte.

Vers le soir, après un dîner de crustacés ramassés sur la plage et dans les mares, et quelques fruits rapportés de la mangrove, la horde se retire dans les grottes.

Le lendemain, la lueur qui envahit peu à peu l'entrée des abris les tire de leur torpeur. Ils s'étirent, grommellent, et dans les derniers bâillements, descendent un à un, encore engourdis, vers le ruisseau. Aujourd'hui, il faut boire, boire... Il ne sera pas possible de se désaltérer avant le retour. Bras-qui-Frappe, qui avait veillé, secoue les retardataires et les indécis. Les mères en attente d'enfant et les allaitantes, ainsi que les petits, resteront dans les grottes, sous la protection et la surveillance de Tête-Nue et d'Oeil-Blanc qui sont reclus de rhumatismes et trop vieux pour la traversée, ainsi que d'Un-Bras, incapable de nager loin depuis sa désastreuse rencontre avec un Poisson-Dévorant.

Il y a de nombreuses lunes, Un-Bras, qu'ils n'appelaient pas encore ainsi, était occupé à détacher des huîtres de la paroi rocheuse, au pied de la falaise qui s'enfonce verticalement dans les flots. Tout occupé avec l'arête de son galet brisé à arracher les coquillages, il n'a pas perçu derrière lui l'ombre d'un grand Poisson-Dévorant. Il était trop tard pour s'esquiver lorsque les mâchoires s'étaient refermées sur son bras, écrasant ses chairs, brisant ses os. Les autres, perchés sur la corniche, toute proche, qui leur sert de plongeoir, ont suivi la scène. Dans un déferlement de cris et de jets de pierres, le requin est assailli. Il lâcha prise, s'enfuit, tandis que dans une agitation fébrile, Ceux-de-la-Mer hissaient le malheureux hors de l'eau, dans un dégoulinement rouge. Porté, tiré jusqu'aux abris, le blessé fut allongé sur le matelas d'herbes sèches, et les anciens, avec des gestes venus du fond des âges, lui ont garrotté le bras avec des herbes promptement tressées, et appliqué les plantes odorantes qui guérissent. Pendant de longs jours de souffrance, de délire, de fièvre, celui qu'on appela désormais Un-Bras fut désaltéré par Ceux-de-la-Mer, qui revenaient du ruisseau les joues gonflées d'eau douce, pour la recracher dans la bouche tremblante du blessé, et fut alimenté de fruits et de chair de poisson pré-mastiqués. Lentement, miraculeusement, le moignon sanguinolent cicatrisa, et Un-Bras pu se relever, reprendre une place parmi les siens. Jamais plus, toutefois, il ne se risquera au-delà des mares et de la lagune, en pleine eau. Ses nuits restent peuplées d'horreur, et il se réveille hagard, les yeux grands ouverts dans la nuit, au milieu des dormeurs, dans la touffeur de la grotte.

Aujourd'hui, comme chaque fois, il reste dans les abris, avec les mères, les faibles et les petits.

La troupe descend vers la plage. La marée a déposé des coques et d'autres friandises. Aujourd'hui, absorbés par leur projet, ils les ignorent, et s'engagent dans l'eau froide, pataugent jusqu'à ce qu'il devienne plus aisé de nager. La peau lisse et l'embonpoint de Ceux-de-la-Mer, ainsi que leurs mains et leurs pieds palmés jusqu'à l'articulation de la première phalange leur rendent la nage aisée. Les voilà tous dans l'eau, et dès les quelques premières brasses vigoureuses ils sentent le tiraillement du courant qui les emporte latéralement vers la mangrove. Ils compensent instinctivement pour garder le cap. Des oiseaux passent au-dessus de leur tête, en criant.

Un peu plus loin, d'épaisses algues flottantes barrent le passage, s'enroulent, visqueuses, autour des jambes. Ils se regroupent tous, avec des cris de ralliement.

Après quelques échanges hurlés pour couvrir le bruit des vagues, ils décident de passer en-dessous de l'obstacle. Seule Crie-Trop, comme à son accoutumé, pérore, proteste et conteste. Les autres femelles l'entourent, crient plus fort, la poussent. Ils vont continuer sans elle.

Après quelques respirations profondes, ils froncent leur lèvre supérieure charnue pour bloquer les narines de leur grand nez surplombant, et plongent. Les voici en apnée dans un monde vert peuplé de petits poissons. Au-dessus d'eux, le tapis végétal grouille de la vie des petites bêtes de la mer que mangent les oiseaux. Sans s'attarder, à grandes brasses vigoureuses, ils descendent et descendent encore, et traversent le banc d'algue. Un à un, ils émergent de l'autre côté, haletants, ébrouent leur tête chevelue, rient de l'aventure. Ils sont tous là, qui repartent. Même Crie-Trop est là, qui, craignant de se retrouver seule, déjà loin du rivage, a traversé le banc d'algues flottantes. L'île est maintenant plus proche, et le courant est moins fort.

Les Poissons-Dévorants ne se montrent pas, ce qui est une bonne nouvelle car les dauphins, amis et protecteurs, restent invisibles.

La Grande-Ile est maintenant toute proche, avec sa minuscule grève entre deux grandes arêtes rocheuses. Dans les éboulis, un peu plus haut, des buissons tordus se cramponnent aux fissures de la paroi. A l'approche de la grève, Ceux-de-la-Mer, d'un pied prudent, cherchent le fond, anticipent le moment où ils pourront marcher, remonter jusqu'aux rochers. Les voici enfin sur la grève, parsemée de gros galets. Ils se regroupent, respirent profondément, se congratulent avec des grandes claques dans le dos, essorent leur longs cheveux. Ils ne sont pas passés inaperçus : au-dessus d'eux, le vacarme infernal des oiseaux dérangés leur rappelle le but de leur expédition.

Après quelques instants de repos commence alors l'ascension le long des failles obliques qui zèbrent la paroi, avec des étapes et des regroupements sur les petits rebords envahis par les buissons, jusqu'à la corniche plus large où piaillent une multitude d'oiseaux, dans les trainées de guano malodorant. Ceux-de-la-Mer grimpent lentement la surface rocheuse, s'agrippant de leurs mains et de leurs pieds préhensiles dont les pouces savent saisir les aspérités de la roche. Le vacarme est assourdissant. La colonie dérangée s'agite, jacasse, dans un manège incessant d'oiseaux qui s'envolent et se posent à nouveau.

Le premier, Comme-un-Singe prend pied sur la corniche, incertain, à quatre pattes, encore cramponné aux fentes du rocher. Devant ses yeux, partout, des nids garnis de duvet, des œufs, des fientes. Il s'avance sous une pluie de coup d'ailes, puis de coups de becs. D'autres grimpeurs suivent, et sur l'étroite corniche, dans la mêlée, les voilà qui brisent des ailes, précipitent des oiseaux estropiés dans l'abîme, piétinent des nids, jusqu'à se retrouver, enfin, maîtres des lieux. On frictionne les bras endoloris, on lèche les blessures, on effraie les derniers oiseaux agressifs. Déjà, tous furètent dans les nids, brisent les coquilles et gobent, avides, les œufs gris grêlés de noir. Des nuées de volatiles tourbillonnent autour de la corniche, dans des cris assourdissants. Ceux-de-la-Mer se gavent, le visage et les cheveux poissés de jaune et de blanc d'oeuf, dans une liesse sauvage. Un oiseaux à l'aile brisée se traine au bord du vide. Crie-Trop le pousse dans l'abîme.

Peu à peu, la passion s'apaise et les ventres repus appellent au repos. Serrés par petits groupes, le dos à la paroi sur la corniche étroite, certains s'assoupissent quelques instants. Les plus anxieux, toutefois, observent le ciel, la hauteur du soleil, la nuée piaillante autour d'eux : Il va être temps d'envisager le retour.

A regret, non sans jérémiades ni grognements, ils s'engagent dans la périlleuse descente. Les ventres alourdis et les mains poisseuses, certains avec des ongles cassés, ils progressent lentement et prudemment. Des cailloux détachés de la paroi tombent et rebondissent, dans les cris d'alerte à ceux descendus déjà plus bas. Ils se retrouvent enfin, fourbus, sur la grève. Aucune chute n'est à déplorer, on se congratule, se passe les mains dans le dos, on se tapote.

Autour d'eux, les oiseaux blessés ou agonisants, aux ailes brisées, qu'ils avaient précipités dans le vide, essaient maladroitement de prendre l'air.

Que de nourriture perdue !... Bras-qui-Frappe et le Gaucher les observent. Hésitent. Se regardent longuement. Le regard du Gaucher s'élève jusqu'aux buissons agrippés au rocher, juste au-dessus de leurs têtes. Il les fixe intensément. Le regarde sombre de Bras-qui-Frappe suit son regard, retourne aux oiseaux qui palpitent sur la grève. Un moment s'écoule, dans le bruit de la mer et les cris des oiseaux tout là-haut.

Soudain Le Gaucher et Bras-qui-Frappe gloussent bruyamment, le regard étincelant de malice et de complicité. Autour d'eux, les autres, interrogateurs, attendent la suite.

Bras-qui-Frappe remonte le rocher, s'arc-boute pour arracher les buissons, les laisse tomber aux pieds des autres, cherche d'autres branchages. Le Gaucher s'avance vers les oiseaux et les achève à coup de galets, leur écrase la tête.

Lentement, un à un, les autres comprennent. Ils comprennent également que le retour ne sera pas aussi facile qu'ils pouvaient l'espérer. Seule Crie-Trop pérore dans son coin.

Mais les voilà tous à porter, pousser vers l'eau les tas de branchages arrachés, emmêlés, avec, sur ce radeau improvisé, les carcasses des oiseaux morts. La traversée commence, et Ceux-de-la-Mer sont maintenant dans l'eau écumante, dans le ressac de la grève, à propulser le radeau vers la côte. La première partie du trajet est aisée, jusqu'à ce que le courant s'empare de l'embarcation de fortune, qui dérive, malgré les efforts de la horde, vers le nord, vers la mangrove et plus loin, la lagune salée.

Lentement, toutefois, la distance à la côte s'amenuise. On distingue mieux les détails des rochers, et tout là-haut, on repère l'entrée des grottes.

Soudain un cri. Un bras pointé. A quelques distances, un aileron fend la surface de l'eau. Un second, plus loin. Une onde de panique agite alors Ceux-de-la-Mer qui nagent plus énergiquement. Les Poissons-Dévorants ont senti le sang des oiseaux morts qui s'écoule dans les vagues. Ils viennent pour le festin.

Crie-Trop lâche le radeau, s'en écarte, bien décidée à abandonner les oiseaux sanguinolents qui attirent les requins.

Ceux-de-la-Mer s'affolent, hurlent, appellent. Les Poissons-Dévorants tournent et menacent. Resserrent le cercle. La horde a peur, crie de plus belle. Ils implorent l'arrivée des dauphins. Viendront-ils ?

Ils arrivent en effet. Ceux-Sans-Jambe approchent vivement, flèches grises de muscles tendus qui bondissent au-dessus des vagues. A coup de nez rageurs, les dauphins écartent les Poissons-Dévorants, les retournent pour les désorienter, les dispersent. En quelques instants, la horde est sauve.

Puis les dauphins viennent se frotter, câliner, dans un babillage incessant. Ils tournent et retournent, intrigués, autour du radeau improvisé.

La traversée reprend, sous l'escorte de Ceux-Sans-Jambes. Le temps s'écoule, la terre ne s'approche que lentement, et les dauphins, sensibles à l'épuisement des nageurs, vont et viennent, aident et poussent.

Enfin, enfin, la proximité du but revigore Ceux-de-la-Mer, et, le danger des requins passé, après un dernier concert de babillages véhéments, les dauphins s'en retournent vers le large.

Ceux-de-la-Mer, fourbus, tremblants sous l'effort, se trainent sur la grève, hâlent le radeau, en arrachent les carcasses ensanglantées, s'affalent haletants. L'affaire a été rude.

Poussés par le courant, ils ont contourné le banc d'algues flottantes et ont accosté sur la grève en face de la lagune morte, là où l'abaissement du niveau de la mer a abandonné une crique asséchée et stérile, marbrée d'épaisses croûtes de sel sale. Il va encore leur falloir regagner les grottes. Le soleil, par chance, est déjà bas, et la chaleur est devenue supportable. Les carcasses des oiseaux jetées sur l'épaule, ils cheminent, bavards malgré la lassitude, soulagés de n'avoir à déplorer la perte d'aucun d'entre eux.

Les grottes sont là, toutes proches, enfin. Ceux qui y sont restés descendent les accueillir, les délestent de leur fardeau, les congratulent. Il y aura à manger pour tous. Les membres de l'expédition, rassurés et contents, s'affalent par petits groupes, fiers d'avoir partagé l'épreuve, les membres las, la tête pleine d'images et de tumultes. La fatigue de la traversée, et leurs estomacs lourds de tous les œufs qu'ils ont dévorés finissent par les entrainer dans la torpeur. Autour d'eux, ceux qui sont restés aux grottes s'affairent. Les volatiles sont promptement dépecés par des dents aiguës, les chairs arrachées et englouties. Des plumes et du duvet arrachés volètent dans la brise du soir, descendent le long de la déclivité comme une lente pluie lumineuse dans les derniers rayons du soleil, suivis par des ossements rongés, des reliefs de pattes et de becs.

Cette nuit, ils dormiront tous profondément.

Le Visiteur

La horde récolte des fruits dans la mangrove, la forêt inondée d'eau saumâtre où se mêlent la rivière et la mer, où les arbres ont les pieds dans l'eau. Disséminés dans les branches, au-dessus de la surface tranquille, ils s'affairent. Leurs pieds sont solidement cramponnés aux branches, et leurs mains rapides choisissent des fruits mûrs à point, des feuilles succulentes. Ils goûtent, rejettent, sélectionnent. Les racines multiples et ramifiées des arbres, qui plongent dans l'eau sombre comme des branchages à l'envers, sont grêlées de crachats mêlés de pépins et de peaux de fruits. Plus haut, des singes jacassent. Les plantes incertaines sont présentées à un des anciens, qui renifle, jauge, examine, met en garde ou encourage.

Deux-Doigts est restée dans la grande grotte, tout au fond contre la paroi, sur le lit de fougères, avec son nouveau-né. La veille, assistée des anciennes, elle est descendue précautionneusement jusqu'au petit bassin abrité, en-bas dans les rochers, où l'eau chauffée par le soleil du jour est tiède et tranquille. Elle a beaucoup saigné, et gémi longuement. Immergée jusqu'à la poitrine, aidée par Oeil-Blanc, elle a enfin mis au monde un petit corps noir aux cheveux collés. Les anciennes ont coupé avec les dents le cordon ombilical, et lui ont fait manger le placenta, qu'elle n'a mâchouillé qu'avec réticence. L'enfant a hurlé, dès qu'à bout de bras, il a été présenté au soleil.

Maintenant à l'abri dans la grotte, encore privé de lait, son enfant potelé mais maladif est recroquevillé sur son ventre, ses petits doigts enroulés dans les cheveux ternes de sa mère. Si le lait ne vient pas, une autre mère devra allaiter le petit, parmi celles qui nourrissent encore un enfant. Le nouveau-né n'est pas robuste, et les autres femelles de la horde sont inquiètes. De temps en temps, l'une d'entre elles revient vers la grotte pour réconforter Deux-Doigts et l'alimenter.

Tout en bordure de la mangrove, installée sur une racine au ras de l'eau, en lisière de la grève, Aime-les-Fleurs tient dans ses bras repliés en corbeille quelques fruits amoncelés par Ceux-de-la-Mer, qu'elle s'apprête à rapporter vers les grottes. Le trajet sera lent et délicat, car les fruits en équilibre précaire se répandent au moindre faux-pas, et elle devra, pas à pas, gravir le rocher sans pouvoir s'aider de ses mains. Le regard vaguement inquiet, Aime-les-Fleurs se met debout et s'éloigne, d'un pas balancé, les genoux fléchis.

Elle remonte un bras de la rivière paresseuse qui se ramifie entre les arbres, et se perd plus loin dans le marécage saumâtre de la mangrove. Elle évite la grève et les rochers, le terrain plus accidenté à proximité de la mer, pour arriver au confluent de la rivière et du ruisseau d'eau claire où la horde a l'habitude de se désaltérer. Elle remonte le petit cours d'eau, en suivant la berge. Elle est pensive et toute absorbée par sa progression, et par son précieux fardeau.

A mi-chemin, là où la piste empruntée quotidiennement par Ceux-de-la-Mer bifurque vers le promontoire, elle lève la tête, plissant ses yeux aux grands cils, face au soleil du milieu du jour.

Devant elle, trop loin pour qu'elle puisse, dans la lumière aveuglante, distinguer précisément l'identité de celui qui approche, se dresse une silhouette trapue, à la peau noire, à la longue chevelure. Aime-les-Fleurs s'arrête, intriguée, puis comprend : C'est Deux-Doigts qui s'est levée, elle vient vers Ceux-de-la-Mer, il s'est passé quelque chose ! Elle ne distingue pas le nouveau-né, que Deux-Doigts devrait transporter dans ses bras. Soudain inquiète, Aime-les-Fleurs dépose son chargement à ses pieds, et les fruits se répandent dans les herbes. Elle s'avance de quelques pas encore.

La silhouette est immobile maintenant, comme hypnotisée, la tête haute, tournée en direction de la mer, dont on entend la rumeur et dont les effluves d'algues pourrissantes sont portées par la brise.

Mais.... Non, ce n'est pas Deux-Doigts, c'est un mâle, à la poitrine plate et large, aux cheveux-du-visage noirs et bouclés, son sexe recroquevillé dans sa toison pubienne. Un mâle qu'elle ne connaît pas ! Un mâle qu'elle n'a jamais vu. Tellement semblable à Ceux-de-la-Mer, et pourtant différent de chacun d'entre eux.

Le mâle inconnu reste immobile, son attention aspirée par l'horizon, par le large.

Aime-les-Fleurs s'arrête, interdite. Elle le regarde, fascinée. Son cœur bat très fort dans sa poitrine, elle sent son pouls dans son cou, sa respiration s'accélère, sa gorge se noue. Elle est tiraillée entre la curiosité et la peur, l'envie de s'approcher, et celle de fuir à toutes jambes vers le réconfort des autres.

En face d'elle, le nouveau venu, qui ignore encore sa présence, esquisse un pas vers la grève, puis son regard revient et remonte vers la piste qui se déroule devant lui. Enfin il aperçoit Aime-les-Fleurs, et s'immobilise à nouveau. Dans un geste de totale stupéfaction, il porte ses mains à sa bouche. Lui aussi est saisi par l'apparition subite d'une femelle de son espèce.

Ils restent tous deux figés un long moment, les yeux dans les yeux. Enfin, lentement, imperceptiblement, l'inconnu se détend, il écarte ses bras, comme dans l'invitation d'une embrassade. C'est le geste d'accueil, d'apaisement et de réconfort que Ceux-de-la-Mer échangent dans les moments où la cohésion de la communauté doit s'affirmer.

Ce geste si naturel, si familier, a raison de la stupeur d'Aime-les-Fleurs. Lentement, elle s'approche de l'inconnu, jusqu'à être à une longueur de bras. Il est bien réel, de chair comme elle, il est pacifique, il est .... beau.... Ses grands yeux sombres et intelligents la détaillent, la jaugent. Elle perçoit l'odeur musquée du mâle, profonde et attirante. Le regard d'Aime-les-Fleurs s'arrache du regard de l'inconnu, descend vers sa poitrine qu'elle voit se soulever dans une respiration ample, parcourt son corps lisse et luisant de sueur, s'attarde sur son sexe qu'elle voit déjà, presque imperceptiblement, gonfler de désir.

Lui aussi la détaille, l'observe, passe des tétons raides de ses mamelles fermes à sa grande chevelure noire, dans laquelle elle enroule machinalement ses doigts. Pour briser l'embarras de la situation, Aime-les-Fleurs, la gorge encore un peu serrée, propose des mots du vocabulaire sommaire des gens de la horde, essaie de communiquer. Le Visiteur tend l'oreille, semble comprendre, ou plutôt deviner, et tente de répondre. Un échange maladroit s'instaure, chacun pensant comprendre, chacun conscient des possibles malentendus. Frustrée de ne pouvoir expliquer que sa horde est là, tout près, elle tourne les talons, s'éloigne lentement, non sans jeter de proche en proche un coup d'oeil par-dessus son épaule pour s'assurer que le nouveau venu la suit.

Ignorant les fruits répandus sur le sol, là où elle les a laissé tomber, elle entraine le Visiteur, que ceux qu'il a quittés appellent Rêve-d'Ailleurs, vers la mangrove. Il lui emboîte le pas, prudent, hésitant, peureux de l'inconnu, attentif au danger, curieux de cette belle femelle inespérée, avide de compagnie après l'interminable solitude de son périple. A la limite imprécise entre la forêt et la mangrove, là où le terrain devient spongieux, avant de s'engager entre les branches, dans l'eau saumâtre, il s'arrête. Regarde autour de lui. Hume, puis renifle bruyamment. Les ailes de son grand nez palpitent. Il écoute, tourne et retourne la tête de tous côtés. Ecope de l'eau avec sa main palmée, la goûte. Elle dégouline dans les poils de son visage, sur le fin duvet noir de sa poitrine. Intrigué, étonné, il recommence, tout agité, les yeux brillants. A quelques pas de là, Aime-les-Fleurs s'est arrêtée, le regard interrogateur. Ceux-de-la-Mer ne boivent pas d'eau de mer, ils savent qu'elle n'étanche pas leur soif. Pourtant, le Visiteur semble aimer cela, en retirer une joie qu'il ne peut dissimuler. Il marmonne, grogne de plaisir.

La horde, disséminée dans les branches un peu plus loin, alertée par Voit-Loin postée en sentinelle, observe la scène. Tous les regards se sont tournés vers Aime-les-Fleurs et l'inconnu. Leur cueillette interrompue, ils s'attroupent, regardent, cherchent la proximité des plus âgés, de ceux qui savent. Finalement, ils s'approchent. Le fait qu'Aime-les-Fleurs soit si proche de l'apparition les rassure déjà.

Ils entourent maintenant le Visiteur, certains aventurent même une main timide pour le toucher du bout des doigts. Lui, immobile, parcouru d'émotions contradictoires, de frissons, les détaille. La peur, l'espoir, la curiosité se bousculent : Ils sont comme lui, ils sont du même peuple. Ils sont pourtant étrangers, il n'est pas sûr de comprendre les quelques mots gutturaux qu'ils échangent.

Les vieux, Oeil-Blanc, Tête-Nue, Plus-de-Dents, Dos-Courbé, s'attroupent autour de l'arrivant. Lui tapotent les épaules, palpent ses côtes. Une femelle passe son index sur son front, touche ses cheveux. Seul Bras-qui-Frappe, un peu en retrait, le regarde encore d'un air suspicieux, sans s'approcher. Un concurrent auprès des femelles n'est pas nécessairement le bienvenu.

Finalement, le Visiteur est invité dans les arbres, à partager le repas et la cueillette. Il s'installe alors, timidement, sur une branche fourchue, en périphérie du groupe qui cueille des baies bleuâtres qui lui sont inconnues. Il palpe les fruits étranges, les renifle, les manipule, sans oser les porter à sa bouche. Dans sa horde à lui, un aliment inconnu est soumis à l'approbation des anciens. Transgresser, c'est prendre le risque d'un ventre douloureux, de vomissements... voire pire.

Autour de lui, ses nouveaux compagnons ne parviennent plus à se concentrer sur la nourriture, car leur attention est focalisée sur lui.

Puis l'un après l'autre, ils reprennent, avec des gestes machinaux, sans grande conviction, leur repas, arrachant des fruits et les poussant entre leurs grosses lèvres charnues, recrachant des peaux coriaces et des pépins. Quand les regards se croisent, les yeux se plissent et la bouche s'ouvre large, en une espèce de sourire, laissant entrevoir des dents jaunes tachées du bleu des fruits. Lui, enhardi, détaille ses nouveaux compagnons, tous semblables, tous si différents pourtant. Les jeunes femelles aux tétons hauts et à la peau sans cicatrices lui jettent constamment des regards : Un mâle inconnu, apparemment en excellente santé, ne peut qu'éveiller les convoitises. Encore intimidé, conscient de sa fragilité face à un clan, le Visiteur ne prend encore aucune initiative, n'ose pas toucher à la nourriture que ces étrangers semblent tant aimer.

Le Gaucher s'approche enfin, et la main tendue en offrande, propose un fruit mûr. Le regard du Visiteur passe des yeux du Gaucher au fruit tendu, revient, hésite. Finalement, avançant lentement sa main, il s'empare de la friandise et la mordille prudemment, puis, rassuré, y plante résolument les dents. Le jus dégouline sur ses grosses lèvres, ses yeux brillent. L'alliance est établie.

Peu à peu, l'émoi de la rencontre s'émousse, la faim reprend vraiment le dessus. La horde s'affaire entre les branches, bavarde, passe lentement d'un arbre au suivant, au gré des trouvailles. Le Visiteur les suit, mange, observe les belles femelles, jauge les mâles.

Le temps s'écoule. Quelques nuages blancs occultent le soleil.

Un peu plus tard une rixe éclate entre la horde et une bande de singes venus de la forêt, bien décidés à revendiquer une part de la récolte. Dans un concert de cris et de grognements, Ceux-de-la-Mer repoussent les intrus, qui, plus agiles, plus mobiles et plus rapides dans les arbres, plus aptes à emprunter les branches les plus flexibles, tournoient et reviennent, grimpent vers la cime, redescendent un peu plus loin. Ceux-de-la-Mer, impuissants à les contenir, échangent des regards. Sans avoir besoin de se concerter, les moins agiles, Dos-Courbé, Un-Bras, Plus-de-Dents et quelques autres encerclent la zone des arbres à fruits, comme pour en interdire l'accès aux singes.

Menés par Bras-qui-Frappe, un groupe composé de Voit-Loin, Le Gaucher et les plus jeunes, après quelques courts échanges et gesticulations, s'éloigne dans les arbres. Les singes, attroupés dans la canopée, ravis de ce changement de situation, un peu rassurés, descendent en criant, vont, viennent, essaient par des avances rapides de tromper la vigilance des gardiens, d'accéder à la nourriture convoitée. Peu à peu, Ceux-de-la-Mer restés tout autour sont débordés par la multitude hurlante, et les singes triomphants, prestement, arrachent des fruits, les avalent, esquivent et tournoient.

Soudain, dans un tintamarre de cris perçants, Le Gaucher, Bras-qui-Frappe, Voit-Loin et tous ceux qui s'étaient éloignés déferlent de tous côtés. Ils on pris le temps de cerner les singes, de les encercler, de s'approcher de toutes parts en silence, et, au signal de Voit-Loin, la jeune femelle la plus athlétique, ils donnent la charge. Les singes terrorisés s'éparpillent, mais la tactique de la horde porte ses fruits. Deux singes sont capturés. Dans des hurlements, des griffures, des morsures, ils sont déchiquetés, écartelés, démembrés.

Le Visiteur, qui assiste à cette scène sauvage, se tient à l'écart, sans prendre part à l'action. Il observe. Il doit y repenser, ruminer le tableau insolite du massacre des singes. Le confronter aux souvenirs des chasses de sa horde à lui, là-bas, dans les collines, au bord des lacs.

La horde entoure maintenant les singes vaincus et désarticulés. On se congratule, on échange des tapes dans le dos. Le Visiteur prend part à l'allégresse générale, Bras-qui-Frappe le prend par la main, lui fait tremper son index dans le sang chaud qui s'écoule d'un cou mordu.

Le Visiteur suce son doigt, recommence.

Les carcasses ne sont pas dévorées tout de suite, car le jour décline. Mais il est temps de regagner les grottes, en emportant le butin. Ce soir, la horde mangera de la viande.

Ils prennent le chemin des abris, en passant par la grève. Le Visiteur reste en arrière, quête une invitation, interroge du regard. Des coups d'oeil s'échangent, jusqu'à ce que Bras-qui-Frappe, tout à l'heure le plus réticent, maintenant, après la chasse, amical et rassurant, l'invite à les suivre. Le nouveau venu lui emboîte le pas.

Les dépouilles des deux singes sont emportées, passant d'épaule à épaule, chacun voulant participer au transport, comme si porter la proie affirmait pour chacun sa contribution à la chasse.

Le Visiteur, maintenant main dans la main avec Bras-qui-Frappe, est guidé jusqu'à la grande grotte.

Après l'escalade de l'éboulis, sur la corniche, devant l'arche rocheuse de l'entrée, la bande s'installe, dépose les quelques fruits rapportés de la mangrove et les carcasses de singes. Les femelles, méthodiquement, ouvrent les ventres et dépècent les proies de leurs dents tranchantes, arrachent des lambeaux de viande sanguinolente, les font passer de main en main. Chacun en a une part, malgré quelques disputes et luttes de préséance. Les os sont rongés, puis écrasés sous de lourdes pierres pour les briser et en extraire la moelle. Les cervelles sont extraites avec des bâtonnets des crânes brisés avec de gros galets. Les foies, mets de choix, faciles à mastiquer, sont réservés aux anciens, dont les dents gâtées et douloureuses sont incapables de déchirer la chair coriace des singes.

Bientôt ne restent que des débris d'os, les peaux souillées, les organes immangeables, la bile. Tout ceci est poussé dans l'abîme, tombe en contrebas dans les buissons, où pourrissent déjà, dans un nuage de mouches, les reliefs des festins passés et les défécations de la horde.

Le soleil, maintenant bas sur l'horizon, est une boule de lave rouge au-dessus de la forêt. Il est temps pour la bande de se retirer dans les abris. Encouragé par ses nouveaux compagnons, le Visiteur s'accroupit pour pénétrer dans la grande grotte, entre les gerbes de fougères. Il s'attarde près de l'entrée, le temps de s'accoutumer à la pénombre et à l'odeur lourde.

Aime-les-Fleurs, dont il devine encore, dans l'ombre qui gagne, le visage avenant et les yeux qui rient, le guide ensuite vers le fond de la caverne, sous un surplomb de pierre, dans un endroit douillet tapissé de fougères sèches, qu'il devine être le nid où elle dort.

Elle le pousse résolument sur la couche, sous le plafond incliné de la grotte, et, les mains sur ses épaules, le presse de s'assoir. Dans la pénombre, il ne distingue qu'à peine, de la silhouette à contre-jour, le regard brillant qui ne le quitte pas.

Mais les mains d'Aime-les-Fleurs sur ses joues poilues font battre son cœur plus vite. Presque timidement, il avance ses doigts, palpe les petits seins fermes, joue avec ses tétons déjà raidis.

L'obscurité se fait peu à peu dans la grotte. Ils se blottissent à tâtons, sans plus se voir, sans un mot. Il entend les raclement sur le sol et le froissement des herbes amoncelées, annonçant que d'autres de la horde s'approchent dans le noir de la grotte familière. Bientôt les autres jeunes femelles se bousculent elles aussi, avec des gloussements, pour se serrer autour du Visiteur. Des mains le touchent, le caressent, des doigts se glissent dans sa barbe, explorent son sexe raide. Des bouches le goûtent. Bientôt des halètements et des grognements témoignent de la fête charnelle.

Ceux-de-la-Mer sont partageurs et hédonistes. Les autres mâles, eux aussi émoustillés par les soupirs et les gémissements, s'approchent des femelles excitées, se joignent à l'orgie.

Cette nuit, la horde ne dormira guère.

La tortue

Chaque année, depuis des temps immémoriaux, à chaque saison pluvieuse, les tortues viennent pondre sur la plage, plus loin au-delà de la mangrove, entre la mer et la grande dune qui délimite la lagune maintenant asséchée.

La horde envoie chaque matin l'un des leurs inspecter les lieux, au soleil levant, pour repérer les grandes tortues qui, épuisées après la ponte de la nuit, regagnent péniblement la mer salvatrice. En remontant la trace qu'elles ont labourée sur la plage, Ceux-de-la-Mer découvrent en fouillant le sable, les œufs fraichement pondus, qu'ils se partagent au retour à leur repaire. Ce met de choix est attendu chaque année avec impatience.

Il a plu abondamment pendant la première partie de la nuit. Au lever du soleil, la terre mouillée de la forêt exhale une prenante odeur d'humus. Les cris des oiseaux du matin ont déjà cessé lorsque Aime-les-Fleurs emmène le Visiteur, main dans la main, vers la plage sous la dune pour savoir si les tortues ont pondu cette nuit. Après avoir contourné la mangrove par la forêt, ils franchissent à guet les multiples bras de la rivière. Ils atteignent alors la grande dune. De sa crête, ils voient la plage en pente douce vers la mer, sur laquelle se reflètent, brisées en éclats rouges par les clapotis, les lueurs du soleil cramoisi qui se lève sur l'horizon. Depuis de nombreux jours la horde attend en vain l'arrivée des tortues. La plage est restée jusqu'à présent désespérément vide. D'année en année, les tortues se font plus rares : Les anciens se souviennent d'un temps, lorsque les hordes étaient plus nombreuses à se partager le littoral, et plus prospères, où il y avait tant de tortues sur la plage qu'on ne pouvait consommer qu'une infime proportion de leurs œufs.

Le regard d'Aime-les-Fleurs scrute la plage. Aujourd'hui ils ont de la chance : Presque immédiatement elle repère ce qu'elle est venue chercher. Elle s'exclame, trépigne d'excitation, pointe du doigt : Là, sous leurs yeux, trois traces remontent sur le sable mouillé, jusqu'au-delà de la limite atteinte par la marée, que marque un cordon sale de débris. A mi-hauteur de l'une d'entre elles, presqu'à la lisière léchée par la dentelle mousseuse des vagues de la marée descendante, une grande tortue, laborieusement, hissée sur ses pattes écailleuses, descend vers la mer.

Le Visiteur qui, par curiosité, a suivi Aime-les-Fleurs, pour le seul plaisir de sa compagnie, sans même comprendre l'objet de cette marche matinale, ne saisit ni l'euphorie soudaine d'Aime-les-Fleurs, ni l'urgence dans sa voix et ses gestes.

Elle, soudain, dévale la dune, dans de grandes gerbes de sable, jusqu'à la tortue, l'aveugle de sable jeté à la volée, s'arc-boute sur la carapace pour la faire basculer. N'y parvient pas. A grands cris elle appelle en renfort le Visiteur, en agitant ses bras au-dessus de sa tête. Il comprend tout de suite qu'elle a besoin de lui, et vient lui porter assistance. D'une vigoureuse poussée, ils retournent la tortue sur le dos. Impuissante, celle-ci bat désespérément des pattes, sans parvenir à se remettre d'aplomb. La lisière de l'eau est proche, mais la marée descendante leur donne encore un répit. Aime-les-Fleurs jubile déjà, imagine la chair grasse de la tortue, le festin, le prestige que lui donnera sa trouvaille. Mais la proie est trop grosse, ils ont besoin d'aide. Aime-les-Fleurs tente de l'expliquer au Visiteur, s'éloigne vers les grottes. Il hésite, la suit. Elle le ramène par le bras jusqu'à la tortue, la désigne de la main et du regard, pousse le Visiteur à s'assoir. Il comprend enfin où elle veut en venir, s'accroupit. Tandis qu'il monte la garde, elle gravit à toutes jambes la dune, dans un nuage de sable soulevé par ses pieds palmés. Parvenue à la crête, elle se retourne pour vérifier qu'il n'a pas quitté son poste. Puis elle disparaît.

Seul avec la tortue qui rame vainement dans le vide, le Visiteur prend le temps, la frénésie de la trouvaille passée, d'examiner la grosse bête étrange qu'il ne connait pas. L'attitude de sa compagne lui montre que l'animal non seulement peut être mangé, mais qu'il est un mets de choix.

La viande vivante devant lui est enfermée dans une espère de boîte en os très dur, un peu comme les coquillages que Ceux-de-la-Mer lui ont fait découvrir sur la grève. A l'intérieur, la chair palpite, mais pour l'atteindre, il faut briser l'enveloppe.

En attendant les autres, il explore les environs immédiats, tout en surveillant la tortue d'un œil. Pas de pierre, ni de bâtons solides à portée de main, seulement des débris de coquillage et des bois flottés, fragiles, crevassés et blancs comme des os laissés au soleil.

Il patiente donc, jusqu'à ce qu'enfin il entende, venant du côté de la crête de la dune, des éclats de voix excitées. Les renforts arrivent. Bientôt un groupe volubile entoure la tortue. Elle est poussée plus haut sur la plage, trainée, soulevée presque. Dos-Courbé, la vieille aux mamelles noires flétries, arrivée la dernière en boitant sur ses jambes arthritiques, prend autoritairement la direction des opérations, aboie des ordres gutturaux et gesticule. Les mâles se dispersent, reviennent quelques instants plus tard munis de lourds galets et de bâtons. Au milieu de grands cris, la tortue est mise à mort, à coups de pierre sur la tête, de bâtons enfoncés dans les ouvertures de la carapace. Des mains aux ongles plats mais tranchants s'insinuent dans les ouvertures, griffent et arrachent les chairs. La tortue n'est bientôt qu'une bouillie pulpeuse extirpée de sa carapace. Les visages de Ceux-de-la-Mer sont rieurs, et les mâchoires mastiquent déjà la viande crue. Le Gaucher, le bras engagé jusqu'au-dessus du coude entre les plaques écailleuses, ramène de sa main avide des morceaux de choix.

Le Visiteur, contaminé par l'ivresse collective, participe au festin, goûtant d'abord timidement la viande inconnue, s'enhardissant ensuite, pour ne pas perdre sa part.

Ce qui reste de l'animal n'est bientôt plus qu'une épave dans le sable. Dans quelques lunes, après les grandes marées, il n'en restera plus rien.

Soudain, le banquet terminé, tout est fini. Ils sont assis dans le sable, autour de ce qui reste de l'animal. Comme étonnée de l'intensité du moment, la horde fait silence. Chacun regarde, un peu hébété, la carapace vide et les ossements mâchonnés, se lèche les babines, suce ses doigts. Les plus âgés, le regard absent, se remémorent les nombreux sacrifices de tortues, lorsqu'eux étaient encore dans les jambes de leur mère. Dans leur regard, comme une brume, comme une immense nostalgie s'appesantit.

Ce sont les jeunes adultes, Crie-Trop, Voit-Loin et Aime-les-Fleurs qui les premiers s'arrachent à leur rêverie, se relèvent, s'interpellent et remontent la dune, pesamment, le ventre lourd, en rotant copieusement. Alors qu'ils atteignent la crête, Dos-Courbé les rappelle, agite les bras, vocifère. A contre-coeur, mais obéissant à l'injonction impérative d'une ancienne, ils reviennent sur leurs pas, pendant qu'elle, laborieusement, remonte la trace laissée dans le sable par la tortue, jusqu'au lieu de ponte, le trou où elle a enterré ses œufs. Dos-Courbé creuse à deux mains, faisant voler du sable meuble, jusqu'aux boules blanchâtres et rondes déposées par la tortue.

Les autres, maintenant attroupés autour d'elle, repus et indifférents, observent la scène d'un œil distrait. Qu'importent les œufs, ils n'ont plus faim.

Dos-Courbé est contrariée : elle non plus n'a plus faim, mais les œufs de tortue sont une denrée précieuse, devenue rare, qu'il ne faut pas perdre. Déjà les autres s'écartent, font mine de repartir. Elle pioche des œufs dans le trou, les place autoritairement dans les mains de ses compagnons, referme leurs doigts sur les œufs, le regard dur et décidé. En grommelant, ils les rapportent avec eux vers les grottes.

Dos-Courbé rebouche soigneusement l'excavation pour mettre le butin restant à l'abri des oiseaux, repère les deux autres trous de ponte, et remonte la dune à la suite des autres. Ceux restés dans leur refuge pourront ainsi eux aussi en profiter.

Le lendemain, Dos-Courbé et Tête-Nue, deux des anciens, accompagnent Aime-les-Fleurs et le Visiteur vers la grève au pied de la dune, dans l'espoir de trouver d'autres pondeuses, et de rapporter les œufs déposés par celles de la veille.

Hélas, aucune tortue n'a confié au sable une nouvelle ponte cette nuit. La marée nocturne a atteint et dépassé la carapace vide de la tortue dévorée la veille. Echouée dans les débris déposés par les vagues, elle vrombit de mouches, dans une puanteur de charogne.

Le vent et la marée ont presque effacé les traces laissées par les trois tortues. Seule leur trajet au-delà de la limite atteinte par la mer reste visible. Dos-Courbé, après avoir fureté sur la grève, trouve les trois nids. Ils s'emploient tous quatre à déterrer les œufs blancs, et, après en avoir mangé quelques-uns, les entassent, dans un empilement incertain, dans leurs bras repliés en corbeille sur leur poitrine. La montée de la dune est laborieuse, et quelques œufs roulent dans le sable, sous le regard désolé des marcheurs, qui ne peuvent s'arrêter sans compromettre l'équilibre déjà précaire de tout leur chargement. Sur la crête de la dune, là où le vent pousse inlassablement le sable, grain par grain, par-dessus l'arrêt vers l'autre versant, ils marquent l'arrêt. Les deux vieux, les membres douloureux, s'accroupissent pour déposer leur charge et s'étirer.

Le Visiteur, pour la première fois, prend le temps de contempler la lagune asséchée qui s'étend sous ses yeux. Dos-Courbé suit son regard sur l'étendue désolée, se souvient des temps anciens, quand la lagune était grouillante de vie, terrain de chasse inépuisable de son peuple, lorsque les oiseaux y nichaient encore et les crustacés abondaient. Aujourd'hui, le cordon de sable et de détritus qui s'est accumulé, petit à petit, dans le passage peu profond communiquant avec la pleine mer, condamne tout échange d'eau, même aux grandes marées. Sans l'apport bienfaisant d'un ruisseau, et sous les étés torrides, la lagune, de génération en génération, s'est asséchée. Quelques végétaux, comme calcinés, émergent des plaques de boue séchée et de l'épaisse croûte de sel blanc sale.

Intrigué par l'évidente tristesse qui s'empare de Dos-Courbé et de Tête-Nue, le Visiteur regarde l'étendue désolée. Regarde. Pense.... Regarde encore. Gratte sa chevelure crasseuse. Puis se lève, comme électrisé, dévale la dune dont le sable s'éboule à chaque enjambée.

En bas, il progresse précautionneusement entre les branchages cassés qui blessent ses pieds, foule la croute livide. Se baisse, gratte le dépôt blanc, le goûte.

Le goût merveilleux et riche du sel, du sel tant aimé, tant recherché, tant espéré, explose dans sa bouche, et lui procure une émotion intense.

Le sel qui manque tant à son peuple à lui, là-bas, au bord des lacs et le long de la rivière, où les proies sont abondantes mais fades, les plantes insipides.

Ce n'est pas juste le goût salé, bienvenu, qu'il a déjà découvert dans la chair des bêtes que mangent ses nouveaux compagnons. Ce n'est non plus celui de la mer, fuyant et impalpable. Ici, le sel est une substance, on peut le saisir à pleines mains, le donner et le recevoir, le garder et le transporter.

Le cœur battant, le Visiteur sait qu'il a touché le but de son voyage, de la quête qui l'a fait quitter les grottes de sa horde, descendre la rivière, braver l'inconnu.

Une joie immense, indicible le remplit. Il en oublie les autres, qui du haut de la dune l'appellent.

Les méduses

Cette nuit, la clameur d'un vent violent maintient éveillés Ceux-de-la-Mer. Le fracas des paquets de mer sur les rochers n'est concurrencé que par les profonds grondements du tonnerre, d'abord lointain, puis tout près dans la crique. Comme si le ciel se déchirait. Une pluie drue s'abat sur la côte, et bientôt des coulées d'eau froide envahissent les fissures à l'entrée de la grotte. Tremblants devant tant de déchainement, les enfants se blottissent contre les grands. La lumière des éclairs découpe fugitivement la silhouette de Ceux-de-la-Mer sur la paroi de la grotte, comme une ombre chinoise, et l'instant d'après le craquement assourdissant du tonnerre réverbère entre les parois rocheuses. Lorsqu'enfin le ciel s'apaise, la horde met longtemps à se rendormir.

Au matin triste, ils descendent presque tous vers l'arène, la grève et les rochers pour y ramasser des coquillages et des algues échouées par la marée, poussés par le vent et l'orage.

Le Visiteur est parmi les premiers, accompagné de Crie-Trop, Dent-Cassée et Aime-les-Fleurs. Les rochers sont jonchés de débris, de bois flottés, d'arbres déracinés dans la mangrove, d'algues enchevêtrées. Un peu partout, de nombreux amas visqueux et gélatineux, roses ou jaunâtres, environnés d'une chevelure de tentacules emmêlés, sont amassés dans les creux sableux, entre les cailloux.

Le Visiteur, curieux de ce qui, pour lui, est une nouvelle découverte, presse le pas, progresse entre les rochers, s'aventure entre les bêtes translucides et flasques étalées sur le sable et les cailloux, s'avance vers la frange mousseuse des vagues. Dans l'eau peu profonde, ballottées par le ressac, d'innombrables méduses flottent. Aime-les-Fleurs s'alarme : Elle a, lorsqu'elle n'était encore qu'une enfant, été piquée par les méduses, et se souvient de cet épisode douloureux. Elle rattrape vivement le Visiteur, avant qu'il ne s'engage dans l'eau, le saisit par le bras, pour l'avertir du danger. Lui, emporté par son élan, sa curiosité, se dégage et patauge à la lisière des vagues.

Il est déjà à mi-cuisse dans l'eau sale. Soudain, il s'arrête, s'immobilise, s'exclame. Porte ses mains à ses jambes, se retourne, les yeux égarés, et remonte vivement vers la berge. Des tentacules sont accrochés à ses mollets et ses genoux, qu'il essaie de retirer avec ses ongles. Déjà, ses jambes enflent et démangent. Aime-les-Fleurs se précipite, l'aide, tente avec ses mots et ses gestes attentionnés de le réconforter. Le Visiteur secoue ses jambes brûlées comme pour se débarrasser des démangeaisons, se frictionne vainement les genoux. Mal en point, il remonte vers la grotte, déjà pris de malaise, Aime-les-Fleurs sur ses talons. Les autres le suivent des yeux.

Pour eux qui ont grandi ici, une infestation de méduses est un événement rare mais que les anciens ont vécu. Ils savent tous qu'il faut éviter les bêtes molles qui piquent la peau. Que parfois, dans des circonstances exceptionnelles, elles pullulent et qu'alors, l'accès à l'eau de la crique est impossible pendant de longs jours, et qu'à ce moment-là, il vaut mieux longer la côte et chercher un autre endroit où ramasser leur repas. Ils réalisent que le Visiteur ignore tout de la mer, de ses dangers. Qu'il apporte des connaissances nouvelles, mais qu'ici il a besoin de la horde pour survivre sur le rivage.

Flanqué de Aime-les-Fleurs, haletant, la respiration laborieuse, le Visiteur atteint l'abri. Il s'allonge sur la couche d'herbes sèches qui est sous le porche, en pleine lumière, là où souvent les vieux se rassemblent le soir pour regarder la mer. Les mains sur l'estomac, il gémit faiblement. Oeil-Blanc, alertée, vient lui porter secours. Le Visiteur ne va pas succomber aux piqûres des méduses, mais il va passer un très mauvais moment, à se tordre de douleur et à vomir. Oeil-Blanc n'est pas inquiète. Avec son infinie patience, elle examine les jambes meurtries, retire en grattant avec un galet brisé des fragments de tentacules, descend du rocher pour chercher de la boue qu'elle apporte dans ses mains en coupelle, pour l'appliquer sur la peau endolorie.

Le Visiteur s'abandonne sous les mains fripées de cette vieille qui le soigne comme le ferait une mère.

Entre les crampes qui lui tordent le ventre et sa respiration difficile qui lui brûle la poitrine, il se souvient, comme dans une brume, de la femelle qui a été sa mère, qui jadis a pris soin de lui, l'a nourri, lui a appris ce qu'il devait savoir pour trouver à manger, se mettre en sécurité, interagir avec les autres. Il se souvient aussi de Casse-Cailloux, le mâle préféré de sa mère, celui qui a le plus partagé ses nuits. Le Visiteur se remémore les querelles et les réconciliations de Casse-Cailloux et de sa mère, leur attachement et leur violence.

Elle a, un jour, lorsqu'il était à peine adolescent, quitté la horde, là-bas sur la rive du Lac-de-la-Tourbière, pour suivre un grand mâle de passage, d'une horde voisine. Elle l'a laissé, lui, sous la protection de Casse-Caillou.

Casse-Caillou a pris soin de celui que ceux du lac appelleront plus tard Rêve-d'Ailleurs. Il lui a appris l'attrait du lointain, du voyage, de l'exploration. Lorsque Rêve-d'Ailleurs a décidé de descendre la rivière, vers l'inconnu, Casse-Caillou est le seul parmi ses proches à ne pas avoir désapprouvé, et à l'avoir laissé partir sans essayer de le retenir.

Sur la couche de fougères, devant la grotte de Ceux-de-la-Mer, entre les mains expertes d'Oeil-Blanc, et sous le regard bienveillant de ceux qui l'entourent, Rêve-d'Ailleurs qu'ils appellent ici le Visiteur sent qu'il a été adopté, que cette horde le considère comme un des leurs.

Il s'endort tard, pelotonné contre Oeil-Blanc, dans une niche au fond de l'abri, après avoir longuement écouté les rumeurs du soir, les échanges de ceux, qui, fatigués, se mettent à l'abri dans les recoins de la grotte pour dormir, et, un peu plus tard, les murmures et les gémissements des accouplements. Il se réveille dès les premières lueurs, d'un sommeil entrecoupé de cauchemars.

Au matin, les jambes encore brûlantes, le Visiteur descend vers la grève avec les autres. La marée de la nuit a évacué une grande partie des méduses de la crique. Dans quelques jours, la mer aura nettoyé le littoral et la horde pourra à nouveau nager sans risque. Sur le sable, les cailloux et les rochers, dans l'odeur des immondices, celles qui se sont échouées vont pourrir au soleil. Le Visiteur comprend qu'il faut, pour quelques temps, les éviter.

L'exploration de la côte

Le petit de Deux-Doigts est mort cette nuit. Sa mère a sangloté dans l'obscurité, lorsqu'elle a réalisé que le petit corps potelé ne respirait plus, ne bougeait plus. Elle l'a palpé, embrassé, secoué, en vain. Au matin, ils se sont rassemblés pour la réconforter, l'ont prise par les épaules, lui ont caressé les cheveux. Elle aura d'autres petits, elle est jeune et robuste.

Le Gaucher a prestement emporté la petite dépouille froide, il est parti sans se retourner. Nul ne saura où il est allé. Peut-être l'a-t-il laissée sur un rocher à l'écart, sur une corniche, exposée à l'appétit des oiseaux. Peut-être l'a-t-il jetée à la mer. Peut-être l'a-t-il mangée. Les autres préfèrent ne pas savoir, ignorer la douleur, balayer l'âpreté d'une perte.

Deux-Doigts saignera bientôt à nouveau à chaque lune, jouera avec les mâles. Un nouvel enfant grandira peut-être dans son ventre.

Depuis quelques jours déjà, le Visiteur vient s'assoir à côté d'Aime-les-Fleurs, et l'accompagne au ramassage des coquillages sur la grève. De temps en temps, il épouille sa belle tignasse noire, patiemment. Aime-les-Fleurs, quant à elle, recherche la compagnie du Visiteur, redouble de prévenance, lui apporte des friandises, des fruits rares qu'elle ramasse dans des coins reculés de la forêt, malgré le danger invisible des bêtes à griffes et à crocs qui y rôdent. Elle lui apporte même de grandes fleurs rouges aux pétales évasés, qu'elle dispose sur le sol devant lui, les yeux ravis, malgré son incompréhension : Ces fleurs ne semblent pas comestibles, mais suscitent, à son insu, comme une vague émotion.

Les autres femelles ne sont pas en reste, elles convoitent elles aussi le nouveau venu, échangent des coups d'oeil, tournent et retournent en essayant de capter son attention. Elles gloussent entre elles, complices, en le regardant. L'instinct du sang neuf, le besoin impérieux d'exogamie dans une horde isolée depuis des générations leur fait surmonter leur méfiance qu'inspire l'inconnu.

Lui, depuis son arrivée, a pris ses habitudes, s'est fait une place dans la horde, malgré son parler étrange, sa prononciation insolite des quelques mots gutturaux ou chuintants qui constituent leur langage. Les autres mâles l'acceptent, dans une espèce de camaraderie bourrue. La structure hiérarchique mouvante et souple du groupe, basée sur les compétences et les opportunités, les envies et le hasard des situations, s'accommode sans heurts d'un membre qui ne prétend être ni un meneur, ni un tyran potentiel.

Le Visiteur, toutefois, malgré les attentions des autres, passe de longs moments seul, rêveur ou préoccupé, possédé par des pensées secrètes que ses nouveaux compagnons ne peuvent pas comprendre, ne peuvent pas soupçonner.

Chaque matin, un ou plusieurs membres du groupe prend le chemin de la grève au-delà de la mangrove, dans l'espoir d'y découvrir des pontes de tortues. Le Visiteur les suit, invariablement, et s'attarde sur la crête de la dune, à contempler la lagune asséchée, ou bien descend roder entre les bancs de sel jaunâtre. Il les explore, affairé, et semble rongé par des préoccupations étrangères à la horde.

Ceux-de-la-Mer, chaque fois, reviennent bredouilles. Les tortues, jadis si nombreuses, ont déserté la plage. La horde ne connaîtra plus cette année le goût inimitable de leurs œufs fraîchement pondus.

Les anciens, Oeil-Blanc, Tête-Nue, Plus-de-Dents et Dos-Courbé, confusément conscients des changements progressifs qui transforment leur monde, sont préoccupés, et passent le soir, jusqu'à la tombée de la nuit, sur les rochers, en face de la mer, côte à côte, pensifs, la tête basse. Le monde qu'ils ont connu est révolu. La horde a perdu tout contact avec ceux de la côte qui étaient disséminés le long du rivage, au-delà de l'arène, là où un chapelet d'îles et de récifs brisait les vagues et où nichaient des nuées d'oiseaux, maintenant eux aussi devenus plus rares.

De l'autre côté, au-delà de la plage désertée par les tortues, après la côte découpée, d'autres hordes vivaient elles aussi de la pêche et du ramassage des coquillages.

Les dauphins quant à eux, autrefois si nombreux et si familiers, se font rares, et ne subsiste que la bande de Nageoire-Déchirée, qui ne les visite qu'une fois toutes les quelques lunes, pour rabattre le poisson dans l'arène.

Les anciens ont besoin de savoir, de comprendre, de réagir pour assurer la permanence de la horde, la possibilité de lendemains.

Un matin de brume, lorsque le soleil ne montre qu'un halo pâle au-dessus des flots ternes, les anciens, levés tôt, réveillent les dormeurs, secouent les paresseux, rassemblent la horde sur la corniche, dans un mouvement déterminé.

Ce jour, leur font-ils comprendre, une expédition composée de Bras-qui-Frappe, Sans-Petits, Aime-les-Fleurs et Voit-Loin partira, au-delà de la mangrove et de la lagune, en suivant la côte, à la recherche des tortues. Ils iront jusqu'aux grottes de Ceux-Qui-Sont-Connus, la horde cousine, que l'on ne visite que rarement, et dont on n'a aucune nouvelle depuis de nombreuses lunes. Plus-de-Dents est née, jadis, dans cette horde. Peut-être savent-ils où se trouvent les tortues.

Le Visiteur, un peu à l'écart, ne comprend pas tout de suite, jusqu'à ce qu'Aime-les-Fleurs vienne lui annoncer qu'elle prenait part à l'expédition.

Le Visiteur décide alors d'accompagner les voyageurs. Les anciens, indifférents, ne s'y opposent pas.

Après avoir abondamment bu au ruisseau, bien au-delà de leur soif, ils descendent sur la plage et s'engagent dans les flots. Le voyage sera beaucoup plus facile à la nage, en suivant la côte, qu'en parcourant le terrain accidenté, les broussailles et les éboulis.

Le Visiteur comprend maintenant qu'il va être confronté, pour la première fois, à la mer. Une vague inquiétude le prend. Jamais il n'avait dû affronter les flots pour une longue traversée. Il connait bien sûr maintenant la plage et le ressac, les rochers près des grottes, pour y avoir joué avec Deux-Doigts et Aime-les-Fleurs, et plongé pour récolter des moules. Il va maintenant devoir nager loin de la grève, remonter les courants, braver les vagues, mesurer son courage à celui des autres de la horde.

La curiosité, l'appel de l'inconnu emportent sa décision. Il sera des leurs, et il s'avance résolument dans les vagues écumantes.

Les nageurs progressent rapidement, habilement, leurs corps lisses se coulent dans l'eau, leurs pieds et leurs mains palmés brassent en cadence. Ils restent suffisamment près de la côte pour pouvoir distinguer les branches des arbres, les détails des rochers, deviner les coins propices pour prendre pied, se reposer, glaner de quoi manger dans les mares, grappiller des fruits.

Le soleil est bientôt haut, et lorsque les plumets blancs des nuages ne l'occultent pas, il tape dur sur les têtes émergées, les longues chevelures noires mouillées dans lesquelles s'emmêlent des filaments d'algues. Petit à petit, les nageurs se synchronisent, rament de concert, avec la régularité de la respiration d'un dormeur. Des nuées de petits poissons passent sous eux, ombres fugitives dans l'eau glauque. Le Visiteur se laisse aller à une douce rêverie, dans la communion des gestes ancestraux de la nage.

Le petit groupe a dépassé la plage désertée par les tortues, où subsiste, abandonnée sur le sable, la carapace vide de celle qu'ils ont dévorée. Dorénavant commence, pour le Visiteur, la découverte d'une côte inconnue, festonnée de rochers et de petites criques sableuses, avec de loin en loin, des langues de forêts aux troncs immergées, des mangroves grouillantes de singes et d'oiseaux. Chaque fois que Voit-Loin, à la vue d'une grève propice, en donne le signal par un cri strident, la petite troupe accoste, fouine entre les rochers qui émergent du sable, à la recherche de traces de tortues. Rien. Nulle part la moindre trainée dans le sable, la moindre excavation. Au fil des recherches, insidieusement, petit à petit, l'espoir qui survivait malgré tout, fait place à la consternation et l'inquiétude. Jamais encore ils n'avaient douté du retour, inlassable, année après année, depuis la nuit des temps, des tortues sur les grèves. Ils en perdent l'appétit, dédaignent les coquillages épars dans les mares, les fruits savoureux qu'ils auraient pu cueillir dans les arbres.

Lorsque le jour décline, les voilà regroupés sous un surplomb, au-dessus de la limite des marées, groupe morne et sombre, silencieux et songeur. Après s'être désaltérés dans un creux de rocher où l'eau de la dernière averse s'est accumulée, ils amassent, les membres las, quelques brassées d'herbes sèches en guise de couche. Blottis serrés, ils se touchent, s'enlacent, dans un compagnonnage triste. Aime-les-Fleurs sanglote doucement.

Le Visiteur sent confusément leur profonde détresse, la peur de la fin d'un monde rassurant qui leur est familier.

Ils s'endorment enfin, le ventre creux, d'un sommeil inquiet entrecoupé de cauchemars. Le bruit du ressac, les cris des derniers oiseaux monte des profondeurs, résonne entre les parois.

Le petit matin froid les trouve serrés, enlacés et affamés, hagards dans le jour gris. Le ventre creux et la tête vide, ils descendent sur une grève, se partagent des poissons morts échoués dans une mare.

Les deux femelles proposent de poursuivre l'exploration de la côte, jusqu'aux grottes de Ceux-Qui-Sont-Connus. Peut-être apprendront-ils ce qu'il est advenu des tortues. Le Visiteur ne participe pas au conciliabule, il ne connait pas la côte. Accroupi à l'écart, il interroge les visages, attend de connaître leur décision.

Finalement, après avoir bu un peu plus loin l'eau claire d'un minuscule ruisseau qui descend entre les rochers, ils s'engagent tous les cinq dans les vagues pour poursuivre leur voyage.

Bientôt se profile devant eux un cap découpé environné d'écueils où se brisent des vagues furieuses. Bras-Qui-Frappe qui les mène s'en approche, jauge l'obstacle, puis bifurque vers une grève, au fond d'une petite crique avant les rochers. Ils accostent, s'ébrouent, se reposent quelques instants et remontent vers la terre pour contourner l'obstacle, pour éviter d'être déchiquetés sur les arêtes aiguës des récifs.

Partout autour d'eux, des nids, des trainées de fiente. Dans des recoins, dans des cirques rocheux oubliés par la marée apparaissent de larges croûtes de sel sale. Le Visiteur s'y attarde, avant de rattraper ses compagnons.

De l'autre côté du cap, le grand croissant d'une plage sépare la mer d'une longue dune herbeuse.

Ils distinguent bientôt de grandes formes grises étendues à la limite des vagues de la marée basse. Il leur faut s'approcher davantage pour identifier ce qui pourrait être des rochers oblongs.

Voit-Loin, soudain, s'immobilise, saisit le bras de Deux-Doigts, convulsivement. Les yeux pleins d'horreur... Les dauphins...

Ceux-Sans-Jambes sont échoués sur la plage, en nombre au-delà de ce que la horde sait compter.

Les voyageurs, le regard rivé sur la plage, les yeux déjà pleins de larmes, restent, un long moment, incapables de bouger, comme tétanisés par la contemplation du désastre.

Puis soudain, les voilà tous qui dévalent vers la plage, dans une cascade de petits cailloux, au risque de se blesser, et arrivent, les pieds meurtris par les pierres acérées de l'éboulis, sur le sable grossier et les graviers où gisent les dauphins. Il est trop tard, déjà. Beaucoup se sont éteints, les derniers agonisent, écrasés par leur propre poids, dans des spasmes pathétiques. Le patriarche, Nageoire-Déchirée, l'ami qu'ils ont toujours connu, est étendu à l'écart, immobile, sur le côté, sa nageoire mutilée pointant vers le ciel, son oeil noir déjà vitreux. Ils passent leurs mains sur son grand corps, tapent, poussent, implorent un tressaillement de ses flancs. En vain. Le désarroi s'abat sur eux, et même le Visiteur, pris dans le chagrin de ses compagnons, sent sa gorge se nouer.

Les voilà assis dans le sable, silencieux, impuissants, dans l'horreur d'un moment impossible. Leur monde s'effondre.

Ils finissent par se relever, après de longs instants prostrés, le regard dans le vide. Circulent une dernière fois entre les grandes bêtes allongées, détournent le regard, s'éloignent avant de décider de poursuivre plus loin, jusqu'aux grottes de Ceux-Qui-Sont-Connus.

Eux, peut-être, sauront donner un sens à tous les désastres qui s'abattent sur la horde.

De retour dans l'eau ils poursuivent leur nage, désormais sans entrain, comme mus par le seul devoir de savoir, de rapporter des nouvelles à la horde, de permettre de décider d'un possible futur.

Le soleil est au plus haut lorsque Voit-Loin reconnaît la baie où vivent leurs congénères. Devant eux, s'étend l'aire caillouteuse où la marée haute, jadis, déposait des crustacés croustillants et des mollusques savoureux dans les mares entourées de roches sombres. Maintenant, elle n'est plus qu'un champ puant d'algues pourrissantes, de croûtes de sel, de coquillages brisés. Plus loin, plus haut, dans la paroi de l'escarpement, des arches ombrées indiquent l'entrée des quelques grottes de Ceux-Qui-Sont-Connus.

Rien ne bouge, à l'exception des branches des buissons agrippés à la paroi, qui balancent à chaque coup de vent.

L'endroit semble désert. Ceux-Qui-Sont-Connus ont dû partir cueillir des végétaux ou ramasser les bêtes de la mer. Bras-qui-Frappe crie, appelle, pour attirer l'attention des faibles et des impotents restés dans les grottes. Seuls les cris des oiseaux lui répondent. Les voyageurs appellent maintenant en choeur, de toutes leurs forces, pour couvrir le bruit de la mer. Rien ne bouge. Une profonde inquiétude, à nouveau, pèse sur leur poitrine. Ils gravissent les derniers méandres du chemin, prennent pied devant les grottes.

Elles sont vides. Presque. Adossés à la paroi humide, allongés sur le sol, des squelettes décharnés, mangés par les animaux, des crânes aux orbites creuses, des os pâles où restent des lambeaux de chairs séchées ou pourrissantes.

Ceux-Qui-Sont-Connus ne sont plus, emportés par la famine ou la maladie, perdus comme se sont perdus les dauphins et les tortues. Incrédules, fébriles, Ceux-de-la-Mer explorent toutes les grottes, en chassent des rongeurs charognards, ne trouvent qu'un peuple de morts, une puanteur prenante, dans le bourdonnement incessant de grosses mouches vertes.

Les nageurs sont atterrés, anéantis. Les yeux fixés sur le désastre, ou cachés derrière leurs deux mains, agités de tremblement, ils restent silencieux, absorbés par le l'horreur qu'ils ont découverte.

Puis, comme animés par une pensée collective, une vague de peur panique, presque mystique, ils fuient les grottes, quittent la baie, se réfugient en contrebas, sur une corniche en face de la mer.

La mer, la seule permanence dans un monde qui s'effondre. Quoique.... Elle aussi, peu à peu, abandonne doucement les criques et les baies, ses marées moins vigoureuses n'inondent plus les terrains de chasse des hordes.

Le retour est long, triste, silencieux et laborieux, car il faut remonter le courant froid qui inlassablement, inexorablement, longe la côte. Les nageurs ne retournent à terre que pour trouver de l'eau douce, de quoi manger, et passer quelques heures serrés les uns contre les autres dans un sommeil agité de pleurs et de sanglots. Dans l'enlacement des corps fourbus, la fatigue et le découragement ne laissent plus, depuis qu'ils ont décidé de revenir aux grottes, place aux saillies et aux ébats charnels qu'ils affectionnent tant.

A l'approche des grottes de Ceux-de-la-Mer, la fatigue croissante et l'appréhension de devoir faire à ceux qui les attendent le récit des désastres qu'ils ont découverts, ralentissent encore la progression des nageurs.

Le soir de leur retour aux grottes, Ceux-de-la-Mer qui ne participaient pas à l'expédition reviennent d'une cueillette dans la mangrove. Les mâles rapportent les peaux de deux singes morts, qu'ils ont arrachées des dépouilles sanguinolentes avec leurs ongles.

Le Gaucher, dans un éclair de génie, s'en est servi comme de sacs pour rapporter des fruits aux deux femelles restées à l'abri pour garder les enfants de la horde. Chargé d'une des peaux de singe, rebondie des fruits bien mûrs qu'il y a entassés, jetée sur son épaule, il aborde la montée vers les rochers d'un pas assuré.

Fier de son invention, Le Gaucher parade, les yeux plissés, la bouche largement ouverte sur ses gencives roses.

Sous l'arche, Ceux-de-la-Mer vident les peaux, partagent le butin. Dent-Cassée, l'une des femelles qui tente de sevrer sa petite fille, mastique un gros fruit, longuement, puis en recrache la pulpe un peu amère dans la bouche de l'enfant, qui grimace, secoue la tête et recrache. Les autres femelles regardent, miment la scène, s'en amusent.

L'Appel d'un des mâles, posté en guetteur, fait se lever les têtes de ceux assis devant l'abri. En contrebas, dans l'éboulis, les cinq voyageurs apparaissent, et entament la montée vers le refuge, d'un pas trainant. Les têtes baissées, le peu d'entrain, puis, lorsque la distance permet de distinguer les visages, les mines sombres, sèment la consternation. Quelque chose de terrible a dû arriver.

Bras-qui-Frappe, le premier, prend pied sur la plateforme devant l'arche d'entrée de la grande grotte. Déjà, ils sont tous attroupés, pressants, interrogateurs. Les nouveaux arrivants s'alignent en silence, embarrassés, interdits, face à la horde. Les vieux et les femelles enceintes, sentant qu'il se passe quelque chose, rejoignent les autres à l'entrée des abris.

Bras-qui-Frappe pousse Deux-Doigts du coude, l'incitant à parler, à dévoiler les affreuses nouvelles. Deux-Doigts balance d'un pied sur

60

l'autre, hésite, puis, comme un barrage qui cède, fond en larmes et d'une voix hoquetante, bousculée, avec quelques mots simples, raconte tout : Les tortues disparues, les dauphins échoués, Ceux-Qui-Sont-Connus trouvés morts. Leur douleur et leur stupeur.

Dans un grand brouhaha, la horde s'agite, crie, s'indigne et pleure. Les enfants, sentant confusément, sans se l'expliciter, le malheur des ainés, hurlent.

Tard dans la nuit, les lamentations se succèdent, jusqu'à ce que tous, épuisés, s'effondrent de fatigue.

Le sel

Un soleil de sang se lève sur la mer, les bruits du matin succèdent aux bruits de la nuit, les premiers cris de singes résonnent dans la forêt.

L'odeur acre des corps entassés et les ronflements de ceux qui dorment encore poussent les plus matinaux à sortir dans l'air frais et pur de la plateforme, ventilée par une légère brise marine.

Deux-Doigts se remémore les événements du voyage, le compagnonnage des nageurs dans la tragédie, la proximité croissante avec le Visiteur, qui est devenu comme l'un des leurs. Elle le cherche des yeux, retourne dans la grotte où elle l'a vu s'endormir, scrute les dormeurs dans la pénombre.

Le Visiteur a disparu.

Après l'avoir vainement cherché sur la plage et au bord du ruisseau, Deux-Doigts et Aime-les-Fleurs, son amie qu'elle a alertée, explorent sans succès les alentours des abris, jusqu'à l'arène des rochers où les dauphins rabattaient les poissons. Elles finissent, alors que le soleil est déjà haut, par trouver le Visiteur de l'autre côté, au-delà de la mangrove, errant dans la lagune asséchée.

Perchées au sommet de la dune, elles l'observent de loin, aller de-ci de-là, s'affairer, gratter le sol avec un bâton. Détacher des croûtes de sel sale, les examiner, les soupeser. Essayer d'en retirer les débris de coquillages, les grains de sable. Finalement elles le voient transporter deux blocs de sel vers une roche plate, en bordure de la lagune, là où il a laissé une des peaux de singe récupérée à la grotte, et qu'il avait traînée jusque là. Il écrase un bloc de sel sous un galet. Il trie ensuite du bout des doigts les cristaux jaunâtres. Mais la tâche est longue et méticuleuse. Il s'impatiente.

Le Visiteur décide alors d'aller laver le sel au ruisseaux, comme Ceux-de-la-Mer lavent les crustacés pleins de sable ou les fruits souillés.

Deux-Doigts et Aime-les-Fleurs le voient tenter de remplir de sel pilé la peau de singe. Il la hisse sur son épaule, mais le sel s'écoule par les déchirures de la peau. Il recommence, en vain. Le visiteur décide alors de ne pas effriter l'amas de sel, mais de le mettre tel quel dans la peau, qu'il charge à nouveau sur son épaule. Il s'éloigne vers la mangrove qu'il contourne par la forêt, pour pouvoir se déplacer plus vite, jusqu'au ruisseau. Il se dirige vers le petit gué et ses recoins où le courant est paresseux et le fond caillouteux.

Les deux femelles, qu'il n'a pas aperçues, le suivent discrètement.

Arrivé à un endroit propice, où l'eau peu profonde coule sur un lit de pierres plates, le Visiteur dépose le bloc de sel dans l'eau sur une pierre, et l'effrite sous un galet. Le sel se répand sur la pierre, dans l'eau. Le Visiteur le prend à pleines mains pour le tamiser entre ses doigts, le débarrasser des grains de sable et des détritus.

Tout absorbé par sa tâche, le Visiteur ne s'aperçoit pas tout de suite que le sel entre ses doigts diminue, diminue, puis disparait.... Lorsqu'enfin il réalise que ce qu'il a apporté s'est dissout, la stupéfaction le fige un long moment.

L'eau du ruisseau mange le sel !

Peu à peu, il prend conscience que son projet de retourner vers son peuple, là-bas vers les lacs dans les collines, en remontant la rivière, et de leur apporter ce trésor qu'est le sel, sera encore beaucoup plus difficile que ce que, déjà, il redoutait : Si la rivière mange le sel, il ne pourra pas nager, il devra marcher sur les rives, au risque de rencontrer des prédateurs qui courent beaucoup plus vite que lui. Il lui faut méditer, et trouver un moyen d'emporter le sel.

Plus haut, dans un fourré, Aime-les-Fleurs et Deux-Doigts qui observent sans comprendre ce qui se passe finissent par s'impatienter et par descendre vers lui. Lorsqu'il lève la tête, alerté par le bruit de leur approche, il croise leurs regards interrogateurs, voit leurs paupières gonflées, le blanc de leurs yeux rougi d'avoir pleuré. Il y lit, pour toutes deux, derrière la tristesse et l'inquiétude, de la curiosité, de l'intérêt, et peut-être ce qui pourrait ressembler à de l'amour. Lorsque son regard se porte sur Deux-Doigts, elle baisse les yeux, comme confuse, et croise ses bras potelés sur son ventre. Aime-les-Fleurs fait mine de regarder ailleurs.

Le Visiteur ne paraît pas surpris de la visite des deux belles femelles, mais plutôt gêné, comme s'il avait été surpris en train de voler la nourriture de la horde.

Après un moment embarrassé, quelques hésitations, il se lève et retourne avec elles vers les abris. Mais après quelques pas seulement, il se ravise et revient chercher la peau de singe, encroûtée de sel humide, qu'il avait laissée au bord du gué.

La soirée est morose, malgré la diversion du ramassage des coquillages et des algues comestibles sur la grève. Dans l'ombre qui gagne, le Visiteur, préoccupé, examine les deux peaux de singe, que Le Gaucher, lassé, lui a abandonnées. Les tourne et les retourne. Celle qu'il a emportée vers la lagune, et tenté de remplir de sel, dégage une forte odeur de cuir racorni, et les poils du singe sont poisseux et ternes. Toutefois, elle ne semble pas pourrir.

L'autre peau, vidée des fruits qu'elle contenait, et qui n'a pas été imprégnée de sel, est restée en plein soleil tout le jour. Elle est environnée d'un nuage de mouches. Demain, les asticots l'auront infestée. Le visiteur, d'une poussée du pied, la précipite dans le ravin, où elle reste accrochée, en contrebas, dans les branches d'un buisson, au milieu des autres détritus de fruits, de poissons et de coquillages jetés depuis tant de lunes.

Cette nuit, Deux-Doigts et Aime-les-Fleurs viennent, sur le matelas de fougères, se serrer contre le Visiteur. Entreprenantes, elles lui mordillent les oreilles, passent l'une après l'autre le peigne de leurs doigts écartés dans les poils bouclés de son visage, s'enhardissent. Lui, empoigne des mamelles, au jugé, indistinctement de l'une ou de l'autre, comme s'il s'agissait d'une seule et unique belle femelle. Il lâche prise, laisse libre cours au désir qui monte en lui, irrésistible, comme une marée d'équinoxe. Bras-Fort qui restait tapi tout près s'invite aux ébats, suivi du Gaucher et de Voit-Loin. Dans l'obscurité de la grotte, de l'entremêlement des corps, montent des râles et des cris. Plus loin, au fond de l'abri, les petits font silence.

Le Visiteur s'endort enfin, les doigts crispés sur la peau de singe qu'il a rapportée de la lagune.

Au matin, après être allé boire au ruisseau, il repart, la dépouille de singe sur l'épaule, pour la lagune asséchée. Il est résolu, il pense avoir une solution, il lui faut l'essayer. Il est accompagné cette fois par ses deux complices Deux-Doigts et Aime-les-Fleurs. Elles le suivent un peu par désœuvrement, un peu par curiosité, beaucoup pour le plaisir d'être avec lui.

Sur place il furète dans les fourrés au bord de la lagune, dans les recoins, entre les galets. Il cherche quelque chose de précis, il a un but, un projet. Le voilà qui ramasse des coquilles d'escargot dans les buissons et de coquillages vides entre les pierres, qu'il amoncèle dans le creux d'un rocher.

Puis il pile du sel, et, patiemment, le trie au mieux. Les deux femelles observent, intriguées. Il les invite à l'aider. Il dispose bientôt d'un tas de sel à peu près propre.

Avec un regard satisfait, il commence à remplir de sel les coquilles qu'il a amassées. Il l'enfonce avec ses doigts dans les coquilles, et les obture avec de la mousse prélevée sur les rochers. Puis le Visiteur tend quelques coquilles aux deux femelles. Les voilà qui l'imitent, remplissent les coquilles, en cherchent d'autres dans les fourrés, un peu plus loin, reviennent. Elles agissent sans vraiment comprendre, par imitation, subjuguées par son air déterminé, confusément persuadées que ce que fait le Visiteur est important.

Tandis qu'elles accomplissent le travail qu'il leur a assigné, il se met à fourrer les coquilles dans la peau de singe. Bientôt la dépouille s'arrondit comme un sac irrégulier, qu'il peut charger sur son épaule sans que le contenu ne se répande, pour peu qu'il empoigne la peau de manière à en maintenir l'ouverture fermée. Cette fois, le sel ne coule plus par les déchirures. Les deux femelles s'interrompent, le regardent.

Il lit une lueur de compréhension dans le regard d'Aime-les-Fleurs. Après quelques mots échangés, le visage de Deux-Doigts s'éclaire lui aussi. Elles ont compris, et le lui font savoir à grand renfort de tapes dans le dos et de regards admiratifs.

Le visiteur est satisfait et décide de retourner vers la horde, montrer son invention à tous. Ils abandonnent les coquilles encore éparpillées et les deux femelles lui emboîtent le pas sur le chemin du retour vers les grottes.

Là-haut, sur la plateforme, dès leur retour, ils sont nombreux à s'attrouper autour du Visiteur. Des mains curieuses palpent le sac improvisé de peau de singe. En explorent le contenu. Certains s'amusent du bruit des coquilles qui s'entrechoquent à l'intérieur.

Quel nouveau jeu le Visiteur a-t-il inventé ? Pourquoi ce sel, qui leur est tellement familier, semble-t-il si précieux pour lui, qu'il se préoccupe de pouvoir le transporter ? Les aliments glanés sur la grève ou pêchés dans la mer ne sont-ils pas suffisamment salés ? Veut-il saler les fruits ?

Après les premiers étonnements, le Visiteur s'impatiente, récupère résolument la peau de singe qui a circulé de mains en mains, vérifie soigneusement son contenu, et va la cacher tout au fond de la grotte, derrière l'amoncellement de fougères et d'herbes où il passe ses nuits avec Deux-Doigts et Aime-les-Fleurs.

L'objet de leur curiosité étant soustrait à leurs yeux, Ceux-de-la-Mer s'éparpillent pour vaquer au ramassage des coquillages, la recherche de végétaux comestibles et à leurs jeux.

Le lendemain, dès l'aurore, alors que Ceux-qui-sont-Debout émergent des grottes, baillent et s'étirent, le Visiteur s'approche de Dos-Courbé et Plus-de-Dents, qui dorment dans la petite grotte en contrebas. Il porte sur son épaule, dans la peau de singe, les coquilles remplies de sel. Derrière lui, Aime-les-Fleurs et Deux-Doigts qu'il a réveillées, le suivent, sans comprendre ce qu'il attend d'elles.

Avec des hésitations, en quelques mots, avec des gestes et des mimiques, le Visiteur indique aux anciens qu'il a décidé de quitter la horde, qu'il retourne d'où il est venu, et qu'il emporte le sel qu'il a amassé.

Dos-Courbé et Plus-de-Dents écoutent, hochent la tête, montrent leur surprise à l'annonce du départ de celui qu'ils considèrent maintenant comme l'un des leurs. Dans leur société peu hiérarchisée, non coercitive, une démarche personnelle, dès lors qu'elle ne porte pas de manière évidente préjudice à la horde, est acceptée par la collectivité. Plus que tout autre, le Visiteur, qui n'est pas né dans la horde, est libre. Il veut partir, qu'il parte.

Pourtant, lui hésite encore. Le sac de sel posé à ses pieds, les mains derrière son dos, les doigts enlacés, il passe d'un pied sur l'autre, le regard baissé, puis se retourne vers les deux jeunes femelles, fait comprendre son intention de les emmener.

Dos-Courbé et Plus-de-Dents s'agitent, se regardent. Ce n'est pas si simple, Deux-Doigts et Aime-les-Fleurs son nées ici, elles, elles sont essentielles à la survie du groupe, car elles sont jeunes, elles peuvent porter des enfants, nourrir les vieux, elles sont utiles à la communauté.

Les deux intéressées, qui découvrent l'enjeu dont elles sont l'objet, sans se concerter, s'approchent du Visiteur, signifiant ainsi leur adhésion à son projet.

Dos-Courbé et Plus-de-Dents vont réveiller Tête-Nue et Oeil-Blanc. La situation est inhabituelle, il faut qu'ils sachent ce qui se passe, on ne peut pas laisser des membres de la horde partir comme cela.

Bientôt c'est un attroupement qui entoure les anciens, les deux jeunes femelles et le Visiteur.

Avec réticence, difficulté, avec ses mots malhabiles, le Visiteur fait comprendre qu'il a trouvé avec le sel un trésor qu'il doit transmettre à la horde qui l'a vu naître, et qu'il a laissée au loin. Il dit aussi, plus avec son visage et son corps qu'avec les quelques mots qu'il est capable de dire, sa nostalgie des étendues d'eau douce, des roseaux, des oiseaux qui ne nichent pas ici. De ceux qu'il a laissés là-bas.

Il veut quitter la côte, cet endroit frappé par le malheur qui écrase la horde, privée des dauphins, des tortues, isolée au bord d'une mer qui meurt.

Il montre enfin, par des gestes et des mimiques, en se rapprochant d'elles, son attachement aux deux jeunes femelles dont il partage les nuits. Il ne veux pas les perdre, même si elles ne sont, en aucune manière, sa propriété, et que depuis qu'elles sont pubères elles jouent avec tous les jeunes mâles de la bande.

Les anciens sont fermes. Dans ces temps difficiles, la horde a besoin de Deux-Doigts et d'Aime-les-Fleurs. La horde, et tout particulièrement le Gaucher, Bras-qui-Frappe et Parle-Peu, les jeunes mâles qui eux aussi affectionnent les deux jeunes femelles, approuvent par des hochements de têtes.

Le Visiteur, après avoir cherché en vain le regard de Deux-Doigts et d'Aime-les-Fleurs, qui baissent la tête, embarrassées, referme ses doigts sur la peau de singe, son trésor de sel.

Dans un grand silence, il écarte d'un bras hésitant, pour pouvoir s'éloigner, ceux qui se pressent autour de lui.

Après quelques pas, il se retourne, interroge une dernière fois Aime-les-Fleurs et Deux-Doigts du regard. Leurs têtes se sont levées, il voit leurs yeux humides. Elles baissent toutes deux les paupières, des larmes roulent sur leurs joues. Il revient sur ses pas, tend la main. Personne ne bouge.

Alors le Visiteur, comme écrasé par une décision difficile, descend à pas lourds la pente vers la rivière.

La décision

Tous le regardent partir. L'instant est émouvant. Aime-les-Fleurs et Deux-Doigts sont maintenant serrées l'une contre l'autre, chacune le nez dans la chevelure de l'autre, les yeux clos.

Les anciens, mal à l'aise, rentrent lentement sous le couvert de l'abri, à pas lents. La horde se disperse en silence.

Une journée morose commence. Les anciens s'isolent sur le rocher, en face de la mer. De loin, Parle-Peu qui les observe devine leur trouble, leur indécision. Il voit Plus-de-Dents faire de grands gestes, designer la mer, les grottes, les compagnons disséminés sur la plage. Les autres vieux, tour à tour, lui répondent. Le journée s'étire. Lorsque le soleil passe au plus haut, Oeil-Blanc descend vers la grève et interpèle Un-Bras, le Gaucher et Voit-Loin, leur faisant signe de rassembler la horde.

Tous attendaient ce moment, savaient que les anciens ont débattu de choses graves, qui conditionnent leur devenir à tous.

Ils ne s'étaient pas éloignés des abris. En quelques instants la horde au complet se presse autour des anciens qui ont à petits pas, en clopinant, regagné la plateforme.

Lorsque le silence s'établit, Tête-Nue, avec des regards vers ses pairs, comme pour s'assurer de leur approbation, déclare que la horde va quitter les grottes et suivre le Visiteur vers un autre part où ni les dauphins ni les tortues ne disparaissent, où la nourriture abonde et où l'eau est douce à boire. Que la vie devient trop dure, que les ressources disparaissent et que la mer, peu à peu se retire, ne laissant que des espaces brûlés de sel et des animaux morts, comme le sont déjà Ceux-Qui-Sont-Connus.

Comme si une tension se trouve relâchée, tous se mettent, simultanément, à parler, à rire, à bouger. Nul ne proteste, même pas Crie-Trop qui reste la bouche ouverte, en se grattant la tête de ses ongles sales.

Lorsque le tumulte s'est apaisé, le Gaucher est envoyé pour rattraper le Visiteur, qui n'a pu que remonter la rivière, pour le faire attendre. La horde ne partira qu'au lever du soleil. Le Gaucher détale immédiatement, comme s'il avait anticipé le signal, descend le ruisseau jusqu'à son confluent avec la rivière qui, en aval, se ramifie et se perd dans la mangrove, et la remonte, en écartant à la volée les broussailles sur la berge, au pied des premiers arbres.

En allant vite, peut-être trouvera-t-il le Visiteur avant le coucher du soleil. Mais tout près, avant même d'être essoufflé, là où la rivière se fait paresseuse et où un gué permet de la traverser en ne se mouillant que les pieds, il entend un cri étonné. Là, à quelques instants de marche des grottes, se tient le Visiteur, assis sur un gros rocher, les jambes ballantes dans l'eau claire, la peau de singe posée à ses côtés.

Il est parti le matin, fermement décidé à rentrer vers les siens, à remonter la rivière jusqu'aux lacs nichés dans les collines, malgré le courant contraire, les longues nuits solitaires, les dangers de la route. Lorsque l'émotion du départ est tombée, toutefois, son courage a faibli, et il a considéré revenir sur ses pas. L'arrivée inespérée du Gaucher le soulage, il aura au moins un compagnon de route, à défaut des belles femelles dont il se souviendra longtemps. Il comprend ensuite, après quelques explications laborieuses et quelques malentendus, que la horde le suivra.

Le Gaucher ramène le Visiteur jusqu'aux abris, en lui donnant la main comme pour ne pas le perdre.

Le jour se termine sereinement, tous sont apaisés par une décision qui rompt cette anxiété croissante, qui montait depuis des lunes. Le Visiteur est choyé, les femelles lui apportent de la nourriture ramassée dans l'arène de rochers et sur la grève. Dans l'euphorie et le bien-être de se retrouver avec la horde, et de concilier sa compagnie avec son retour vers les siens, le Visiteur n'attend pas le soir tombé pour s'accoupler avec les femelles soulagées de le voir revenu. Avec le Gaucher et Bras-qui-Frappe ils dormiront tous trois, comme à l'accoutumée, avec elles.

Le calme du soir amène peu à peu le repos. Quand le soleil s'abîme derrière les arbres de la forêt, et que le ciel sans nuages se constelle des points clignotants des étoiles, seuls les ébats des couples enlacés et les hululements des oiseaux de nuit concurrencent le murmure incessant de la mer.

Le départ

Au matin toute la horde est réveillée tôt, dès que les premiers rais de soleil obliques entrent dans les grottes et tombent sur les parois marbrées de lichens.

Ils sont tous rassemblés sur la plateforme, à l'exception des anciens, qui sont restés dans les abris. Les mères portent les petits, serrés sur leur sein, leurs petits doigts potelés enroulés dans leur chevelure. Les mâles les entourent, maintenant impatients de partir.

Ils n'emporteront rien, n'ayant ni outils permanents, ni provisions, ni vêtements d'aucune sorte. Ils n'emporteront que le souvenir d'un lieu où des générations se sont succédées, ont enfanté, se sont éteintes. Sans laisser de monuments, de marques ni de sépultures, car les morts pleurés sont laissés à la mer, loin des grottes, en pâture au Poissons-Dévorants.

Leurs mains sont vides de toute possession, à l'exception du Visiteur qui ne quitte pas son trésor, la peau de singe et son chargement de sel.

Les interrogations, les étonnements de le voir s'attacher à un objet, le conserver, le protéger, ont peu à peu fait place à l'indifférence que suscitent les choses devenues habituelles. Ceux-de-la-Mer ne voient plus, lorsque la curiosité s'est émoussée, ce qui n'est ni dangereux, ni convoité.

Le temps s'écoule dans l'attente d'un signal de départ, d'une décision des anciens, qui ne vient pas. Quelques voix s'élèvent, dans une rumeur scandée, reprise par tous les adultes, imitée par les plus jeunes. Tous les yeux sont tournés vers l'entrée de la grande grotte, les regards fouillent l'ombre épaisse. La rumeur enfle jusqu'à ce qu'enfin, les anciens, serrés les uns contre les autres, main dans la main, arrivent du fond de l'abri et font face à la horde.

Un grand silence tombe sur Ceux-de-la-Mer, ne laissant que le bruit du ressac et des oiseaux, et le vagissement d'un nourrisson pelotonné contre sa mère.

Oeil-Blanc s'avance un peu, dénouant ses doigts de ceux de Tête-Nue. Elle paraît vieille, plus vieille qu'à l'accoutumé, ses cheveux gris emmêlés tombant sur ses joues ridées, son œil opaque mi-clos, ses bras décharnés et sa poitrine flétrie, ses jambes striées des rides.

Elle regarde longuement le ciel de son œil valide, les nuages déchiquetés, puis au loin, sur l'horizon, le soleil bas.

Ses premiers mots, ses premiers gestes provoquent un murmure de surprise : les Anciens ont décidé de ne pas suivre la horde dans son voyage sur la rivière, mais de rester dans les grottes. Ils sont trop vieux, trop faibles, ils retarderont la horde, ils seront des bouches inutiles en des lieux où la nourriture sera peut-être rare.

Après le départ de la horde, les ressources de la grève et de la forêt seront suffisantes pour ceux qui y seront restés. Ils garderont leurs souvenirs, et l'espoir que les voyageurs trouveront un monde plus riche.

Plus-de-Dents, Dos-Courbé et Tête-Nue, restés silencieux, hochent la tête en signe d'acceptation, se serrent encore un peu plus les uns contre les autres.

De la horde, un instant muette, fusent des objections. Comment pourront-ils, sans le savoir des anciens, distinguer les plantes qui tuent et celles qui nourrissent ? Trouver un abri avant l'orage ? Soigner les blessures et les maladies ?

Les vieux restent silencieux. Fermes dans leur décision, ils regardent longuement, un à un, leurs compagnons qu'ils ne verront plus, puis, l'un après l'autre, se retournent et vont s'assoir au fond de la grotte, signifiant ainsi que la décision est sans appel.

Il n'y a rien à rajouter. Les femelles sans enfants, Aime-les-Fleurs, Sans-Petits, Deux-Doigts, les premières, descendent vers le ruisseau, sans se retourner, suivies par le reste de la horde. Le Gaucher, très ému, regarde par-dessus son épaule, essayant de distinguer une dernière fois, dans l'ombre de la grotte, le visage d'Oeil-Blanc, celle qui l'a enfanté. Parle-Peu l'entraîne, son bras autour de ses épaules pour le réconforter.

Visiteur a assisté à l'adieu, sans y participer. Au fond de lui, la tristesse de ses compagnons est remplacée par un profond sentiment de soulagement : Il ne rentrera pas seul vers les collines. Le voyage sera moins difficile, moins dangereux, il ne souffrira pas de la solitude, il sera réchauffé par la solidarité d'une horde.

Il a également conscience, un peu confusément, du statut que lui confère le rôle de guide. Il est le seul à connaître la rivière en amont de son confluent avec le ruisseau. Il est le seul à avoir affronté ses dangers.

Pendant ce voyage qu'il sait long, l'équilibre souple et opportuniste, basé sur le savoir accumulé par les anciens et l'autorité qu'il leur confère, la collaboration égalitaire des plus capables, l'enthousiasme des plus vaillants, et le consensus général, seront mis à l'épreuve.

Lui, le Visiteur, l'étranger, aura un rôle unique et privilégié. Il lui faudra ménager les susceptibilités, être à la fois le meneur et le sage, sans compromettre l'entraide ni la camaraderie. Sans antagonisme avec les autres de la horde, habitués à ce que les décisions, si elles ne sont pas conditionnées par l'expérience d'un aîné, se prennent ensemble.

Le Gaucher, Grand-Nez et Aime-les-Fleurs ouvrent la marche, accompagnés par le Visiteur, sa précieuse peau de singe chargée de sel sur son épaule. Ils longent la berge que ce dernier a parcourue la veille. Ils sont suivis par la bande, les femelles avec les nourrissons et les enfants, les quelques adolescents. Bras-qui-Frappe ferme la marche, bouscule un peu les trainards, surveille les fourrés.

Leur horde, et les autres hordes de Ceux-Qui-Sont-Connus, ont depuis des générations innombrables vécu sur le littoral, ont exploité les ressources de la mer et de la mangrove, ont exploré la côte à la recherche de grottes, de criques poissonneuses, d'îlots à oiseaux. Ils ont même colonisé le petit archipel que l'on voit à l'horizon, lorsque le temps est clair.

L'intérieur des terres, dans la forêt et le long de la rivière, leur est étranger. Y trouveront-ils des coquillages savoureux, des dauphins, des oiseaux blancs et noirs qui pondent sur les rochers ? Les marées qui cadencent leur vie depuis qu'ils ont vu le jour ?

Ils vont devoir affronter un monde mystérieux, un monde nouveau plein de promesses, à en juger par l'enthousiasme du Visiteur.

La horde, pour la première fois de son histoire, s'enfonce dans l'inconnu.

La forêt

La rivière paresseuse se fraie un chemin tortueux dans l'épaisse forêt. Ses méandres ont abandonné des bras morts d'eau stagnante où grouille une faune d'insectes, de poissons de vase et d'oiseaux. De nombreux bancs de sable gris envahis de roseaux abritent des nids garnis d'oeufs marbrés de noir.

Par endroits, la forêt enserre étroitement le cours d'eau, et les cimes des arbres, tout là-haut, se rejoignent au-dessus de l'eau, comme un grand tunnel végétal.

Le Visiteur, qui l'a descendue naguère en se laissant emporter par le courant principal, là où l'eau est trop profonde pour qu'il puisse marcher sur le fond, peine à reconnaitre la rivière. Aujourd'hui, en la remontant, la perspective est différente, la saison a changé, la crue a modifié le paysage.

Accompagné du Gaucher, et portant inlassablement sur son épaule le sac de sel qui l'entrave mais dont il ne se sépare pas, il progresse maintenant en éclaireur le long de la berge, en cherchant des points de repère. Il hésite, revient, traverse et retraverse le courant, lorsque la profondeur permet de le faire sans nager.

Lorsque la rivière s'étrangle, que les rives caillouteuses ou sableuses disparaissent sous une végétation drue, et que l'eau se précipite entre les bords resserrés, il leur faut trouver un chemin sur la berge entre les arbres, car la horde, entravée par les enfants, les femelles portant des nourrissons et les faibles, ne pourra pas nager contre le courant.

Ils cassent alors des rameaux, les écorcent avec leurs ongles ou leurs dents, et les placent en guise de repères en travers de la coulée qu'ils tracent dans les fourrés.

La journée s'étire et le soleil est maintenant au plus haut de sa course. Les deux compagnons avancent en silence, le regard alerte et l'oreille tendue, attentifs l'un à l'autre. Une connivence s'est installée, faite de coups d'oeil, de gestes, de mains tendues. Une amitié qui nait dans l'action, dans le danger partagé, dans la responsabilité commune qu'ils ont de trouver pour la horde la route la plus facile et la plus sûre.

Là, devant eux, dans une boucle calme où la rivière s'alanguit, une petite île sableuse bordée de roseaux, reliée à la rive par un gué peu profond, couronnée de quelques arbres, semble propice au bivouac du soir. Le Gaucher et le Visiteur s'y attardent, l'explorent, la parcourent pour s'assurer qu'elle ne recèle aucun danger. A la pointe amont, ils débusquent une colonie d'oiseaux gris et verts qui s'envolent tous ensemble avec fracas, dans un même élan, lorsque le Gaucher, dans sa progression, fait craquer des branches. Les cris soudains et les battements d'ailes font sursauter les deux mâles qui, alarmés, s'avancent encore, puis découvrent au ras de l'eau des nids garnis d'oisillons et d'oeufs non éclos.

Ceux-de-la-Mer ne souffriront pas de la faim.

Le Visiteur et le Gaucher, d'un commun accord, décident que la horde dormira sur l'île cette nuit.

Ils redescendent maintenant la rivière à la rencontre des autres, en suivant les signes laissés sur le chemin qu'il ont balisé : les branches brisées, les cailloux empilés, les hautes herbes nouées. Bien qu'ils aient l'intention de revenir avant le soir avec la horde, le Visiteur ne se sépare pas de son chargement de sel.

Ils retrouvent bientôt les autres, qui n'ont progressé que lentement. Les enfants ont peiné chaque fois que la piste tracée par les deux mâles en avant-garde s'écartait de la rivière et coupait dans la forêt. Par malchance, une des adolescentes, Mange-Beaucoup, a, au début de la matinée, glissé sur un rocher couvert d'algues, et en tombant, s'est maladroitement foulée une cheville. Elle a eu du mal à se relever et à reprendre sa progression. Elle a ensuite voulu suivre le rythme de la marche de la horde, mais sa cheville a enflé, et il a fallu la soutenir.

Rassurés par le Gaucher et le Visiteur sur la possibilité de dormir dans un endroit sec et relativement sûr, tous pressent maintenant le pas. Mais la fin du trajet est encore loin, et le bel entrain s'effrite : Bras-qui-Frappe, posté en arrière-garde, rencontre quelques difficultés à faire avancer les plus jeunes, qui, fatigués et distraits, s'attardent à baguenauder au bord de l'eau.

Tous ont la plante des pieds meurtrie : Ils ne sont pas habitués à marcher si longtemps, sur un terrain accidenté, et la corne sur leurs orteils et leurs talons est encore trop tendre et trop mince.

Enfin tous se retrouvent sur l'îlot. Ils entassent au pied des quelques arbres, en guise de couches, les herbes et les roseaux secs qu'ils ont pu trouver au-dessus du niveau de l'eau.

Les oiseaux qui ont fini par regagner leurs nids dans la roselière, à la pointe de l'île, sont à nouveaux chassés par la horde, qui parvient à en abattre plusieurs par des jets de galets, avant qu'ils n'aient pu s'envoler. Les nids sont promptement pillés. Les oeufs savoureux passent de main en main jusqu'aux plus fatigués et aux plus vulnérables, tandis que les adultes plus vigoureux plument les oiseaux brisés, encore palpitants, et s'arrachent les lambeaux chauds de chair nourrissante. Les quelques arbres de la petite île offrent également des feuillages comestibles et quelques fruits blets, qui disparaissent dans les estomacs.

Mange-Beaucoup, dont la cheville tuméfiée est douloureuse, ne les a pas suivis. Elle est allée s'allonger au pied d'un arbre, adossée à un coussin de fougères, aidée par Sans-Petits, qui lui apporte de quoi manger. Pendant que Mange-Beaucoup, dont l'appétit n'est pas celui qu'on lui connait habituellement, mastique sans conviction la chair coriace d'une cuisse d'oiseau, Sans-Petits masse doucement l'articulation douloureuse. Les anciens restés dans les grottes sauraient comment soigner Mange-Beaucoup. Plus-de-Dents aurait écrasé entre deux galets des herbes odorantes qui guérissent et qu'elle savait choisir. Elle les aurait appliquées sur la cheville foulée, et par-dessus un emplâtre de boue pour la nuit. Mais Plus-de-Dents, restée avec les anciens, est loin maintenant, et son savoir est perdu pour la horde. Sans-Petits se souvient toutefois que les plantes qui guérissent ont des tiges anguleuses et poilues, des feuilles dentelées et des fleurs violettes, et qu'elles poussent dans des endroits humides. Elle part donc, incertaine, à leur recherche dans les recoins de l'île, puis sur les berges, dans les fourrés. Elle finit par trouver des plantes ressemblant au remède convoité dans le repli d'un rocher, dans un creux humide qui sent la mousse et l'humus.

Lorsqu'elle revient sur l'îlot, elle trouve Mange-Beaucoup entourée de Dent-Cassée et de Grand-Nez, qui essaient de dissiper la peur de leur amie d'être laissée sur le chemin par la horde qu'elle ralentit. Sans-Petits écrase soigneusement les feuilles au moyen d'un galet sur une pierre plate, jusqu'à en faire une pâte verte et fibreuse, qu'elle étale du bout des doigts sur la peau douloureuse. Grand-Nez est allée pendant ce temps chercher de la boue noire sur la berge, qu'elle a pétrie et qu'elle apporte à pleines mains. Mange-Beaucoup, rassurée par les attentions tendres qui lui sont prodiguées, s'allonge, sa jambe blessée bien calée et étendue, et l'emplâtre est couvert de feuillage pour qu'il ne sèche pas trop vite.

La nuit tombe, et bientôt Ceux-de-la-Mer, fourbus, s'entassent sur les roseaux amoncelés, serrés les uns contre les autres. Une vague contagieuse de bâillements parcourt la bande, bientôt suivie par des ronflements sonores. Même Mange-Beaucoup finit par s'assoupir, la tête appuyée sur l'épaule de Grand-Nez. Seul, Un-Bras qui veille encore, épie les bruits de la rivière.

Un oiseau solitaire, quelque part sur la rive, un peu plus haut, chante une phrase cristalline, ciselée, qu'il répète inlassablement. Un-Bras est saisi, au dépourvu, d'une émotion qu'il ne comprend pas, qui le fige, l'oreille dressée, l'attention focalisée sur l'étrange mélodie. Charmé, comme pris par un sentiment mystique, il se lève doucement dans l'obscurité qui gagne, en prenant garde à ne pas réveiller ses compagnons, pour s'approcher de la berge où est perché l'oiseau qu'il ne voit pas. Après un silence, le chant reprend, plus proche, encore plus limpide.

Un-Bras s'immobilise, et à tâtons s'assoit sur une arbre mort dont le tronc couché est envahi de champignons qu'il ne devine qu'au toucher et à l'odeur musquée qu'ils dégagent lorsqu'en s'assoyant, il les écrase. Le ciel est constellé d'étoiles qui scintillent, et un pâle croissant de lune se découpe derrière le feuillage. A l'ouest, une dernière trainée rouge indique où le soleil a plongé derrière l'horizon. L'esprit d' Un-Bras s'évade. Il se souvient de la grotte, et de Tête-Nue, l'ancien resté là-bas, qui jadis, patiemment, lui a appris à siffler. Il s'essaie à répondre à l'oiseau dont le chant découpe la nuit, à imiter son phrasé.

Timidement d'abord, puis en s'enhardissant enfin. Après un nouveau silence, l'oiseau volète vers Un-Bras, se perche sur un rameau, un peu plus haut. Un-Bras devine sa silhouette sur le ciel sombre. L'oiseau reprend sa ritournelle, il lui répond. Un jeu s'installe quelques instants, jusqu'à ce qu'après une dernière sérénade, le petit chanteur s'envole à tire-d'aile.

Un-Bras reste un long moment songeur, puis s'en retourne à petits pas vers les siens endormis, sa tête pleine de rêves dans lesquels il parle aux oiseaux.

Le matin est triste, d'épais nuages cachent le soleil, et l'herbe est toute mouillée. Ceux-de-la-Mer s'éveillent de mauvaise humeur.

Crie-Trop et Grand-Nez, qui avaient la veille marché ensemble à l'écart, se poussent du coude, puis, décidés, font face à la horde. Elles manifestent la volonté de rebrousser chemin, de revenir à la sécurité des grottes, à ce monde qu'elles ont toujours connu. Pourquoi s'enfoncer dans un pays certainement hostile, vers un monde décrit par le Visiteur, un pays d'abondance dont elles ont le droit de douter ? Pourquoi perdre le savoir détenu par les anciens, la connaissance des plantes qui guérissent, des caprices du temps, des bêtes et des choses ? Pourquoi endurer une route qu'elles devinent longue et dangereuse ?

Grand-Nez se plaint, gémit, implore qu'on revienne à la mer nourricière, aux grèves parsemées de coquillages savoureux, aux grottes accueillantes. Crie-Trop, elle, peste, fulmine, exige. Sans-Petits, Parle-Peu, Un-Bras et les autres échangent des regards, écoutent les doléances. Peu à peu, le silence revient, entrecoupé par les quelques gémissements de Grand-Nez et les grommellements de Crie-Trop.

Le Gaucher rappelle en quelques mots que ce sont les anciens, restés sur la côte, qui ont décidé que la horde quitterait le bord de mer, et chercherait un monde plus accueillant.

Grand-Nez et Crie-Trop, si elles le souhaitent, peuvent retourner, seules, vers les grottes. La horde continuera.

Dans un murmure d'assentiment, la horde se lève pour le départ, les mères soulèvent leurs petits pour les installer sur leur hanche, le Visiteur charge son sac de sel sur son épaule.

Grand-Nez, les mains sur la bouche, et Crie-Trop, ses poings sur les hanches, les regardent partir.

La progression est lente, l'humeur maussade, la motivation au plus bas.

Le cheville de Mange-Beaucoup est enflée et douloureuse, elle progresse appuyée sur Bras-qui-Frappe et Parle-Peu qui, parfois, doivent la porter pour lui faire franchir des passages les plus difficiles.

La forêt est épaisse, et les cimes des arbres tout là-haut, des deux côtés, surplombent le courant, jusqu'à parfois se toucher. La rivière paresseuse coule comme dans un tunnel vert et sombre.

La journée triste s'étire, et enfin, quelques rayons traversent le feuillage épais et font danser des tâches de lumière sur le clapotis où flottent de longues algues dentelées.

Une bande de singes traverse très haut, de branche en branche, dans un bavardage ininterrompu, tandis que la horde chemine sur la rive, parfois à sec, lorsque les fourrés le permettent, et parfois les pieds dans l'eau.

Chemin faisant, Ceux-de-la-Mer glanent des fruits dans les arbres, des feuilles succulentes. Ils ramassent des escargots et des limaces. Ce n'est que poussés par la faim qu'ils se décident à les manger, n'y trouvant pas la saveur et l'odeur familières, salée et iodée, des coquillages qu'ils affectionnaient tant, là-bas sur les grèves. Le Visiteur, familier de ces aliments qu'il a abondamment consommés lors du voyage aller, les encourage.

Lorsque le soleil est au plus haut, ils font une halte à l'ombre des arbres, et les adultes s'assoupissent tandis que les plus jeunes chahutent dans l'eau peu profonde, s'éclaboussent en riant. Mais soudain les rires s'interrompent abruptement. Les enfants, intrigués, regardent tous dans la même direction.

Là, à quelques pas, Crie-Trop et Grand-Nez se tiennent silencieuses, les mains derrière le dos, le regard baissé. Après de longues hésitations, celles qui avaient entrepris de regagner la mer ont décidé de rattraper les autres. Les voilà de retour auprès de la horde, après une course angoissée, dans l'incertitude de les retrouver. Elles les ont rejoints, elles sont rassurées, elles acceptent la décision de la horde, elles demandent à revenir dans le cercle solidaire du groupe. Sans un mot, les adultes maintenant tous réveillés leurs tendent les bras.

Ces retrouvailles inattendues sonnent la fin de la sieste, et tous, après avoir bu dans le courant, se rassemblent pour reprendre la marche.

Le Visiteur garde jalousement sa peau de singe contenant le sel si laborieusement collecté dans la lagune asséchée, au risque, plusieurs fois, de la laisser tomber à l'eau lorsqu'un passage délicat oblige ses compagnons à se tenir des deux mains aux branches surplombantes, ou lorsqu'il leur faut passer, en équilibre précaire, sur des rochers glissants. Le Visiteur, plus handicapé même qu'Un-Bras, s'entête, se fatigue, au risque de perdre son trésor. Aux haltes, il cherche un endroit sec où le déposer, et ne le quitte pas des yeux. Il a bien mémorisé que s'il immergeait le sel, celui-ci disparaîtrait peu à peu, comme mangé par l'eau.

Une fois de plus, Ceux-de-la-Mer sont obligés de traverser le courant vers l'autre rive, car un escarpement de la berge les empêche de continuer sans s'enfoncer dans la forêt, particulièrement dense à cet endroit. Pour la première fois, cependant, la rivière est si profonde qu'il n'est pas possible de marcher sur le fond. Mange-Beaucoup se met à l'eau, assistée par Bras-qui-Frappe et Parle-Peu.

Le Visiteur, dans l'eau jusqu'aux épaules, le sac de sel à bout de bras au-dessus de lui, hésite, s'inquiète. Voyant les autres s'éloigner il se décide enfin à nager, en tentant de maintenir le sel hors de l'eau. Il y parvient, un court moment, avant de ramer frénétiquement, la peau de singe au ras de l'eau, les membres douloureux sous l'effort. Sans-Petit et le Gaucher, qui sont déjà presque parvenus de l'autre côté, finissent par percevoir sa détresse, rebroussent chemin pour l'aider, et, ensemble, transportent le sel jusqu'à l'autre rive. La peau de singe n'a subi que quelques éclaboussures, qui ont glissé sur le poil crasseux. Le sel est sauf. Le Visiteur, haletant sur la berge, l'esprit chaviré, est réconforté par ses compagnons, qui lui tapotent les épaules, grognent leur sympathie. Ils comprennent, de manière plus aiguë qu'avant, que ce sel est très précieux pour le Visiteur, qui lui, est très précieux pour eux : Il est leur guide vers un monde meilleur, là-bas, au bout de la rivière.

Quand le Visiteur reprend enfin son souffle, et se relève, incertain, pour repartir, le Gaucher, le regard ferme, a déjà empoigné la peau de singe et l'a chargée sur son épaule. Le visiteur s'exclame. De surprise, d'indignation, de colère. Un long instant, les yeux dans les yeux, le Gaucher et le Visiteur se jaugent. Puis subitement la tension se relâche, et ce qui pourrait être un sourire éclaire leurs deux visages. L'alliance est nouée, la confiance est accordée.

Désormais, le sac de sel pourra passer de mains en mains, il est devenu un bien commun, sous la responsabilité collective de la horde, et il sera à tout instant surveillé par plusieurs paires d'yeux.

Le Visiteur dès lors est plus serein, et un poids, qui n'est pas que celui du sac de sel, est retiré de ses épaules.

Les sangsues

La marche s'est poursuivie longtemps et le soleil est maintenant bas sur l'horizon. L'ombre des arbres s'est épaissie sur la rivière. C'est à ce moment qu'ils découvrent un endroit où s'abriter sur la berge, là ou les crues ont déchaussé les racines des arbres qui surplombent le courant, et que des recoins terreux frangés de racines s'ouvrent dans le tlus de la rive. Ils pourront se presser, accroupis, dans l'ombre humide, à quelques coudées de l'eau.

Durant tout le jour, après la mésaventure du Visiteur, le précieux sac de sel a été pris en charge par les adultes de la horde, qui se sont relayés pour le porter. Les inquiétudes du Visiteur se sont peu à peu dissipées, mais il a quand même voulu, lorsque son tour est venu de porter la peau de singe, vérifier que le chargement était intact. Les coquilles d'escargot sont bien là, entassées dans le sac, chacune renfermant son petit amas de grains de sel agglomérés et humide. Le cliquetis qu'elles font lorsqu'on manipule le sac et qu'elles s'entrechoquent est devenu pour tous un bruit familier.

Mange-Beaucoup, qui a peiné toute la journée, s'assied dans l'ombre de l'abri, le dos contre une racine noueuse, sa cheville enflée bien à plat sur un coussin de fougères, pour que Sans-Petits puisse la soigner, appliquer les herbes qui guérissent qu'elle a ramassées durant la journée, renouveler l'emplâtre de boue.

Pendant ce temps les autres vont explorer les environs, dans l'espoir de trouver des escargots ou des limaces dans les creux humides, des chenilles savoureuses, des oeufs.

Crie-Trop, dans l'eau jusqu'à la taille, cueille des fruits et des pousses comestibles sur les branches qui pendent jusqu'au ras du courant, les dévore goulûment avec des grognements de plaisir. Lorsqu'elle sera rassasiée, elle en ramassera davantage pour les rapporter aux autres.

Soudain elle se fige, alertée par des piqûres aux jambes et aux fesses, et jusqu'aux replis de son sexe. Elle lâche les feuilles qu'elle allait manger, palpe ses cuisses. Quelque chose est accroché à sa peau, mord dans ses chairs. Dans un grand bruit d'éclaboussures, elle se précipite hors de l'eau, regarde affolée les nombreuses sangsues noires qui parsèment son ventre, ses jambes, ses pieds. Les morsures ne sont pas douloureuses, mais le spectacle des ces bêtes accrochées à elle la rend hystérique. Elle court vers l'abri, croise le Visiteur, lui montre, les bras tremblants, la détresse dans les yeux, ce qui lui arrive. Sur le visage du Visiteur passe l'expression rassurante de celui qui connait, qui a déjà vu, qui sait que ce n'est pas grave. Puis un sourire entendu : les sangsues sont une excellente trouvaille. Il empoigne fermement Crie-Trop, réticente, par le bras et l'entraîne à pas vif jusqu'à l'abri où Mange-Beaucoup repose, en compagnie de Sans-Petits. Il essaie de leur faire comprendre que les sangsues peuvent soulager Mange-Beaucoup. Il n'y parvient pas, s'impatiente, et finit par retirer l'emplâtre sur la cheville meurtrie. Il essuie la peau congestionnée avec les plantes qui guérissent, puis, d'un ongle délicat, il décolle une sangsue de la jambe de Crie-Trop, prostrée à côté d'eux, en poussant doucement sur la ventouse. Puis il l'applique sur la cheville douloureuse. Par bonheur, la sangsue n'est pas rassasiée, elle s'accroche aussitôt à la peau de Mange-Beaucoup. Le Visiteur se souvient des gestes précis de Main-Agile, la femelle qui lui a donné le jour, lorsqu'elle soignait les foulures et les abcès de Ceux-des-Collines, en appliquant des sangsues. Il se dépêche de décoller les petites bêtes noires, tant qu'elles sont encore vives et ne se sont pas gorgées du sang. Crie-Trop, qui le regarde nerveusement, le laisse faire, trop heureuse qu'il la débarrasse des ces parasites visqueux. Il les applique au fur et à mesure sur la peau de Mange-Beaucoup, qui, subjuguée et soumise, ne quitte pas ses mains des yeux. Et bientôt, comme miraculeusement, elle se sent mieux, la douleur sourde se dissipe, elle ne sent plus son pouls qui bat furieusement dans sa cheville. Sa main se serre sur le poignet du

87

Visiteur, elle lui sourit.

Après avoir appliqué les quelques sangsues qui lui semblent suffisantes pour soulager Mange-Beaucoup, il montre à Crie-Trop comment retirer celles qui restent, et l'aide pour celles accrochées à ses fesses et à son sexe. Crie-Trop le laisse faire sans protester.

Ils sont si occupés qu'ils n'ont pas perçu qu'autour d'eux, les autres, poussés par la curiosité, se sont peu à peu attroupés. Lorsque Crie-Trop se détend enfin, comme par un déclic, tous, jusqu'alors silencieux, s'agitent, commentent, manifestent leur enthousiasme, viennent exprimer leur contentement et leur sympathie par des tapes dans le dos. Ils sont pris de la griserie de la nouveauté. Ils prennent conscience que, s'ils ont beaucoup appris au Visiteur, il a certainement, lui aussi, encore beaucoup à leur apprendre.

Rencontre

La progression de la horde se poursuit plusieurs jours sans événements particuliers, si ce ne sont des averses qui les laissent trempés, et qui inquiètent le Visiteur qui s'empresse d'abriter le sel sous des branchages entassés, des grandes feuilles, ou à défaut sous son corps. La cheville de Mange-Beaucoup guérit peu à peu, grâce aux plantes médicinales ainsi qu'au soulagement procuré par les sangsues, lorsque Ceux-de-la-Mer en trouvent.

Peu à peu, la rivière se rétrécit, et son courant plus vif mange les rives qui sont par endroit escarpées. Il devient plus difficile de suivre la berge, qui s'éboule par endroit, et qui est encombrée par les souches des arbres déracinés par les crues, pourrissantes et couvertes de champignons. Aime-les-Fleurs, poussée par la curiosité et la faim, en a imprudemment mangé un soir, des jaunes au chapeau déchiqueté. Cette nuit-là, atteinte de nausées, elle s'est tordue de douleur, a sué et a vomi. Au petit matin, elle est allée, affaiblie, la tête vide, se laver à la rivière, soutenue par Voit-Loin. Ce n'est que vers le milieu du jour qu'elle a pu avancer toute seule.

Tous constatent que le paysage a progressivement changé depuis leur départ. Le Visiteur se souvient de cette portion où la rivière accélère. Il l'a très rapidement descendue en se laissant emporter par le courant. La remonter, avec toute la horde, promet d'être beaucoup plus difficile.

Les adultes se concertent. Le Visiteur ne connait pas les rives, lourdement boisées, au relief accidenté, il ne peut pas, ici, guider la horde. On décide de s'écarter de la rivière, et de longer la berge, du côté de la main malhabile. Des éclaireurs seront envoyés au petit matin, pour explorer la route et s'assurer que la horde ne s'écarte pas trop du cours d'eau.

Le Gaucher, Bras-qui-Frappe et Crie-Trop partent donc dès que le ciel rosit au-dessus de la rivière, après avoir abondamment bu, bien plus que ce que leur soif leur réclame. Ils sont chargés de choisir la route, et de rebrousser chemin si un obstacle ou un danger empêche la horde de passer. Le Visiteur, Un-Bras et Deux-Doigts flanqueront la horde du côté de la main habile, c'est-à-dire du côté de la rivière, pour s'assurer que leurs compagnons ne s'en écarteront pas trop, et avertir si la progression sur la rive redevient possible. Le Visiteur, qui marchera du côté de la rivière avec Un-Bras et Deux-Doigts, est spontanément d'accord pour confier le sac de sel à la horde.

La forêt est très dense, et la canopée, loin au-dessus d'eux, est grouillante de vie. Elle leur rappelle, par son épaisseur et la hauteur de ses arbres, la forêt qui environne les grottes qu'ils ont laissées, là-bas au bord de la mer. Ils y découvrent toutefois des plantes inconnues aux odeurs étranges qu'ils se gardent de consommer, se contentant de celles qui leurs sont familières. Ils en gardent cependant pour les montrer au Visiteur, qui les connait parfois. Aime-les-Fleurs s'arrête quelques instants chaque fois qu'une tâche colorée accroche son regard, cueille les fleurs inconnues, les respire, en pique parfois dans ses cheveux. Ses compagnes rient, amusées par cette manie.

L'avant-garde progresse entre les arbres, dans les fourrés, en silence, en prenant soin de ne pas blesser leurs pieds fragiles accoutumés à d'autres terrains, où ne poussent pas les arbustes épineux qu'ici ils sont contraints de contourner. De loin en loin ils laissent des marques de leur passage, que la horde pourra reconnaître : des branches croisées, des herbes noués.

Bientôt ils remarquent dans la végétation une coulée, un espèce d'étroit sentier, parallèle à la direction qu'ils suivent. Il serpente entre les arbres, évite les taillis trop compacts, les buissons d'épines. Ils l'empruntent, car il leur permet d'avancer plus vite. Le sentier doit être fréquenté souvent, puisque les brisures fraîches de rameaux exsudent encore des gouttes de sève gluante.

Le Gaucher, méfiant, ralentit le pas, guette. Ceux qui passent là sont de taille similaire à ceux de la horde, car des brindilles sont cassées à hauteur de tête. Un carnivore se serait coulé au ras du sol.

Un peu plus loin, le sentier qu'ils suivent croise un ruisseau, qui est probablement un affluent de la rivière. Sur la berge boueuse, des traces de pas. Le Gaucher, Bras-qui-Frappe et Crie-Trop s'arrêtent tous trois, interdits : Des pieds sont imprimés dans la glaise, des pieds larges, le pouce très écarté, mais toutefois des pieds comme les leurs. Les traces de pied sont mélangées à d'autres empreintes, comme des phalanges alignées. Ceux qui sont passés là sont nombreux. Les traces se superposent, ceux qui les ont laissées se sont attardés, ont bu au ruisseau. Les voilà tous les trois accroupis sur la berge limoneuse, à examiner les traces, à la fois étranges et familières. Il faut revenir vers la horde, et décider de la marche à suivre.

Soudain ils entendent une branche craquer, tout près, et sursautent.

Dans la pénombre de la forêt, une silhouette se dresse à quelques pas. L'être velu est de leur taille, debout sur ses jambes qui sont courtes et arquées, ses longs bras au-dessus de sa tête, ses mains accrochées à une branche basse. Il les regarde. Ses grands yeux ronds sont très sombres, sous d'épaisses arcades sourcilières, sans le blanc des yeux de Ceux-de-la-Mer. Le nez est très court, large et plat, les narines grandes ouvertes. Il a moins de poils sur la tête que Ceux-de-la-Mer, mais tout son corps est recouvert d'un pelage noir. Le Gaucher, Bras-qui-Frappe et Crie-Trop sont immobiles, paralysés par la stupéfaction.

Au bout de quelques instants, d'autres bruits se font entendre dans les fourrés autour d'eux. Tout près. Les trois de la horde réalisent qu'ils sont environnés par toute une bande. Poils noirs, nez plats, yeux sombres. La plupart ne sont pas debout, mais à quatre pattes, appuyés sur leurs mains repliées. Des petits grimaçants sont agrippés à la fourrure du ventre de leur mère. Celles-ci ont la poitrine plate, et seuls pointent leurs tétons roses entre leurs poils.

L'instant est magique. Tout ce mêle : Surprise, peur, curiosité, exaltation.

Ceux de la horde poilue échangent des regards, des gestes, des mimiques. Les trois de l'avant-garde de Ceux-de-la-Mer se regardent, eux aussi, échangent quelques mots gutturaux. Aucun ne bouge.

Seul un oiseau tout là-haut à la cime des arbres, pousse un cri discordant.

Enfin, celui de la horde poilue qu'ils ont vu en premier s'avance, retombe sur ses quatre pattes, s'approche de Crie-Trop, tout près, à la toucher. C'est un mâle, au front bas, à la poitrine puissante, aux longs bras vigoureux.

Il dévisage Crie-Trop, de ses grands yeux mobiles, la renifle. Bras-qui-Frappe et le Gaucher, alarmés, se rapprochent, en signe de protection, mais Longs-Bras ne se détourne pas, il fixe Crie-Trop dans les yeux. Il ne bouge pas. Elle, vaguement inquiète, embarrassée par cette attention soutenue, par cette trop grande proximité qui empiète dans sa sphère d'intimité, tente de communiquer, prononce quelques mots, se nomme. Lui, le regard interrogateur, mais bienveillant, ne répond que par des grognements, avance une main, la touche, d'abord légèrement, puis avec plus d'insistance. Elle, devant tant d'intérêt, de sollicitude, sent se désagréger ses inhibitions.

Les autres de la horde poilue ont progressivement convergé vers Ceux-de-la-Mer, les entourent. Des femelles aux seins plats et au fessier proéminent apportent des fruits, les tendent en offrande.

Imperceptiblement, degré par degré, la tension se relâche. Bientôt ils se palpent, se reniflent. Une femelle poilue aux grands yeux liquides se met à épouiller la chevelure noire du Gaucher, qui se laisse faire, et en profite pour la caresser avec curiosité. Longs-Bras, de la pointe d'un index noir à l'ongle plat, parcourt le visage de Crie-Trop, qui maintenant lui sourit, en découvrant ses gencives roses. Longs-Bras est intrigué par le grand nez de Crie-Trop, ses grosses lèvres, ses petites dents, ses longs cheveux noirs. Bientôt les jeunes se remettent à jouer, insouciants, à se poursuivre et à rouler dans les feuillages, ignorant complètement les nouveaux venus.

Le Gaucher et Bras-qui-Frappe acceptent la nourriture proposée par les femelles de la horde de Ceux-de-la-Forêt, et dans la confiance grandissante, se mêlent au groupe, cueillent des feuilles savoureuses, se les partagent. Tous les essais de communication verbale sont infructueux. Ceux-de-la-Forêt écoutent, intéressés, mais n'émettent que des petits cris, une sorte de rire et des grognements.

Le temps coule et le soleil tourne dans le ciel, et les deux mâles de l'avant-garde goûtent le sentiment de sécurité qui émane de cette horde bienveillante.

Bras-qui-Frappe soudain prend conscience de sa mission oubliée, de sa horde qui progresse dans la forêt, de repère en repère, de sa responsabilité dans la reconnaissance d'une route le long de la rivière. Ceux-de-la-Mer ne doivent plus être bien loin, car malgré la lenteur de leur progression, ils ont dû maintenant presque rattraper l'avance de l'avant-garde.

Bras-qui-Frappe se secoue, interpelle le Gaucher, lascivement enlacé avec une femelle. Il est temps de revenir sur leurs pas, d'informer la horde de la découverte de Ceux-de-la-Forêt, de prendre une décision quant à la marche à suivre.

Les deux mâles sont maintenant debout, un peu à regret, et cherchent Crie-Trop du regard. Ils la trouvent avec Longs-Bras, qui lui caresse ses mamelles rondes et explore son entre-jambe. Elle est visiblement très intéressée par l'érection arrogante de son partenaire. Ils s'éloignent maintenant tous deux, main dans la main, vers les fourrés, lui sur trois pattes, elle debout.

Le Gaucher et Bras-qui-Frappe échangent un regard entendu, annoncent à Ceux-de-la-Forêt qu'ils partent, mais qu'ils reviendront bientôt. Ne percevant aucun signe de compréhension en retour, ils répètent leur message par signe, et cette fois la horde poilue s'agite, se concerte. Les regards se tournent vers les fourrés où Longs-Bras et Crie-Trop ont disparu. Un concert de cris s'ensuit, qui ressemblent à des rires...

Bras-qui-Frappe et le Gaucher remontent la piste, et seulement quelques instants plus tard, entendent les bruits et les bavardages de la horde. Bientôt entre les arbres apparaissent Aime-les-Fleurs et Parle-Peu, puis le reste de la troupe. Un-Bras, Deux-Doigts et le Visiteur qui étaient chargés de longer la rivière sont déjà avec eux. Mange-Beaucoup, qui va beaucoup mieux, marche maintenant sans assistance, et seule une légère claudication rappelle sa cheville malmenée.

Il est difficile de faire comprendre à tous qu'à quelque distance seulement, une horde étrangère et différente les attend, une horde bienveillante et accueillante, qui ne parle pas, et auprès de laquelle Crie-Trop est restée.

Des palabres s'ensuivent. La rencontre avec la horde de la forêt est inévitable : La rivière se précipite entre des rives accidentées, et ne peut pas, pour le moment, être remontée en longeant la rive. La route de la forêt est donc obligatoire, et devant eux, la horde poilue les attend. Bras-qui-Frappe, accompagné du Visiteur dont la curiosité est fébrile, ouvre la marche.

Ceux-qui-sont-Debout retrouvent Ceux-de-la-Forêt là où le Gaucher et Bras-qui-Frappe les ont laissés. Mises en confiance, les deux hordes se mêlent aisément, presque fraternellement, malgré l'étrangeté de leurs différences : les uns au corps presque glabres, à la peau noire et à la longue chevelure, dressés sur leurs jambes, les autres poilus sur tout le corps, et le plus souvent à quatre pattes. Les échanges timides et maladroits se font par signes, et les uns et les autres se découvrent une communauté dans les expressions, les mimiques et les humeurs. Seuls Crie-Trop et Longs-Bras sont invisibles, mais personne ne semble s'en préoccuper.

Après des échanges qui ressemblent à des présentations, la troupe remonte lentement la rivière, à bonne distance de la rive, dans les bois denses que connaissent manifestement bien Ceux-de-la-Forêt. Le Visiteur et un grand adulte velu de la forêt, que Ceux-de-la-Mer ont promptement baptisé Grandes-Oreilles, partent en avant-garde.

Vers le soir, ils reviennent, visiblement très agités. Chacun explique à sa horde : Ils ont découvert une bande de singes, tout près devant eux, promesse de viande si la chasse est un succès. Les voilà qui avancent tous ensemble. Après un échange de signes et de hochements de têtes, les deux hordes mêlées se déploient largement pour encercler les singes, et bientôt la bande hurlante des proies est confinée dans un bosquet et se réfugie à la cime des arbres. Ceux-de-la-Mer, moins mobiles dans les branches que leurs nouveaux compagnons poilus, occupent les arbres voisins et le sol, et font grand bruit, crient et frappent les troncs, pour empêcher les singes de fuir le périmètre de chasse, toute en resserrant progressivement le cercle. Les singes assiégés grimpent de plus en plus haut, faute de pouvoir fuir hors du piège. Ceux-de-la-Forêt, en silence, se balancent de branche en branche, accrochés à leurs bras vigoureux, et montent vers les proies terrorisées, confinées dans les branchages fragiles des cimes. Puis tout se joue très vite. En quelques instants, dans des hurlements stridents, plusieurs des singes assiégés succombent et vont se fracasser au sol, tout en bas dans les fourrés. Ceux-de-la-Mer accourent pour les achever, égorger ceux qui se débattent encore. Les chasseurs libèrent alors les arbres environnants et les proies rescapées se dispersent rapidement, dans un froissement de feuillage et un concert de cris affolés.

Les voilà tous rassemblés au sol, maintenant. Les dépouilles des singes vaincus sont trainées dans une petite clairière, et le brouhaha est à son comble, dans l'excitation de la chasse et l'ivresse du succès.

Les adultes dominants dépècent les proies de leurs canines, arrachent des lanières de viande qui passent de main en main. Tous en ont une part, même les petits qui ont droit à quelques bouchées pré-mâchées par leur mère, jusqu'à devenir une bouillie rouge.

Au milieu de toute cette euphorie, le Visiteur est frustré. Depuis la découverte de la horde poilue de la forêt, l'attention de Ceux-de-la-Mer n'est plus focalisée sur lui. Ce n'est pas lui qui les a découverts, et il ne connait pas plus qu'un autre cette forêt. Il souffre de cette perte de prestige, et circule entre les groupes, essayant d'attirer l'attention, mais tous sont absorbés par le festin.

Après avoir mastiqué un bout de viande, il va bouder à l'écart. Mais bientôt, le voilà debout, cherchant du regard Mange-Beaucoup à qui il avait confié le sac de sel pendant la chasse. Il la trouve vautrée dans les broussailles, le dos appuyé contre un tronc, à mâchouiller un morceau de foie, la peau de singe contenant le sel abandonnée à côté d'elle. Le Visiteur, énervé, frustré, se saisit du sac, dénoue la liane qui le maintien étroitement fermé, y plonge la main pour en retirer une coquille d'escargot remplie de sel. Il prend le temps de refermer le sac, et, sûr de son effet, retire le bouchon de mousse humide qui obture la coquille. Du bout de l'ongle, il prélève un peu de sel. Ostensiblement, jetant des regards autour de lui pour vérifier qu'il est observé, il le porte à sa bouche. Le goût puissant et inimitable du sel marin envahit sa bouche, ramenant des bouffées de souvenirs d'embruns et de vagues. Tout la riche saveur des aliments perdus remonte à ses papilles. Les yeux clos, béat, il grogne de bonheur.

Certains de sa horde l'on suivi du coin de l'oeil. Les têtes se tournent maintenant, des doigts se pointent. Ceux-de-la-Forêt ne comprennent pas ce qui se joue, mais Mange-Beaucoup d'abord, puis Sans-Petits et Aime-les-Fleurs ensuite se pressent autour de lui, et quémandent du sel, d'abord timidement, puis avec de plus en plus d'insistance. La coquille d'escargot passe alors de main en main, chacun y prélève quelques précieux grains. Bientôt, les doigts n'atteignent plus le fond de la coquille, où dans l'enroulement étroit de la spirale, le sel est tassé. Avec une brindille, le Gaucher extrait les derniers grains humides et collants qu'il offre au bout de son index à Grandes-Oreilles. Celui-ci, le regard interrogateur sous ses grosses arcades sourcilières proéminentes, ses grands yeux noirs brillants, goûte prudemment. Puis il lèche ses lèvres fines et évasée, marmonne de satisfaction. Un échange de mimiques et de signes brefs plus tard, tous Ceux-de-la-Forêt, avec des petits cris d'impatience, se pressent autour du Visiteur. La coquille est vide, les derniers grains roulent entre les doigts de Grandes-Oreilles.

Un silence s'établit. Des regards s'échangent. Puis vont du visage du Visiteur à son sac de sel. Avec insistance. Encore et encore.

Ivre de son prestige retrouvé, le Visiteur sacrifie une seconde coquille d'escargot, puis referme résolument le sac, et s'assoit dessus.

Ce soir-là Ceux-de-la-Mer bivouaquent avec Ceux-de-la-Forêt. Ils n'ont pas cherché de refuge naturel, de surplomb de caverne... Aucun lieu particulier, aucun retranchement : leur nombre les protègent contre d'éventuels prédateurs au poil marbré, aux griffes rétractiles et aux canines féroces. De Crie-Trop et Longs-Bras, nulle trace.

Il pleut cette nuit-là. Ils sont tous serrés contre les troncs, sur des amas de feuillage, sous le couvert, dans la chaleur animale du groupe. Seuls des éternuements et des ronflements concurrencent le silence de la forêt, où l'on n'entend aucun oiseau de nuit.

Le matin blême les trouve transis et grognons. Sans échanger ni mots ni gestes, ils vont tour à tour déféquer dans un taillis et boire à une mare proche. Ils en sont encore à s'étirer, dans des bâillements contagieux, lorsque qu'un fracas de branches cassées leur annonce l'approche de Longs-Bras et de Crie-Trop, tous deux de fort mauvaise humeur. Ils ne se regardent même pas, gesticulent d'un air irrité, Longs-Bras se redressant de proche en proche sur ses jambes pour agiter ses longs bras velus dans un geste de frustration. Crie-

Trop, qui porte bien le nom que la horde lui a donné, invective et fulmine.

Un à un, Ceux-de-la-Mer se détournent d'elle, embarrassés du différend qu'elle crée avec Ceux-de-la-Forêt. Ils connaissent tous très bien ses sautes d'humeur, ses méchancetés soudaines, sa violence parfois. Ils comprennent que Longs-Bras en sa qualité de mâle dominant d'une société hiérarchisée, ne supporte pas l'invective, ni qu'une femelle puisse se refuser à lui, alors qu'il tente de l'honorer de ses avances. Là, soudain, depuis le retour de Crie-Trop et de Longs-Bras, le climat d'entente entre les deux hordes a changé, comme si une pluie plus froide que celle de la nuit s'était déversée sur eux.

Ceux-de-la-Forêt se concertent, avec des postures et des gestes si fugitifs que Ceux-de-la-Mer sont incapables de les déchiffrer. Bientôt, ils tournent le dos à la horde de Crie-Trop, rameutent leurs petits, et sans se retourner, s'éloignent dans la forêt, où ils s'évanouissent en quelques instants, comme bus par les arbres, comme s'ils n'avaient jamais été là.

La savane

Livrés à eux-mêmes, abandonnés comme cela en un instant, Ceux-de-la-Mer sont désemparés. Ils avaient un moment cru trouver un appui, une aide dans un monde inconnu et hostile, et ils se retrouvent subitement seuls. Ils se regardent les uns les autres, et observent Crie-Trop à la dérobée, le regard lourd de reproches. Elle, insensible à l'ambiance qui s'est installée, ne décolère pas, continue à pester, brandit son poing serré dans la direction où a disparu la horde de la forêt.

Seul le Visiteur, qui peut à nouveau monopoliser toute l'attention, se réjouit confusément de la situation. Il regarde le Gaucher, Bras-qui-Frappe et Un-Bras, ses complices et compagnons virils, hausse les épaules, retrousse ses grosses lèvres sur un sourire satisfait. Gagnés par son attitude, incapables de rancoeur, hédonistes par nature, les mâles lui rendent son sourire, se redressent de toute leur hauteur en tapant dans leurs mains : La horde va repartir, la route est longue, la vie continue.

Les voilà qui progressent à nouveau le long du cours de la rivière, s'approchant de l'eau dès que le relief de la berge le permet.

Dans les jours suivants, la forêt s'éclaircit, et la rivière reprend un cours plus paresseux, enroulant de larges boucles. Aidés par leur avant-garde, Ceux-qui-sont-Debout coupent les méandres pour raccourcir leur route, essaient pendant le jour de ne pas s'égarer dans des bras morts, des étangs vaseux délaissés par le courant. La nuit, par contre, ces mares immobiles sont leur refuge, les îlots envahis de roseaux leur bivouac. Ils y trouvent de quoi manger, des insectes et des oeufs. Des poissons faciles à pêcher dans l'eau peu profonde, pour peu qu'on ait la main leste.

Sur les nénuphars grands comme deux mains étalées, des petites grenouilles vertes marbrées de jaunes guettent les libellules de passage. Avec une infinie patience, les femelles de la horde, accroupies dans la vase, immergées jusqu'à la taille, les approchent imperceptiblement, et, tout près, d'une main palmée rapide comme une aile d'oiseau, les saisissent. Le mets de choix est promptement démembré et dévoré.

L'épaisse forêt est derrière eux maintenant, et le peuple velu de la forêt n'est plus qu'un souvenir. Crie-Trop ne fait plus parler d'elle, se fond dans le groupe, évite toute évocation de ce qui s'est passé.

Un large cordon d'arbres borde le cours d'eau, sur les deux rives. Au-delà, quelques bosquets épars jalonnent une grande étendue d'herbes hautes brulées de soleil. Au loin sur les collines, dans la brume tremblotante de l'air surchauffé, on devine d'autre forêts, accrochées aux versants, et des massifs de roches noires.

La horde ne s'éloigne plus guère de la sécurité bienfaisante de l'eau. Durant le jour, le soleil de plomb fait miroiter la surface liquide, dans l'ombre, par endroit rare, des quelques arbres qui bordent la rivière.

Parfois, le courant plus vif écume sur les galets, et dans des recoins entre les rochers, des écrevisses agitent leurs pinces. Lorsque Deux-Doigts, les pieds dans l'eau, s'en est aperçue, elle a hurlé de terreur, rameutant toute la horde. Les mâles, pragmatiques, ont capturé les écrevisses, qui ont fini dans leurs estomacs. Deux-Doigts n'est pas la seule de la horde a avoir la phobie des crabes et de ce qui y ressemble, car la majorité des femelles éprouvent une grande répugnance pour ces crustacés. La mémoire ancestrale de ces bêtes qui mordent les petits enfants de la horde est inscrite au plus profond d'elles-mêmes, tout comme la terreur que leur inspire les murènes.

Au fur et à mesure de leur progression le long de la rivière, la forêt régresse, et se réduit à des galeries vertes qui soulignent le tracé de l'eau, réserve de vie et de verdure. Au-delà, là où Ceux-de-la-Mer ne s'aventurent que pour, sur les conseils des éclaireurs envoyés en reconnaissance, couper un méandre trop large et gagner une longue journée de marche, le sol est couvert d'herbes hautes et d'arbustes épineux. Ceux-qui-sont-Debout avancent en rangs serrés, avec des guetteurs prêts à donner l'alarme en cas de danger. Tous boivent abondamment le matin, avant de quitter l'eau, ne sachant pas s'ils pourront se désaltérer avant le soir.

Les jours de ciel couvert, leur progression est aisée, et le terrain peu accidenté permet une marche continue sans avoir à contourner d'obstacles, de fourrés d'épineux trop touffus, d'enchevêtrement d'arbres morts et pourrissants.

Lorsque le ciel est dégagé, par contre, les rayons brûlants du soleil rendent la progression de la horde difficile. Ne sachant comment transporter l'eau, ils doivent se contenter de ce qu'ils peuvent boire avant de quitter la rivière, et se trouvent assoiffés bien avant que le soleil n'atteigne son point le plus haut dans le ciel. De plus, les adultes doivent porter les petits qui peinent sous le soleil.

Un matin de grand beau temps, la horde quitte, à regret, sous un ciel sans nuages, la grève herbeuse d'une petite crique dans une boucle de la rivière, cachée par une épaisse palissade naturelle de roseaux. Elle s'engage dans la savane, pour couper le large méandre paresseux que la rivière parcourt sur la plaine, et que Un-Bras et Voit-Loin ont exploré la veille.

Les mères portent les jeunes enfants sur une hanche, leurs petites mains agrippées dans la chevelure de l'adulte.

Les voilà partis, sans enthousiasme, mais au bout que quelques pas ils entendent derrière eux des appels. Lorsqu'ils se retournent pour connaître l'objet de ces cris, ils ne voient qu'un grand bouquet de feuillage remuer.

Ils distinguent toutefois bientôt, sous les branchages, le visage hilare de Parle-Peu, qui s'avance, efficacement abrité du soleil sous un parasol improvisé. Il a cassé des jeunes arbres à larges feuilles grasses sur la rive, qu'il tient en bouquet, appuyé sur son épaule. Grand-Nez vient se presser contre lui sous l'ombrage, et les voilà qui avancent avec la horde. Bientôt d'autres rebroussent chemin, et cherchent eux aussi de quoi se protéger du soleil. C'est bientôt comme un petit bosquet qui avance sur la plaine. Le début du trajet est ralenti, car il faut porter les branchages, mais vers la fin, à l'approche du but, la marche va encore bon train, et c'est relativement frais qu'ils retrouvent la rive et le clapotis de l'eau.

Désormais la horde ne s'aventurera plus pour un long trajet sous le grand soleil sans les feuillages protecteurs.

Le feu

La horde suit la berge de la rivière qui file presque tout droit. La journée est étouffante, mais heureusement la rive est boisée, fraîche, praticable et ventée. L'horizon, sur la savane, poudroie sous les rayons brûlants. Vers le soir, d'épais nuages sombres s'amoncellent dans le lointain, et bientôt le grondement du tonnerre fait vibrer l'air épais. Sur l'étendue desséchée, les troupeaux d'herbivores s'agitent, inquiets. La lumière décroit rapidement, car le soleil descend sur les collines, et les nuages, maintenant opaques et noirs, masquent la lumière orangée du couchant. Un éclair zèbre le ciel, loin, puis un autre, plus près. L'espace d'un instant, les troupeaux frissonnants projettent une ombre fugitive.

Le fracas du tonnerre fait se recroqueviller Ceux-de-la-Mer, dans l'espace étroit d'un petit surplomb rocheux, d'où ils peuvent regarder la plaine. Ici le tonnerre est plus bref, plus claquant que sur la côte qu'ils ont laissée, là où les craquements du ciel se réverbèrent entre les parois rocheuses, dans les criques escarpées.

L'orage se rapproche, les coups de tonnerre s'intensifient, et toujours pas de pluie.

Du côté du couchant, le soleil rouge semble animé d'un sursaut de clarté, et c'est comme une trainée de sang qui ourle l'horizon. Ceux-de-la-Mer fixent l'étrange lueur, le vermillon improbable qui progressivement envahit l'espace, et les nuages noirs au-dessus. Le vent s'est levé, et ils distinguent au bout d'un moment des langues rouges qui dévorent la prairie desséchée. Comme un troupeau chargeant, l'incendie galope sur la plaine, ploie sous le vent et se redresse, crépite comme les sabots qui martèlent la terre dure.

Les animaux qui se serraient, frissonnants, en attendant le déluge, maintenant tournoient, incertains sur la direction de fuite, puis déferlent comme un mascaret parallèlement à la rivière. Une terreur affreuse s'empare de la horde. Seul le Visiteur connait le feu, l'a vu de loin un jour qu'il était encore enfant, dévorer une forêt.

Pour les autres cette bête rouge et jaune, fugitive et lumineuse, qui affole les troupeaux, s'enroule autour des arbres et les embrase, est une vision qui leur glace le sang.

Le Visiteur sent la main moite d'Aime-les-Fleurs serrée sur son bras, son tremblement. Voilà un troupeau d'hipparions qui se précipite vers la rivière, tente de la franchir à l'endroit où la berge est escarpée, juste au-dessus du surplomb où se sont réfugiés Ceux-de-la-Mer. Les premiers animaux passent, plongent dans des éclaboussures d'eau sale, d'autres trébuchent, chutent, les pattes brisées. L'incendie de brousse est maintenant sur eux, la horde sent le souffle brûlant de la fournaise au-dessus de leurs têtes. Leur abri est au ras de l'eau, ils peuvent par chance s'éclabousser et s'immerger pour ne pas succomber. Les mères hurlent, tétanisées, leur petit accroché à leur ventre. Des arbres calcinés tombent dans le courant en fumant et grésillant. L'air devient difficile à respirer. Un hipparion, tout près, tombé sur le dos, agite convulsivement une patte brisée en hennissant pitoyablement. Ses sabots fument et sentent la corne calcinée. Dans les tourbillons du vent brûlant et la pénombre de la fumée, des panaches d'étincelles s'enroulent comme des nuées d'insectes lumineux.

Enfin, la pluie déferle sur la rivière, de grosses gouttes tièdes tombent dans la cendre et grésillent. L'averse s'intensifie et l'incendie, faute de combustible, s'éloigne enfin.

Serrés sous le petit surplomb, Ceux-de-la-Mer sont prostrés. Une femelle sanglote doucement. Des mâles se lèvent enfin, s'aventurent hors de l'abri, mais se brûlent les pieds dès qu'ils s'éloignent de l'eau. Ils restent donc tous pelotonnés, sous une pluie maintenant assagie, jusqu'au petit matin.

Dans les premières lueurs, ils prennent la mesure du désastre. La plaine n'est qu'un tapis fumant de cendres, et des quelques bosquets épars ne restent que des moignons de bois noir crevassés. Le feuillage des arbres épargnés sur l'autre rive est gris de cendre. Des animaux sont affalés dans les débris, pour la plupart morts et partiellement calcinés. Une prenante odeur de viande grillée est poussée par la brise.

Tout près d'eux, l'hipparion aux membres rompus s'est éteint. Sa crinière dressée est brûlée par endroits, ainsi que les crins de sa queue, comme frisés par la chaleur du feu. Une patte en l'air montre ses trois doigts cornés, et le grand sabot du doigt du milieu est noir et déformé. Son oeil grand ouvert a perdu tout éclat, il est mat comme un galet, et sa gueule entr'ouverte laisse voir des dents jaunes et plates, et une grande langue flasque qui pend obliquement.

Ceux-de-la-Mer, après l'intense émotion de la soirée et de la nuit, sont affamés. Bras-qui-Frappe, le plus résolu, cherche sur la grève un galet cassé et tranchant, et entreprend d'ouvrir le ventre encore tiède le l'animal. Le cuir est épais et il lui faut de la patience pour découper la panse de l'hipparion. Le foie saignant est extrait et partagé, et dans la communion du festin, la horde se rassasie.

Ceux-qui-sont-Debout sont tous vivants, sinon indemnes. Beaucoup toussent, crachent de la suie, larmoient encore. De leur grand nez qu'ils mouchent de leurs doigts palmés coule une morve noire.

Le sac de sel en peau de singe est en très mauvais état, il se désagrège par endroits, il pue. Rêve-d'Ailleurs est démoralisé et préoccupé. Il finit par tripoter la peau de l'hipparion. Il hésite. Puis se décide et parvient à s'assurer le concours de Bras-qui-Frappe pour dépecer une patte de l'hipparion, sans fendre le cuir, en conservant les doigts et le sabot, et en retroussant la peau. Ils peinent longtemps, mais obtiennent un tube fermé à une extrémité, et facile à maintenir obturer à l'autre, dans lequel Rêve-d'Ailleurs transfert toutes les coquilles d'escargot pleines de sel. La peau flasque du singe, maintenant presque pourrie, est abandonnée, et ils décident de quitter ce lieu de désolation.

La seule voie possible est la rivière, car les deux berges sont couvertes de cendres et de charbons encore chauds, qui brûlent les pieds des imprudents. Ils partent donc, en barbotant dans l'eau, malgré un assez fort courant contraire qui ralentit leur progression. Le courant charrie des débris calcinés, des animaux morts ou agonisants. Le sac de sel est tenu à bout de bras au-dessus de l'eau, et passe de mains en mains. La peau d'hipparion est un peu brûlée par endroit, mais le cuir est épais et beaucoup plus solide que la peau de singe, et s'imprègne moins lorsqu'il est éclaboussé.

Vers le milieu du jour, ils accostent sur une grève caillouteuse pour se reposer. Ils n'ont pas encore quitté le périmètre de l'incendie. Ils trouvent, un peu plus loin, de gros oiseaux morts au plumage brûlé, qui ont dû être pris dans l'air surchauffé et tomber dans les fourrés encore incandescents. Sous la peau craquelée, les chairs sont tendres et délicieuses, beaucoup plus savoureuses que celles des animaux crus que Ceux-de-la-Mer capturent lors de leurs chasses, ou des cadavres qu'ils trouvent.

Ils se délectent tous, trouvant dans cette nourriture moelleuse et parfumée par le feu une consolation au monde désolé qu'ils traversent.

Parle-Peu, qui passe beaucoup de temps à penser à tout ce qui l'entoure, se demande si ce n'est pas le feu qui rend les viandes si bonnes. Le feu cruel qui brûle mais réchauffe, qui mange les êtres mais fait fuir les prédateurs. La bête rouge et insaisissable qui dévore la prairie. Il aura besoin de le méditer encore.

Le jour suivant, ils poursuivent la remontée de la rivière, qui s'écoule entre des berges vertes que l'incendie n'a pas atteintes. Ils peuvent à nouveau progresser sur les rives, sans avoir à lutter contre le courant. Ce retour à la normalité d'un monde connu provoque un changement de climat agréable : On entend à nouveau des bavardages et des échanges, et de temps en temps le cri joyeux qui sonne comme un rire. Seules séquelles de la catastrophe, quelques mains et pieds brûlés qui cicatrisent, soignés par Sans-Petits. Des toux, des bronches encombrées, des crachements. Mais aussi, pour la plupart, la terreur traumatique du feu, et pour Parle-Peu, le rêve utopique de le dompter un jour.

La grotte

Quelques jours plus tard, en remontant en file indienne sur les galets d'une grève, ils découvrent une grande grotte, un peu plus haut dans le flanc d'une petite falaise creusée par la rivière. Ils y montent dans les éboulis et les buissons. Une corniche accueillante, comme un parvis, leur permet de se reposer. Le panorama embrasse toute la plaine environnante, jusqu'à des montagnes découpées qui se fondent dans la brume bleutée du lointain. De l'autre côté, en contrebas, sur la rive basse, là où la rivière s'alanguit, un plan d'eau tranquille grouille de poissons et de batraciens. La horde décide de rester quelques temps, de se laisser vivre, de profiter des richesses de l'endroit.

Ils s'installent sous la voûte de pierre, là où la pluie ne parvient pas, mais où la lumière du soleil permet encore de se reconnaître. Ils entassent là, par brassées, sur le sol rocheux et plat, des fougères et des herbes arrachées çà et là.

La grotte est vaste, sèche, et se prolonge dans le ventre de la falaise par un couloir bas et obscur.

Depuis la plateforme, la horde peut contempler à la nuit tombée, après la chaleur du jour, lorsque les pierres sont encore tièdes, le grand arc laiteux qui barre le vaste panorama des étoiles scintillantes.

Au-dessus d'eux, des chauves-souris zigzaguent sous la voûte, et s'engagent dans les anfractuosités du rocher, tout en haut, là où des trainées de fientes signalent leurs nids.

Pendant la journée, Ceux-de-la-Mer se dispersent par petits groupes, à la recherche de poissons échoués, de mollusques et de chenilles comestibles. Le long des berges, les rhizomes des plantes aquatiques sont faciles à extraire.

Le Visiteur a caché le sac de sel dans une fissure, qu'il ne peut atteindre qu'en grimpant le long d'une étroite corniche. Il a camouflé le trésor derrière un empilement de grosses pierres qu'il a remontées à grand-peine. Pour éviter les suspicions, il a mis Bras-qui-Frappe, le Gaucher et Un-Bras dans la confidence. Ils sauront l'aider à surveiller ce trésor qui, certainement, sera autour des lacs un signe de pouvoir et de prestige.

Le Visiteur a choisi de dormir au pied de la paroi où il a entreposé le sel. La nuit, Aime-les-Fleurs et Deux-Doigts, qui ne le quittent plus, viennent le rejoindre. Le Visiteur est flatté de l'attention qui lui est prodiguée, et goûte le contraste entre les deux jeunes femelles. Deux-Doigts plus intense, plus brusque, qui empoigne son sexe sans ménagement et préfère être prise par derrière, et Aime-les-Fleurs, plus douce, plus caressante, qui prend le temps de le sucer avant de s'abandonner, sur le dos, les yeux clos.

Quand ils ne se caressent pas et ne copulent pas, ils dorment enlacés jusqu'au matin. Parfois, un des autres mâles ou une autre femelle se joint à eux.

Durant cette lune, ni Deux-Doigts, ni Aime-les-Fleurs n'ont saigné. Ceux-de-la-Mer savent qu'alors, après quelques autres lunes sans saignement, leur ventre va s'arrondir, dans la promesse d'un enfant, qui peut-être, vivra. La natalité de la horde, depuis longtemps, est restée faible, déjà bien avant le départ des grottes. Parmi les quelques petits qui ont vu le jour, peu ont survécu. Deux-Doigts elle-même a perdu un enfant, peu après l'arrivée du Visiteur parmi eux.

La promesse, aujourd'hui, de nouvelles vies est un événement faste.

Toute une lune s'écoule ainsi. La horde connait maintenant bien les environs, les coins où les arbres portent des fruits, les endroits à champignons comestibles, et en amont, les zones poissonneuses.

Deux autres femelles n'ont pas saigné cette fois-ci. La horde va s'agrandir.

Les jours passent, faciles, sans qu'ils aient à déplorer de maladie ni d'infirmité. Les mâles sont oisifs, trainent dans les rochers, fouinent, cassent des galets. Un jour le Visiteur constate que la cachette où il dissimule le sel a été ouverte. Les pierre qui l'obturent sont déplacées. Le sac est cependant toujours là, intact. Le Gaucher, Un-Bras et Bras-qui-Frappe n'y sont pas allés, quelqu'un d'autre s'intéresse donc au sel. Car tous ont la nostalgie des aliments de la côte, de la pointe salée qui fait saliver. Ici, même les moules d'eau douce découvertes dans les rochers, et la viande des oiseaux sont fades.

Garder jalousement le sel est devenu pour le Visiteur une obsession : Il faut l'emporter jusqu'aux lacs dans les collines.

Inquiet, il cherche une autre cachette, escalade les rochers, fouille les failles. Aucun endroit sec ne permet d'assurer la sécurité du trésor.

En désespoir de cause, le Gaucher revient à la grotte, explore la galerie qui, tout au fond, s'enfonce dans la falaise. La lumière du jour, même par grand soleil, ne pénètre presque pas, d'autant plus qu'en progressant dans l'étroit conduit, le Visiteur l'occulte presque. Il lui faut patienter de longs instants, jusqu'à ce que ses yeux s'accoutument à la pénombre. Ensuite, il progresse, les mains tendues devant lui, se cognant la tête aux aspérités de la roche. Le sol est sec et poussiéreux, et sous ses doigts, il sent les cristaux pointus de la paroi. Il pénètre de plus en plus avant, mû par la curiosité et la nécessité de trouver une cachette sûre. L'obscurité est presque totale maintenant, et une lourde odeur suinte du trou.

Le Visiteur avance encore, explore de la main des deux côtés, à la recherche d'une niche, d'un recoin. Il marche alors sur un corps dur, pointu, qui craque sous son poids et blesse son pied. Il se baisse précautionneusement, palpe le sol inégal, trouve d'autres objets, les parcourt des doigts, devine : Des ossements, des dents. L'émotion, comme un poing, le frappe dans la poitrine. Il se redresse vivement, se cogne violemment la tête au rocher. Atteint d'un vertige, il s'appuie pour ne pas tomber. Le voilà qui essaie de se retourner, de fuir, la main toujours crispée sur un os. Il est obligé de progresser lentement, le coeur battant, vers la lumière qu'il devine devant lui, les autre, la sécurité, la horde, sa horde. Il débouche enfin dans la grande salle de la grotte.

Il a dû crier sans s'en apercevoir, car ceux qui étaient présent sous la voûte l'attendent, intrigués. Il y a là Grand-Nez, Voit-Loin et Sans-Petits.

Les regards interrogateurs vont de son pied qui saigne à sa main, qui tient encore une mandibule garnie de dents.

La réalité s'abat sur eux : La grotte est habitée, elle est le repaire d'un prédateur, qui doit être en chasse depuis une ou deux lunes, mais qui va revenir. Ou alors un animal est venu mourir au fond de la grotte, qui est maintenant la leur.

Une vague d'inquiétude et d'insécurité déferle sur eux. Le soir venu, lorsque les cueilleurs et les chasseurs sont de retour, et que les mères

111

épouillent leurs petits, assis sur la plateforme, la mandibule passe de main en main. Bras-qui-Frappe est allé à son tour explorer le boyau, et en est revenu avec d'autres os. Il imagine qu'encore plus loin, une salle plus spacieuse tient lieu de repaire à un fauve, qui y ramène ses proies.

La horde est inquiète. Il faut reprendre la route, continuer ver les lacs, vers la sécurité que promet le Visiteur, là où le poisson est abondant, les grottes nombreuses et les hordes fortes.

Peu dorment cette nuit-là. On n'entend aucun bruit, aucun soupir, aucun gémissement de copulation, mais les corps qui se tournent et se retournent en cherchant le sommeil. Avant même que le disque rouge du soleil n'ait émergé de derrière les collines, ils sont presque tous à la rivière, à boire et à se préparer au départ, mangeant prestement quelques fruits trop mûrs qu'ils avaient boudés la veille.

Le Visiteur, parmi les derniers, descend l'éboulis, la peau d'hipparion sur l'épaule. La longue marche reprend, et cette fois, ce sont Parle-Peu et Voit-Loin qui partent en éclaireurs.

Le défilé

Les jours qui suivent sont calmes, l'eau est vive, sur un lit caillouteux, et des poissons agiles, grêlés de gris et de rouge filent entre les rochers.

Un matin, leur route les amène à un point où la rivière plus rapide se précipite entre des parois de roche noire. Le lit est profond, et ce n'est que le long des rochers, sur les rives, là où la rive presque verticale émerge de l'eau, que des roches affleurantes brisent le courant qui s'enroule en tourbillons écumeux.

Le Visiteur se souvient de la descente, lorsqu'il a été obligé, à cet endroit-là, de se laisser filer avec le courant, dans une course folle dans le défilé sombre, en espérant en sortir avant la tombée de la nuit, sous peine, dans l'obscurité, de risquer d'être déchiqueté sur des rochers qu'il n'aurait pas su éviter.

La horde ne peut pas longer la rivière au fond du canyon, il va falloir escalader les rochers et suivre tout là-haut, la grande faille noire creusée par le courant.

Dans la clarté déjà aveuglante du matin, ils sont tous là, la main en visière sur leurs sourcils, à jauger l'obstacle. L'ascension sera difficile, comme celle des rochers de l'île aux oiseaux, où ils allaient chercher des oeufs, dans cet ailleurs qu'ils ont laissé derrière eux, si longtemps déjà leur semble-t-il. Cette fois-ci, il faudrait faire l'ascension avec les jeunes, les nourrissons, les infirmes.

La horde décide plutôt de revenir sur ses pas, et de s'écarter de la rivière plus en aval, afin de ne pas avoir à grimper une pente aussi forte que celle qui leur fait face.

Après quelques temps à redescendre la rivière, ils jugent la distance suffisante. Résignés à endurer une épreuve de plus, ils boivent tous abondamment de l'eau claire avant de s'éloigner des berges et de remonter la pente. Ils ne s'étaient pas trompés : ils rencontrent un escarpement qu'il leur faut gravir, mais la déclivité est acceptable pour l'ensemble de la horde. Parvenus au sommet, ils se rapprochent à nouveau du défilé, qui fend la montagne comme une cicatrice béante. Les voilà qui longent le précipice, sur un plateau caillouteux semé d'arbustes épineux, d'herbes jaunes, et marbré de lichens.

Le soleil est haut, le ciel peu nuageux, juste quelques plumeaux blancs poussés par le vent. Dans l'inquiétude et l'improvisation du moment, ils n'ont pas pensé à se munir de branchages pour se protéger des rayons brûlants.

La chaleur devient vite insupportable, et la progression reste très lente, malgré la conscience aiguë qu'ils ont tous de ce qu'il leur faut passer le moins de temps possible dans cet endroit sans eau. Bientôt, les jeunes trop lourds pour être portés et les femelles chargées d'un enfant ralentissent la marche. Les adultes placés en arrière-garde pressent les retardataires, offrent des mains secourables à ceux, dégoulinant de sueur, qui trainent la jambe. Inexorablement, l'allure ralentit.

Leurs pieds abîmés, râpés par les cailloux, encroûtés de poussière, crevassés et saignants les font souffrir. Les touffes jaunâtres et desséchées qui rampent au ras des cailloux n'offrent aucune ombre. Ils leur faut absolument trouver un endroit à l'abri du soleil et y attendre la nuit, avant d'avoir perdu leurs forces. Il sera plus facile de marcher sous les étoiles, au frais, d'autant plus que la lune sera presque pleine. Les plus vaillants s'avancent, scrutent le lointain, cherchant un bosquet accueillant. Finalement Voit-Loin repère un monticule de roches noires et découpées, sillonnées de profondes failles à l'ombre prometteuse. Les voilà qui pressent le pas. Les conversations renaissent, et l'on entend même des rires.

Bientôt les plus rapides atteignent les rochers, cherchent l'endroit le plus propice pour grimper et rejoindre un recoin ombragé. Un étroit rebord, envahi de buissons faméliques, barre obliquement le flanc du rocher qui fait face au soleil levant. Parle-Peu s'y engage, suivi des jeunes femelles. Un peu plus haut, une petite arche déchiquetée les accueille. Peut-être, en se serrant, pourront-ils tous bénéficier de l'ombre.

Voilà la horde qui gravit le rocher, les plus vigoureux tirant ou poussant les plus faibles. Le sac de sel passe de main en main jusqu'au refuge, et les mères et les jeunes sont prestement mis à l'abri. Seuls restent Le Gaucher, Un-Bras et Bras-qui-Frappe, en arrière-garde, qui s'impatientent au pied de la paroi, puis, ne trouvant plus de place dans le petit repaire encombré, s'accroupissent un peu plus bas sous un surplomb.

Patients, dans la touffeur de la fin du jour, ils vont rester à l'ombre jusqu'à ce que le soleil disparaisse derrière les collines, avant de reprendre leur marche. En attendant le crépuscule ils s'assoupissent, presque tous, terrassés de fatigue.

Avant que le soleil ne plonge sous l'horizon, alors que la brise se lève et que le ciel rougit, le Gaucher, qui somnole, les yeux mi-clos, est réveillé par des froissements dans les buissons, au pied de l'empilement de rochers que la horde a gravi. Quelque chose rampe sur la sente herbeuse, et se coule entre les arbrisseaux.

Le Gaucher, subitement alerte, réveille Un-Bras et Bras-qui-Frappe serrés avec lui sous le surplomb. Tous trois tendent l'oreille et tentent d'identifier l'animal qui s'approche. La main habile de Bras-qui-Frappe se crispe sur une pierre tranchante qu'il ramasse à côté d'eux. Enfin ils aperçoivent un flanc roux ocellé de noir, qui ondule à chaque pas. Tous trois hurlent aussitôt pour avertir la horde massée plus haut dans le petit abri. Dans le branle-bas qui s'ensuit se mêlent les interjections des adultes et les hurlements des petits enfants. Le fauve s'immobilise, puis plus résolument reprend sa progression. Le dinofelis est long et puissant, et si proche déjà qu'à chacune de ses foulées Bras-qui-Frappe voit rouler les muscles sous la peau élastique. Le Gaucher, Un-Bras et Bras-qui-Frappe sentent la panique monter en eux, l'envie irrépressible de ne pas faire face, d'escalader le rocher vers le précaire abri de la horde, un peu plus haut, là où le fauve ne pourra peut-être pas grimper.

Un feulement du dinofelis, la gueule largement ouverte sur ses immenses crocs recourbés, a raison de leur courage chancelant, et c'est précipitamment qu'il s'élancent sur l'étroite corniche qui court sur la paroi. Le Gaucher et Un-Bras se ruent dans l'ascension, tandis que Bras-qui-Frappe, la pierre tranchante toujours en main, se retourne une dernière fois vers l'assaillant qui maintenant, à grands bonds puissants, arrive sur eux. Bras-qui-Frappe entend un cri déchirant derrière lui : Un-Bras, handicapé par son infirmité, a décroché de la paroi et le voilà qui glisse dans l'éboulis, son unique main en sang, raclant la roche en quête d'une aspérité pour s'y retenir.

Un instant, un buisson épineux ralentit sa glissade, qu'il agrippe fermement. Puis les racines sèches de l'arbrisseau se déchirent, l'une après l'autre, sous le regard horrifié d'Un-Bras, et le voilà qui dévale à nouveau, de plus en plus vite, dans une cascade de cailloux, vers le fauve qui l'attend en contrebas. Dans un hurlement d'agonie il arrive vers sa mort. Le fauve rugit et s'élance. Le cri d'Un-Bras s'interrompt net lorsque le crocs du monstre lui brisent la nuque. Tout est fini en un instant. Ceux-de-la-Mer sont figés dans l'horreur. Et déjà le dinofelis traine dans sa gueule le corps désarticulé de Un-Bras, et disparait dans un fourré.

Le court silence qui suit le drame est rapidement interrompu par un concert de lamentations. Sans-Petits, plus que les autres, est dévastée par le chagrin, sanglote, les yeux baignés de larmes, se tord les mains, au risque de tomber, elle aussi, de la paroi.

La mort d'Un-Bras écarte le danger pour le reste de la horde : le prédateur, qui, ils l'on vu, chasse seul, ne tolère probablement pas de rival sur son territoire, et il a de quoi se nourrir pour plusieurs jours.

La horde doit toutefois partir, vite, marcher de nuit, trouver de l'eau pour ne pas mourir.

Les dernières lueurs du soir s'estompent à l'occident, et la horde, éclairée par une lune ronde et blanche comme un oeuf de tortue, reprend sa route, parallèlement au défilé.

Ils marchent silencieux, harassés, démoralisés, sous l'infinie voûte étoilée, barrée par l'écharpe de la voie lactée. Leur soif et leur faim ne sont plus qu'une souffrance sourde qui s'ajoute à celle d'avoir perdu un être cher.

La nuit est silencieuse, ou presque, car du fond de l'abîme où coule la rivière, à la fois si proche et si insaisissable, monte la rumeur diffuse du courant qui se fraie un chemin entre les deux falaises verticales. Vers le matin, lorsque du côté du soleil levant les premières lueurs rosissent l'horizon, et que Ceux-de-la-Mer marchent comme dans un rêve, le bruit de la rivière s'amplifie, d'abord imperceptiblement, puis se transforme en un grondement continu. Il faut longtemps avant que les plus alertes prennent conscience du changement, tant la fatigue, la soif et le découragement les écrasent. Finalement le Visiteur secoue l'épaule de Bras-qui-Frappe, lui demande son attention. Ils réalisent subitement qu'ils se dirigent vers l'eau. Le mot passe rapidement, et tous pressent le pas. Juste au-delà d'un massif de rochers, un petit affluent de la rivière, encombré de bancs de sable et de cailloux, coule paresseusement, dans un lit encaissé, vers le bord du défilé.

Presque tous retrouvent la force de courir jusqu'à la berge de l'étroit ruisseau. Ils boivent, rient, s'éclaboussent quelques instants. Leur soif étanchée, ils se dirigent vers le bord du précipice, d'où vient un vacarme de cataracte. Le petit affluent plonge vers la rivière en contrebas, en plusieurs sauts cassés par des corniches. Juste sous leurs pieds, à une profondeur égale à la hauteur d'un de Ceux-de-la-Mer debout sur les épaules d'un autre, la chute d'eau se déverse dans une grande mare bouillonnante, cerclée de mousses et de fougères vertes, entre des rochers noirs, et qui à son tour alimente un second saut qui rebondit vers les profondeurs.

On devine, latéralement, un recoin d'ombre fraîche sous la cascade, que les voyageurs essaient d'atteindre pour échapper aux rayons déjà ardents du matin. Ils descendent précautionneusement, sous la bruine vivifiante de la chute d'eau, vers la petite plateforme accueillante.

Ils ne s'étaient pas trompés : Derrière la cascade, presque entièrement cachée par le rideau d'eau, une caverne humide et fraîche leur permet d'attendre le soir sans souffrir du soleil.

Pour ne pas mouiller le précieux chargement de sel, ils l'ont caché à l'écart, sous des pierres amoncelées, avant de se réfugier dans la confortable cavité derrière la cascade. La lumière du jour qui inonde l'abri à travers le mur d'eau est toute irisée.

Dans le bruit continu de la chute d'eau, ils somnolent jusqu'au soir, tout au fond de la petite caverne, à l'exception de Voit-Loin et de Parle-Peu, qui, après une courte sieste, remontent le ruisseau en quête de nourriture. Ils reviennent un peu plus tard, trainant la carcasse d'une antilope, partiellement dévorée, qu'ils ont disputée à des charognards. La viande faisandée, à la couleur incertaine, est environnée d'un essaim de mouches. Lorsque le soir tombe, la horde assemblée autour de l'amas sanguinolent mâchonne les quelques morceaux qui ne sont pas encore envahis par les asticots.

La nuit suivante, la marche reprend, au clair de lune, sous la splendeur d'un ciel vide de tout nuage.

Les estomacs souvent douloureux gargouillent de la charogne qu'ils ont dévorée, mais ils ont échappé à la famine, et l'espoir est revenu.

Ils longent le canyon, à une distance suffisante des bords du défilé pour éviter, dans la presque obscurité, de tomber dans l'abîme en trébuchant. Au fond, dans l'ombre, la rivière gronde continûment.

Vers le milieu de la nuit, alors qu'ils marchent en file indienne, des points incandescents subitement sillonnent la voûte étoilée, comme une averse. Tous les quelques battements de coeur, un autre de la horde pointe, avec une exclamation, quelque part dans le ciel, une nouvelle étoile filante. Ils sont tous là, arrêtés dans leur cheminement, le nez en l'air, à contempler le spectacle qu'ils ne comprennent pas. Au bout d'un certain temps, l'un après l'autre, ils se lassent et reprennent leur marche. Les derniers, Aime-les-Fleurs et le Visiteur, la main dans la main, se remettent en route à regret pour rattraper les autres qui s'éloignent.

Dans la lueur incertaine qui précède le lever du soleil, ils atteignent maintenant la fin du défilé, là où la déclivité de la rive permet enfin de redescendre jusqu'au niveau de la rivière. La descente jusqu'au bord de l'eau se fait dans l'euphorie et les rires.

La crue

A mi-pente, ils devinent le cours d'eau entre les arbres, dans la lumière encore pauvre, et le saluent par des cris. Au fur et à mesure de leur descente, la rumeur de l'eau qui écume entre les rochers s'amplifie. Tout en bas dans la petite vallée humide creusée par le courant encore vif, la forêt leur offre ses ressources, des fruits et des racines, des feuilles comestibles et des chenilles, des escargots, des grenouilles...

Peu de temps après avoir rejoint la berge, ils découvrent un îlot à mi-distance des deux rives, accessible par un gué caillouteux. Ils s'y réfugient et s'octroient une journée complète d'oisiveté, de cueillette sur les berges, de pêche dans les mares où abondent les écrevisses. L'air dans le canyon est plus frais et la vie semble plus facile.

Mais vers la fin du jour, un amoncellement de gros nuages sombres, présage d'un orage, fait monter l'inquiétude, car ils se remémorent la foudre et l'incendie de la savane qui les avait épouvantés.

Le vent se lève soudain, secouant les arbres qui bordent la rivière, faisant s'envoler les grands oiseaux blancs et noirs perchés à leur cime. Bientôt, les premiers éclairs zèbrent le ciel, suivis, quelques battements de coeur plus tard, par le craquement du tonnerre, comme si le ciel se déchirait. Très vite, les premières grosses gouttes tièdes s'écrasent sur la surface des mares, suivies par une averse drue de grêlons qui hachent le feuillage. Ceux-de-la-Mer, serrés les uns contre les autres, se protègent tant bien que mal au moyen de branchages déjà mouillés arrachés à la hâte.

L'averse de grêle se mue en pluie au bout de quelques instants, mais la température a chuté rapidement. La horde, sans réel abri, est arrosée par des trombes d'eau froide, qui tambourinent sur le sol détrempé, déjà devenu boueux.

Le Visiteur est courbé au-dessus de la peau d'hipparion pleine de sel, qu'il a serrée entre ses genoux. Voit-Loin et le Gaucher, collés contre lui, le couvrent autant que possible.

Lorsqu'enfin la pluie cesse, ils restent longtemps serrés, dégoulinant, à essayer de se réchauffer, pendant qu'autour d'eux, à chaque souffle de vent, les arbres s'égouttent, les arrosants encore d'eau froide.

Le petit matin les trouve transis. Un soleil pâle se lève dans un ciel encore barbouillé, et ne parvient qu'à grand-peine à réchauffer, peu à peu, l'air frais et humide et la végétation mouillée.

Le Visiteur, inquiet, inspecte son chargement de sel. La peau du sac est humide et malodorante, et à l'intérieur, les coquilles d'escargot contenant le sel sont moites. Le sel lui-même est tout aggloméré, mais le Visiteur constate qu'il n'en a apparemment pas perdu.

Autour de l'îlot, le niveau de la rivière a beaucoup monté, et le courant lèche les racines des arbres de la rive, emportant des masses de détritus. L'eau maintenant brune et tumultueuse a noyé le gué dont on ne devine plus que quelques rochers affleurants. La crue enfle à vue d'oeil, et il leur faut quitter la petite île au plus vite, avant qu'elle ne soit submergée.

Le passage de ce qui reste du gué, dans le courant maintenant violent, est très difficile, surtout pour les enfants, solidement agrippés à la main des adultes les plus robustes, et pour les femelles enceintes ou portant des nourrissons.

L'eau boueuse se précipite sur le lit de cailloux, devenu invisibles, tourbillonne entre les pierres. La puissance du courant les renverse presque, il leur faut lutter énergiquement pour rester debout.

Le sac de sel passe au-dessus des têtes, de main en main, à bout de bras.

Mange-Beaucoup, presque la dernière à passer, pousse un cri. Elle a perdu pied, les cailloux se dérobent sous elle et elle tombe dans l'eau tourbillonnante. Sa tête plonge et l'on ne voit un moment que son dos large et corpulent, puis elle se met à nager frénétiquement pour résister au courant devenu vif. Parle-Peu s'avance pour lui tendre la main. Voit-Loin l'arrête, lui prend la main, avant de le laisser s'avancer vers Mange-Beaucoup, et bientôt Bras-qui-Frappe, Dent-Cassée et le Gaucher forment une chaîne solide, main dans la main, qui s'avance vers la malheureuse qui se bat contre le courant. Les doigts de Voit-Loin cherchent à saisir le bras de Mange-Beaucoup, y parviennent presque, lorsque lui aussi, perd pied et se trouve submergé. La chaîne tient bon, tous s'arc-boutent, mais tandis que Voit-Loin parvient à se relever, Mange-Beaucoup, épuisée, est emportée plus bas. Ils ne voient d'elle qu'un bras, qu'une jambe ou qu'un dos, dans l'écran des éclaboussures, tandis qu'elle s'éloigne à vive allure vers l'entrée du défilé, là où le courant devient encore plus violent. Tous les regards sont braqués dans la direction où elle a disparu, puis, péniblement, prudemment, ils terminent la traversée pour se retrouver, las et dégoulinants, sur les rochers noirs, juste au-dessus des flots.

Ils savent qu'elle est perdue, qu'elle ne pourra pas remonter le courant et que la rivière qui s'engouffre dans le défilé va fracasser Mange-Beaucoup contre les rochers.

Les voilà silencieux, mornes, la tête pendante. Certains grelottent, beaucoup éternuent. Sans-Petits pleure doucement, à l'écart des autres.

Le Visiteur, machinalement, dans une pulsion obsessionnelle, pour se rassurer et se raccrocher à une valeur forte pour lui, inspecte, comme il l'a fait de nombreuses fois, le sac de sel.

Après l'orage diluvien, la peur de périr, les épreuves de la nuit, la traversée du gué submergé, la perte d'une des leurs, ils sont tous abattus, démoralisés et épuisés. Ils leur faut trouver un refuge sûr, dormir, manger. La survie de la horde est en jeu.

Le Visiteur, non sans hésitations, confie le sel à Aime-les-Fleurs et Deux-Doigts, et, avec Bras-qui-Frappe et Le Gaucher, part explorer la rive, en amont, sachant qu'ils ne peuvent pas, pour le moment, traverser le courant, et qu'en aval, d'où il viennent, ils n'ont la veille repéré aucun endroit propice. La horde reste groupée sur les rochers, haut au-dessus de la rivière déchaînée, hors d'atteinte de l'eau. Le spectacle des flots rugissants, couleur d'excréments, charriant des arbres entiers, les remplit d'un mélange de peur et de respect, et du sentiment qu'ils ne sont rien sans la solidarité de la horde.

Le soleil est à mi-parcours de l'horizon et de son point le plus haut, et ciel est encore nuageux, et l'air vif, avec une brise qui fait s'égoutter les arbres.

Bras-qui-Frappe, le Visiteur et le Gaucher progressent rapidement, malgré leur fatigue, car il faut faire vite, la horde a besoin de pouvoir se reposer dans un endroit plus confortable que sur la rive. Ils regardent de tous côtés, furètent entre les rochers et les arbres, explorent une large bande de terrain le long de la rivière. Le paysage est ici plus ouvert, et dès qu'ils quittent la vallée encaissée et très boisée qu'a creusée le cours d'eau, ils se retrouvent sur une espèce de plateau broussailleux où alternent les buissons épars, les prairies et les fourrés. Ils entrevoient des herbivores massifs et lents, au poil long et terne, dressés sur leurs pattes arrières, qui broutent les buissons. Plus loin, un troupeau d'oiseaux huppés, aux grands becs, défile entre les arbres. Le plateau semble n'offrir aucun abri, ni rocher, ni grotte. Les trois éclaireurs retournent au plus près de la rivière, là où se dessine la pente qui mène à la grève, en contrebas. Les arbres y sont plus denses, plus verts et plus grands, et entre les éboulis, la roche affleure, laissant par endroit des massifs rocheux sillonnés de crevasses. Vers le milieu du jour, ils trouvent enfin un surplomb, sous lequel s'ouvre une grotte, ou plutôt une longue fissure oblique, comme une fente dans le talus, de hauteur trop faible pour qu'ils puissent s'y engager debout. Le Gaucher, à quatre pattes, s'enfonce dans la déchirure de la roche, dont on ne peut, dans la lumière vive du jour, distinguer le fond. Il en ressort quelques instants plus tard, la mine satisfaite : il y a là suffisamment de place pour abriter la horde, et dormir au sec.

Avant de revenir sur leurs pas et porter la bonne nouvelle aux autres, ils ratissent les environs, à la recherche d'autres abris, mais aussi pour s'assurer que le périmètre est sûr. Ils trouvent une autre fissure un peu plus loin, mais surtout, en contrebas, une large zone boisée que la rivière en crue a inondée. Déjà, le niveau décroit et des mares boueuses sont isolées du courant. Dans l'eau sale, parmi les débris végétaux transportés par la rivière, des poissons pris au piège tournent et retournent, à la recherche d'une issue.

Les compères échangent des regards et s'engagent entre les arbres dans une mare fangeuse pour pêcher de quoi calmer la faim qui leur tenaille le ventre depuis la veille. Ils finissent par capturer un grand poisson élancé, à la gueule garnie de longues rangées de dents aiguës. Bras-qui-Frappe est mordu à la main, sur la première phalange du pouce, mais la plaie, qui n'est pas profonde, ne saigne que quelques instants jusqu'à ce qu'il puisse l'ignorer. Le poisson à la peau glissante, qui se débat violemment, est transporté à grand peine jusqu'aux premiers rochers, et achevé sous un galet.

Le Visiteur, Deux-Doigts et le Gaucher, couverts de boue, puants de vase et essoufflés, sont autour de leur proie, qu'ils regardent un instant avec satisfaction. Ils la transportent jusqu'à l'abri sous le rocher, et sur la petite corniche devant la bouche de la faille, lui ouvrent le ventre pour en dévorer de quoi apaiser leur faim. Ils y trouvent une masse d'oeufs, comme des petits graviers translucides, qu'il mangent avec délectation. Puis ils cachent le reste de la carcasse au fond de la fissure et la protègent par des blocs de pierre.

Ils redescendent directement la rivière en longeant la berge au plus près. La décrue révèle des rochers boueux, des branchages enchevêtrés, des cadavres d'animaux, qu'il leur faut contourner dans les broussailles et les rochers.

Ils retrouvent la horde où ils l'avaient laissée. Les visages sont tristes, défaits, les épaules basses, les dos courbés. Plusieurs ont les yeux brillants et le front brûlant, et nombreux sont ceux qui toussent, crachent et se mouchent dans leurs doigts.

L'annonce de la découverte d'un abri et de nourriture les revigore un peu, et la horde se mobilise pour remonter la rivière jusqu'au refuge découvert par les éclaireurs.

Les voilà tous debout, à l'exception de Grand-Nez, qui reste prostrée, les yeux ternes fixant un point lointain dans le vide, des gouttes de sueur à son front. Sans-Petits est à ses côtés, tente de l'encourager, la palpe, constate avec inquiétude sa fièvre et son mal-être, essaie de la faire se lever. Les mâles se relaient pour la porter, jetée sur une épaule comme l'est le sac de sel. La progression est lente, et Grand-Nez gémit doucement lorsqu'elle passe d'un porteur à l'autre.

Ce n'est que vers la fin du jour, lorsque la lumière baisse déjà, qu'ils arrivent, épuisés, à leur nouvel abri.

Le grand poisson est promptement dévoré, avec une précipitation telle que Crie-Trop se coince une arrête dans le fond de sa bouche et que Sans-Petits, au risque de se faire mordre, est obligée de la lui retirer avec les doigts.

Les plus vaillants cherchent des brassées de végétaux, des fougères, des herbes, pour en faire des couches. Les femelles descendent jusqu'à la rivière pour boire, et constatent que l'eau est déjà moins vaseuse. Elles remontent, la bouche pleine d'eau encore trouble, les joues gonflées, pour donner à boire aux enfants et à Grand-Nez, qu'elles trouvent recroquevillée sur un lit d'herbe. Lorsque Dent-Cassée et Aime-les-Fleurs ont craché dans la bouche de Grand-Nez l'eau qu'elles lui ont apportée, celle-ci se détend un peu. Sans-Petits prend sa tête sur ses genoux et d'une voix monocorde, psalmodie comme une berceuse, qui calme progressivement la malade.

De nombreux poissons sont échoués dans les mares laissées par la décrue, et la horde peut manger à sa faim ce soir. Après avoir déféqué plus haut dans les broussailles, ils se réfugient dans la faille du rocher. Beaucoup toussent, certains sont fiévreux, tous se sentent très las. Le visiteur, après une dernière inspection des environs, rejoint la horde, en prenant soin de bien cacher son chargement de sel dans une anfractuosité du rocher, hors d'atteinte et caché des regards.

La nuit est agitée, entrecoupée de quintes de toux des gémissements de ceux qui sont fiévreux.

Au matin, après être allés uriner à l'écart, ils décident de rester quelques jours, le temps pour ceux que les trombes d'eau de l'orage et le passage du gué dans l'eau froide ont rendus malades de se rétablir, et pour tous de reprendre des forces.

La journée est claire, le vent a balayé les nuages, et la température est remontée. Ils paressent tous, à l'exception de ceux qui explorent les environs pour en répertorier les ressources, et celles qui descendent à la rivière, maintenant assagie, pour rapporter dans leurs joues de l'eau pour les malades. Grand-Nez, la plus souffrante, est agitée, et marmonne, les yeux clos. Si le mal ne l'emporte pas, il faudra plusieurs jours pour qu'elle puisse trouver la force de marcher.

Ceux qui explorent les alentours, plus haut sur le plateau, Aime-les-Fleurs, Deux-Doigts, Parle-Peu, découvrent sur des arbres aux feuilles lobées des fruits inconnus, verts ou rouge violacés, en forme de grosse goutte. A l'intérieur, la chair rose est pulpeuse et pleine de petites graines. N'osant pas y goûter, ils en rapportent à l'abri.

Le visage du Visiteur à qui ils les présentent s'éclaire aussitôt d'une mimique de contentement. Il connait les figues, il y en a près des grottes, là-bas autour des lacs. Il mord résolument dans un fruit violet, en redemande. Les autres s'enhardissent, l'imitent. Le jus sucré des fruits mûrs coule sur leurs grosses lèvres, ils rient de plaisir. Les voilà repartis à la recherche de fruits, qu'ils veulent manger sur place, mais aussi rapporter aux malades. Il leur faut plusieurs allers-retours pour alimenter ceux qui sont obligés de rester dans l'abri.

Après quelques jours, lorsque la lune qui était pleine s'est réduite à un croissant, ceux qui étaient fiévreux sont rétablis. Même Grand-Nez est maintenant en mesure de marcher, si la horde la ménage et que l'allure n'est pas trop soutenue.

Ils ont pu abondamment se nourrir de poissons et de fruits, et les ramasseurs ont rapporté des petits animaux qui rampent, des racines comestibles, des oeufs. Les mares laissées par la crue ont séché, laissant une couche de vase malodorante survolée de nuées de mouches, où pourrissent les poissons échoués que la horde n'a pas dévorés. Peu à peu, la boue s'est craquelée, et déjà des brins d'herbe verts ont reconquis le terrain, entre les détritus.

Les courbatures ont disparu, les égratignures ont cicatrisé, et la plante des pieds très éprouvée par les longues marches dans les cailloux a guéri, laissant une semelle de solide peau cornée.

La horde est prête pour une nouvelle étape.

Les marécages

Les voilà repartis, malgré les récriminations de Crie-Trop qui aurait voulu rester, et s'établir durablement au bord de la rivière, profiter de la sécurité de l'abri et de la nourriture abondante. Ceux-de-la-Mer, habitués à ses colères, ses revendications et ses humeurs, partent sans se retourner, sachant qu'elle finira par suivre, de mauvaise grâce, et ne courra plus le risque de se trouver seule, exposée aux dangers, loin d'eux.

Précédés par leurs éclaireurs qui explorent le chemin, Ceux-qui-sont-Debout remontent sur le plateau et progresse vers l'amont.

Bientôt le paysage change, et la rivière se fait plus paresseuse, et s'étale largement dans une vallée plate où elle serpente. Une forêt humide environne maintenant le cours d'eau, et il y résonne les cris des oiseaux et des singes, si familiers à Ceux-de-la-Mer.

La horde peut progresser en marchant sur le fond au milieu du lit de la rivière, car le courant n'est pas trop vif. Les berges de chaque côté sont indistinctes et marécageuses, et les arbres ont les pieds dans l'eau, comme dans la mangrove qu'ils ont laissée loin derrière eux, près de l'embouchure là-bas au bord de la mer.

Ils avancent lentement, en prenant le temps de ramasser à manger, de pêcher des poissons et des batraciens, de s'arrêter sur des bancs de graviers, à l'ombre des arbres qui surplombent le courant. Les îles boisées se multiplient, ramifiant la rivière en de multiples bras de largeurs et de profondeurs diverses. Ils s'efforcent de suivre le lit principal, où l'eau est suffisamment profonde pour que les îlots offrent une protection contre les prédateurs qui craignent l'eau.

Ils dorment, le soir venu, au sec sur les îles, entre les arbres, là où la végétation est suffisamment abondante pour leur procurer les herbes ou les branches dont ils font leurs couches, suffisamment drue pour les cacher, et où le feuillage épais les abritera de la pluie.

Plusieurs jours s'écoulent, sans événement marquant, sans changement notoire du paysage, si ce n'est que les bras de la rivière sont de plus en plus nombreux et incertains, et que ses méandres s'enroulent plus amplement sur la plaine, laissant des bras morts marécageux, encombrés de roselières touffues. Le Visiteur, lors de la descente, s'est contenté de se laisser porter par le flot. Il ne s'est pas préoccupé des affluents qui se greffent à l'inextricable écheveau de chenaux séparés par des guirlandes d'îlots.

Maintenant, en sens inverse, il est incapable de reconnaître le chenal qu'ils sont en train de remonter.

Le courant s'alanguit et n'est bientôt plus qu'à peine perceptible. Le lit de graviers se mue lentement en fond vaseux où leurs pieds s'enfoncent. L'inquiétude envahit le Visiteur, qui soupçonne qu'ils ne remontent pas le bon bras d'eau.

Après la moitié d'un jour, les voilà au milieu d'un marécage fangeux, qui s'étend à perte de vue devant eux, sans autre végétation que des sphaignes, des souches pourries et des roseaux.

Le Visiteur est maintenant certain d'avoir mené la horde dans une impasse.

Déjà les autres ont senti son malaise, et ont remarqué avec suspicion les changements de la rivière. Des regards de biais, à la dérobée, le suivent et il sent peser sur lui l'interrogation muette de ses compagnons.

N'en pouvant plus, il finit par expliquer, avec quelques mots, des mimiques et des gestes embarrassés, qu'il est perdu, qu'ils n'ont pas suivi la bonne route depuis plusieurs jours, et qu'il est impuissant à les guider. Il faut rebrousser chemin, au moins jusqu'à ce que le courant plus vif leur indique qu'ils sont à hauteur ou en aval du confluent avec la branche principale de la rivière.

La mauvaise humeur qui grondait depuis longtemps, et qui a enflé au fur et à mesure de la dégradation du cours d'eau, explose en cris de frustration, en protestations, en récriminations. Cri-Trop, prompte à la colère, vient se planter en face du Visiteur penaud. Ses poings sur ses hanches, ses yeux sauvages, sa bouche ouverte sur ses dents abîmées, elle vocifère son mécontentement. Elle frappe de son poing fermé la paume de son autre main, trépigne dans la vase en éclaboussant tous ceux autour d'elle, et s'éloigne en gesticulant.

Le Visiteur, la tête entre les mains, laisse passer l'orage, puis, d'un oeil inquiet, cherche du regard Aime-les-Fleurs qui porte le sac de sel, la voit à l'écart, partagée, embarrassée. Il sent qu'il peut compter sur sa sympathie ainsi que celle de Parle-Peu et de Deux-Doigts. Eux au moins comprennent qu'il a fait de son mieux, et qu'il va tenter de les tirer de ce mauvais pas.

Bras-qui-Frappe et le Gaucher qui se sont concertés viennent encadrer le Visiteur, le prennent par les épaules dans un geste de solidarité, et avec lui commencent à remonter avec détermination le laborieux chemin parcouru les derniers jours par la horde. Bientôt tous suivent, même Crie-Trop qui grommelle et bougonne.

Vers le soir, déjà, le lit de la rivière est redevenu plus caillouteux et l'eau plus claire et plus vive.

La halte nocturne est décidée sur une île couverte d'une végétation inextricable, où les arbres pourris, déchaussés et obliques s'appuient sur ceux encore vivants, dans un entrelacement difficile à franchir. Ils trouvent néanmoins une clairière abritée au sol à peu près sec, où ils passent la nuit, malgré le croassement incessant des batraciens.

Au petit matin, Dent-Cassée qui s'était rendue sur la berge pour boire et se rafraîchir revient précipitamment. Des monstres occupent le bord de l'eau. Sans-Petits et Bras-qui-Frappe vont voir. A leur retour, ils décrivent des animaux longs comme deux fois la jambe d'un de Ceux-de-la-Mer, à la peau comme l'écorce des arbres, et qui ouvrent une longue gueule garnie de beaucoup de dents. Le Visiteur qui somnolait encore est réveillé et sommé d'aller voir, lui aussi. Lorsqu'il revient il tente d'expliquer que ce sont de petits crocodiles, de ceux qui peuplent les lacs d'où il vient, et qui n'attaquent pas ceux des hordes, dès lors qu'on les évite.

Peu convaincus, ils l'accompagnent tous jusqu'au bord. Sous le regard de tous, il entre jusqu'aux genoux dans le courant peu profond, agite ses bras en signe de défiance, bat l'eau, revient. Les monstres n'ont pas bougé. Le silence qui s'était installé parmi Ceux-de-la-Mer, pendant la démonstration du Visiteur, est alors rompu par une explosion de cris et de bavardages : ils sont tous rassurés.

Ils continuent maintenant à redescendre la rivière, en envoyant des éclaireurs chargés de découvrir de quel côté se trouve le lit principal.

Ils croient un moment l'avoir trouvé, mais finissent par renoncer lorsque le Visiteur leur déclare, après l'avoir remonté pendant un moment, que le cours d'eau est bien plus petit que celui qu'il avait descendu.

Finalement ils s'engagent dans un bras où le courant est énergique et l'eau presque limpide. Lorsqu'à la fin du jour les berges marécageuses font place à des grèves rocheuses, ils sont rassurés : les voilà à nouveau sur le bon chemin.

Le bivouac de ce soir-là est gai et paisible, la cueillette et la pêche fructueuses, et la nuit sans pluie leur offre un repos réparateur.

Les pachydermes

Le lendemain ils poursuivent leur périple le long de la rivière, qui n'est plus enserrée par la forêt, et dont le cours plus rapide ne se perd plus en interminables méandres.

Le Visiteur, enfin, en reconnait les berges, remarquables par leurs affleurements de roches volcaniques noires, en forme de faisceaux verticaux. Entre les zones rocheuses s'étendent des plages de sable et de cailloux sombres, et plus loin, un paysage ouvert parsemé de bosquets épars et d'étendues d'herbes hautes. De loin en loin, des petits massifs basaltiques se découpent sur le ciel d'un bleu très clair, presque blanc. Entre la rivière et les collines, ils distinguent des troupeaux d'herbivores remontant vers le côté du soleil couchant.

L'air est beaucoup plus chaud que dans la forêt, et Ceux-de-la-Mer arrachent des branches feuillues pour se protéger du soleil. La berge souvent basse, et le lit de la rivière peu profond leur permettent de ne pas s'éloigner de l'eau bienfaisante, et de boire régulièrement. Dans les taillis proches de l'eau, dans l'ombre des rochers, des figuiers leurs offrent des fruits mûrs, et dans les anfractuosités, plus haut, des nids contiennent des oeufs et des oisillons qu'ils vont ramasser.

Le soir, ils choisissent une corniche élevée, protégée du vent par une paroi, et accessible par une grande fissure oblique qui court sur le rocher. De là-haut, ils peuvent surveiller la rivière, la rive sablonneuse et la prairie.

Le soir tombe et l'ombre des rochers s'étire sur la savane.

Accroupis ou assis en contrebas de l'abri, sur les roches noires qui surplombent la plage, hors de portée des fauves, Ceux-de-la-Mer assistent au spectacle des troupeaux qui, presque sous leurs pieds, viennent s'abreuver à la rivière. Ils ont laissé, plus haut dans la grande fissure, les femelles portantes et celles avec des petits, sous la protection des adolescents.

Des antilopes arrivent, fugitives, boivent prestement, le cou tendu entre leurs pattes écartées, relevant fréquemment la tête, inquiètes, les oreilles battantes, vigilantes.

Un troupeau d'ugandax leur succède, des bêtes puissantes aux cornes en croissant, la robe noire et le garrot haut. Ils se désaltèrent bruyamment, s'ébrouent, se bousculent en meuglant, s'attardent à l'ombre des rochers qui s'allonge sur la grève. A chaque mouvement de leur poitrail profond, la peau lâche de leur cou, comme un lourd rideau, oscille. Des petits se mettent à téter les femelles.

Ceux-qui-sont-Debout regardent, fascinés, du haut de leur perchoir, tant de puissance exhibée sous leurs yeux.

Le soleil s'abaisse sur l'horizon, comme une boule de feu qui s'aplatit dans les brumes sur les montagnes lointaines, et projette sur la grève l'ombre immense des rochers. Les ugandax quittent lentement le bord de l'eau.

Le Gaucher, qui scrute les environs de la plage, pointe un doigt : Un animal sombre, trapu, aux épaules hautes et à la tête massive, aux petits yeux inquiets et mobiles, le groin au ras du sol, se faufile vers l'eau, suivi de quelques petits au pelage rayé. Si les fortes défenses qui pointent latéralement de part et d'autre du museau conique du kolpochoerus n'étaient pas dissuasives, la horde entreprendrait de chasser l'animal. L'intérêt se porte plutôt sur les petits, qui suivent leur mère en file indienne. Déjà les mâles de la horde de Ceux-qui-sont-Debout sont en quête de pierres détachées du rochers, et ils ramassent de gros cailloux anguleux. Ils attendent patiemment que les petits du phacochère soient juste en-dessous du rocher où les chasseurs sont massés, et soudain, à un signal de Bras-qui-Frappe, une énergique volée de projectiles s'abat sur les animaux. Dans des couinements affolés, la mère tournoie, incapable d'identifier l'agresseur, grogne, charge au juger, revient, s'agite. Deux petits sont inanimés, brisés par les pierres. Un autre geint et boîte. La mère en détresse rassemble ceux qui sont indemnes, les pousse du museau en grommelant, et avec des coups d'oeil latéraux, fuit vers la savane. Le petit blessé est incapable de la suivre, il crie faiblement et se couche sur le flanc. Une volée de pierres l'achève.

Ceux-de-la-Mer, maintenant debout sur la corniche surplombant les proies vaincues, exultent et se congratulent.

Sans plus inspecter les environs, la plus euphorique, Crie-Trop, commence à descendre vers la plage, progresse le long de la faille qui barre le rocher, recherche à tâtons de prises pour ses doigts. Sans-Petits, qui est juste à côté d'elle, essaie de l'arrêter, la saisit par le bras, dans un signe de mise en garde. Crie-Trop se dégage d'un mouvement sec et poursuit sa progression, lorsqu'un tressaillement, semblable à ceux qui depuis quelques instants ont alerté Sans-Petits, fait vibrer le rocher sous eux, dégage des pierrailles qui roulent dans la pente. Puis une autre, et d'autres encore. Ceux-qui-sont-Debout sont maintenant tous statufiés, la bouche ouverte. Quelque chose d'énorme approche. Une ombre immense se projette alors sur la grève, et une montagne vivante apparait. Et une autre, et tout un troupeau, avec des plus petits qui se faufilent entre les adultes. Les pachydermes investissent la plage, barrissent, se poussent, se bousculent pour accéder à l'eau.

Ceux-de-la-Mer n'avaient jamais vu, jamais imaginé qu'un animal pouvait être si grand, si puissant, si massif. La peau des deinotheriums est grise et crevassée, sans autres poils qu'un toupet à leur courte queue, et leur tête immense, avec sa paire de défenses jaunâtres incurvées vers le bas, arrivent presque à la hauteur du perchoir de la horde, sur la paroi du rocher.

De leur trompe épaisse comme un tronc d'arbre, ils pourraient aisément cueillir sur la rocher Ceux-de-la-Mer qui restent là, à regarder, paralysés, les yeux écarquillés, sans voix, une peur abjecte au ventre devant tant de puissance.

Les grands animaux sont maintenant dans l'eau, se vautrent, s'éclaboussent. Les petits s'aspergent avec leur trompe, se couchent dans le courant.

C'est Parle-Peu, le premier, qui parvient à sortir de l'état de stupeur dans lequel la vue du troupeau de deinotheriums a mis la horde. Poussé par une peur irrépressible, il remonte la faille vers le sommet du rocher, hors de portée des monstres. Comme dans un déclic de survie, d'autres le suivent, se bousculent presque, au risque de tomber. Tous maintenant se précipitent pour se réfugier plus haut, renonçant à toute prudence, toute discrétion, en faisant rouler dans la pente des cascades de cailloux détachés de la paroi. Derrière eux, un profond barrissement retentit, qui leur glace le sang. Un adulte immense, au large front et aux petits yeux brillants, intrigué par le bruit que fait la horde, s'approche. Bras-qui-Frappe et Voit-Loin sont les derniers sur la corniche d'où ils regardent les deinotheriums, en attendant que leurs compagnons puissent grimper vers l'abri. Ils voient approcher la bête gigantesque, qui tourne la tête de droite et de gauche, en clignant des paupières. Leurs compagnons sont maintenant hors d'atteinte de l'animal, et il leur faut, à leur tour, fuir au plus vite. Voit-Loin s'engage le long de la faille, mais avant que Bras-qui-Frappe puisse se retourner pour la suivre, le pachyderme est sur lui.

Le dos collé à la paroi, les jambes tremblantes, la bouche ouverte dans un cri muet, des contractions douloureuses dans l'abdomen, Bras-qui-Frappe défèque de terreur. Les excréments liquides dégoulinent sur ses cuisses. Sa respiration est courte, il suffoque.

La tête du deinotherium est tout près, énorme, et bloque tout le ciel. Bras-qui-Frappe peut entendre la profonde respiration de l'animal, et comme des murmures au fond de sa gorge.

Lentement, très lentement, délicatement même, le pachyderme déroule sa trompe et du bout mobile, vient palper Bras-qui-Frappe, acculé à la paroi, liquéfié de terreur.

Puis il sent comme un gros doigt musculeux et humide parcourir son visage, jusque sur ses paupières baissées. Une odeur de foin aigre et de musc, un souffle puissant.

Puis plus rien. Le monstre a reculé, satisfait de son inspection : Les petits êtres sur la paroi sont inoffensifs.

Quelques instants plus tard, Bras-qui-Frappe retrouve son souffle. Sa poitrine est douloureuse, il reste immobile quelques instants encore, avec comme un enfer sous ses paupières encore closes.

Puis très lentement, les jambes encore molles, tremblant comme une feuille d'arbre dans le vent, il entreprend de monter jusqu'à l'abri.

Les autres l'attendent, l'accueillent, se serrent autour de lui. Grand-Nez essuie les excréments sur les cuisses de Bras-qui-Frappe avec une poignée d'herbe rêche arrachée dans une fissure. Sans-Petits lui caresse le visage, comme pour vérifier que c'est bien lui.

En-bas, leur soif étanchée, les deinotheriums s'éloignent en faisant vibrer le sol sous leurs pas. Le soleil a presque disparu derrière l'horizon, laissant une trainée cramoisie dans les nuages bas.

Avec le calme revenu, l'appétit et la soif se manifestent, et ils se souviennent des petits kolpochoerus qu'ils ont abattus à coups de pierres.

Ils descendent précautionneusement à la recherche des carcasses, et les trouvent où les animaux étaient tombés. Deux des petits phacochères ont été piétinés par les deinothériums, leurs os brisés menus, la viande écrasée. Le troisième ne porte que les impacts des pierres, son épine dorsale est rompue, une patte fracassée.

Ils descendent tous manger, emportant les enfants qui passent de main en main. Les proies sont encore tièdes, la chair savoureuse. Ceux-qui-sont-Debout brisent avec des pierres les os les plus gros pour en extraire la moelle avec un bâtonnet, ainsi que le crâne plat et étroit des animaux pour dévorer leur cerveau.

Bras-qui-Frappe est silencieux, encore sous le choc de sa rencontre avec le deinotherium.

Enfin, leur soif étanchée, leur ventre plein, ils regagnent l'abri pour la nuit.

Bras-qui-Frappe reste longtemps, les yeux grands ouverts sur la voûte étoilée qu'il ne voit pas, tant il est hanté par une immense trompe de pachyderme entre deux petits yeux noirs qui le scrutent.

Le Visiteur s'endort, le sac de sel malodorant, son trésor, refuge contre le doute et l'adversité, étroitement serré contre son ventre.

La rivière paisible

Au petit matin Ceux-de-la-Mer décident de poursuivre leur route, en marchant dans le courant sur le fond caillouteux. Leurs pieds endoloris par les longues étapes sur le plateau, dans les buissons et la rocaille, souffrent moins maintenant. L'omniprésence de l'eau les rassure.

Le paysage ne change guère, la rivière coule paisiblement dans une très large vallée herbeuse où des bosquets disséminés sur l'étendue de la savane offrent, lorsque le soleil est haut, une ombre bienfaisante aux troupeaux. De loin en loin, des formations rocheuses brisent la ligne d'horizon. Les berges sont tantôt plates et caillouteuses, voire sableuses, tantôt taillées dans des rochers sombres où courent des fissures et baillent des cavernes, entre des buissons faméliques accrochés aux parois.

Ceux-de-la-Mer s'y plaisent, s'attardent le matin et repartent sans entrain.

Ils finissent même par ne plus vouloir continuer.

Pourquoi poursuivre? Ici la nourriture est abondante, il y a des poissons, des écrevisses et des mollusques, les fruits à profusion, des plantes comestibles, et de la viande qu'on peut prendre en embuscade aux points d'eau. Les grands pachydermes, qu'ils voient de temps en temps et qui ne mangent pas de viande, les ignorent, eux petits animaux chétifs.

Ils ont bien sûr la nostalgie de la marée, des embruns et de l'odeur de la mer, des dauphins et des tortues, des oiseaux blancs qui nichent sur les îles. Mais où le Visiteur les mène il n'y en aura pas non plus.

Ils ont la nostalgie du sel qui ravit leur palais. Souvent, les regards s'attardent sur le sac en peau d'hipparion, que le Visiteur, même s'il en confie la garde à ses compagnons, surveille constamment.

Lorsque c'est leur tour, ce qui est convoité, de porter le sac, très abîmé maintenant, ils ne manquent pas de lécher la peau imprégnée de sel, de se délecter de ce goût délicieux qui leur explose dans la bouche.

La marche ralentit maintenant, s'alanguit, interrompue par des haltes de plus en plus longues.

Seul le Visiteur, qui sait la horde maintenant proche du but, aspire à reprendre le voyage. Il leur parle des vastes étendues d'eau calme, du poisson à profusion, et de nouveaux partenaires sexuels. Seul ce dernier argument porte : Ceux-de-la-Mer maintenant isolés des autres hordes qu'ils connaissaient là-bas sur le littoral, sont un cercle restreint. Ceux issus de la même mère ne se convoitant pas entre eux, le choix des partenaires est limité. Lorsque le Visiteur est arrivé parmi eux, toutes les femelles sexuellement mûres l'ont sollicité, et si ses préférences vont à Deux-Doigts et Aime-les-Fleurs, il n'a pas répugné à saillir les autres prétendantes.

Le risque de devoir vivre en isolation au bord de la rivière, sans possibilité d'exogamie aucune, finit au fil des jours par pousser la horde à reprendre sa route.

Un soir, lorsque toutes les femelles se sont refusées au Gaucher et à Parle-Peu, ils ont tous deux décidé de repartir, et de suivre le Visiteur jusqu'aux collines et aux hordes qui les peuplent.

Au matin, les trois mâles prêts à poursuivre la remontée du fleuve paradent devant les autres comme pour les défier, avec le sac de sel, qu'ils vont emporter. Aime-les-Fleurs et Deux-Doigts, de crainte de perdre le Visiteur, se rangent à leurs côtés, et bientôt Voit-Loin les rejoint également.

La volonté des autres vacille, et finalement tous se mettent en route.

Crie-Trop proteste quand même pour le principe, traine la jambe, grommelle, mais les suit.

Vers les lacs

Après quelques jours de marche dans la rivière, ou sur les bancs de sable, ou encore, lorsque le courant est plus fort, sur la grève, la horde aborde une zone plus accidentée. Devant les voyageurs le cours d'eau se faufile maintenant entre des collines boisées, et le courant devient plus vif. Des poissons argentés filent entre les roches affleurantes, et les berges sont plus verdoyantes.

Le Visiteur ne parvient plus à taire son impatience, et chaque matin, dès le lever du soleil, il presse ses compagnons de reprendre la marche.

Un soir, ils abordent des rapides entre des berges plus hautes, qui les obligent à suivre la rivière entre les arbres qui l'environne. Ils découvrent bientôt un sente déjà tracée. Une coulée dans la forêt serpente entre les rochers moussus bordant les cascades de la rivière. Ce chemin est parcouru de façon suffisamment fréquente pour que la végétation, d'un passage au suivant, en ait gardé la marque. En certains points, lorsque le sentier change de direction ou traverse une rocaille où les empreintes ne persistent pas, des galets empilés en balisent le tracé.

Le Visiteur est ravi, il connait l'endroit, il y est déjà venu, naguère. Il entraine bientôt ses compagnons le long d'un petit affluent, juste un petit torrent qui remonte vers les collines, dans un vallon. Des singes et des oiseaux circulent tout en-haut dans la cime des arbres, et le sol sent bon l'humus. Des lianes pendent des branches, couvertes de fleurs jaunes au coeur rouge.

Aime-les-Fleurs s'arrête, arrache une liane colorée, qu'elle est obligée de couper avec ses dents, et l'enroule autour de son cou en collier, le visage fendu d'un sourire de contentement. Deux-Doigts, Dent-Cassée et Grand-Nez s'en amusent, l'entourent, la regardent, puis l'imitent. Bientôt toutes les femelles paradent, couvertes de fleurs, gloussant de plaisir, devant les mâles éberlués.

Une vague de souvenirs submerge le Visiteur. Sa mère, Main-Agile, se parait de fleurs, jadis, lorsqu'il était encore adolescent, pour attirer l'attention des mâles. C'était avant qu'elle et Casse-Cailloux se brouillent, et qu'elle quitte la horde pour ne plus jamais revenir.

La marche se poursuit, le Visiteur et les femelles en tête. Un peu plus haut, un bruit de chute d'eau annonce que le torrent dégringole d'un talus rocheux. Tout à côté de la cascade, cachée dans les broussailles, s'ouvre l'arche d'une grotte au sol bien sec, composée de plusieurs salles au plafond suffisamment haut pour qu'ils puissent tous se tenir debout. Près de l'entrée, des pierres sont amoncelées. Ils trouvent dans la première salle une abondance de fougères séchées disposées en banquettes le long de la paroi. Cette caverne est de temps en temps occupée : Ceux-des-Collines dorment ici lorsqu'ils remontent la rivière jusqu'aux rapides, en quête de proies, de champignons ou de végétaux.

La horde s'installe dans la confortable caverne, avec le sentiment diffus qu'ils ne sont pas chez eux. C'est comme si, là-bas au bord de la mer, dans les grottes sur l'escarpement rocheux où tant de générations se sont succédées, une autre horde que la leur s'installait. Les femelles accrochent leurs guirlandes de fleurs jaunes et rouges aux arbustes, à l'entrée de la grotte, comme un signal de leur présence. Puis ils vont ensemble glaner de quoi manger, ramasser des champignons qu'ils soumettent à l'approbation de Sans-Petits et du Visiteur. Ils trouvent aussi des figues plus haut, là où la forêt est moins dense et où le soleil parvient à percer le feuillage. Dans les branches des arbres qui surplombent l'entrée de la grotte, des nids sont visités par une colonie d'oiseaux bigarrés.

Comme-un-Singe, encore adolescent et svelte, le meilleur grimpeur de Ceux-de-la-Mer, a progressé sur les branches maîtresses, et s'aventure maintenant de plus en plus haut, là où son poids fait ployer les ramures. Les oiseaux dérangés font un vacarme qui couvre les exclamations de mise en garde de ceux qui d'en-bas, le voient braver le danger de tomber.

Comme-un-Singe a atteint un premier nid, garni de petits oeufs bruns. Amusé de l'inquiétude des autres massés sous les arbres, facétieux comme à son habitude, il lance un oeuf qui s'écrase sur la tête chevelue de Voit-Loin, qui a commis l'imprudence de regarder ailleurs et de ne pas suivre les évolutions du grimpeur. Dans l'hilarité générale, Voit-Loin essuie l'oeuf brisé qui dégouline dans ses épais cheveux noirs, se débarrasse des débris de coquille. La surprise passée, elle cède à la contagion du rire.

Comme-un-Singe laisse maintenant tomber un à un les oeufs, que ses compagnons s'efforcent d'arrêter dans leurs mains tendues sans les casser, sans chaque fois y parvenir. Le jeu se poursuit jusqu'à ce que, rendu téméraire par son succès, il tente imprudemment d'atteindre un nid difficile d'accès, et brise la branche sur laquelle il s'aventure. Dans un fracas de feuillage et de rameaux rompus, il tombe de branche en branche jusqu'à ce que l'une d'entre elles, juste au-dessus du sol dur, ploie sans se casser, et arrête sa chute.

Ceux-de-la-Mer se serrent autour de lui, le réconfortent, dans un brouhaha d'exclamations de soulagement.

Comme-un-Singe est sauf, et ses contusions ne l'empêchent pas, la première surprise passée, de réclamer un oeuf à gober.

Le Visiteur se sent mieux, maintenant que la fin du voyage approche. Son rôle de guide de Ceux-de-la-Mer et la responsabilité qui en découle ont fait peser sur lui une chape d'inquiétude, et même de culpabilité quand il ne pouvait reconnaître le chemin et les orienter.

Il sent que son changement d'humeur à l'approche des lacs, maintenant que l'angoisse du voyage et de ses périls se dissipe, se communique à toute la horde qui retrouve la joie de vivre, celle qu'il a découverte chez eux à son arrivée au bord de la mer.

Ce soir-là, ils sont tous regroupés devant la grotte, à manger et à s'épouiller. Puis ils se dispersent pour aller boire et uriner avant la nuit, avant de se diriger, repus et rotant, vers les couches d'herbes sèches au fond du repaire.

Aime-les-Fleurs et Deux-Doigts rejoignent le Visiteur, pour partager avec lui, comme à leur habitude, ces jeux où le sexe et la tendresse cohabitent. Les préliminaires sont longs et enflammés. Le ventre d'Aime-les-Fleurs et de Deux-Doigts, qui n'ont plus saigné depuis plusieurs lunes, commence à s'arrondir, et le Visiteur aime y promener ses doigts, qui s'égarent ensuite dans la toison frisée de leur pubis. Ce n'est que lorsque le Visiteur s'apprête à pénétrer Aime-les-Fleurs que le Gaucher et Bras-qui-Frappe s'invitent à la fête, rapidement rejoints par Sans-Petits et Dent-Cassée. Bientôt, dans la douce lassitude qui succède aux accouplements, tous s'endorment, encore mêlés, dans un enchevêtrement de corps.

Dans le bruissement continu de la chute d'eau, toute proche, Ceux-de-la-Mer passent enfin une nuit paisible.

Au matin, ils paressent encore, mollement abandonnés dans l'herbe sèche, ou le dos au rocher, sur la plateforme devant la grotte, le nez en l'air à regarder les nuages.

Ce n'est que l'impatience du Visiteur qui parvient à les arracher à leur oisiveté. Le voilà qui circule de groupe en groupe, son sac de sel sur l'épaule, pour les exhorter à partir.

Finalement tous prennent le départ, non sans des regards de regret vers la grotte accueillante et le torrent frais dont l'eau claire est si bonne.

Ils redescendent vers la rivière pour reprendre le sentier qui la longe vers l'amont, et qui contourne les rapides qu'ils entendent, tout près, à travers le rideau des arbres.

Ils avancent maintenant sur le petit chemin, par endroit barré par les branches pendantes des taillis qu'ils traversent.

Progressivement, le terrain deviens plus plat, et les affleurements rocheux moins nombreux.

Jusqu'alors ils ne voyaient pas, du sentier, la rivière qui coupe dans les fourrés. Maintenant le chemin s'incurve et rejoint la grève, plus plate et plus caillouteuse, où il s'évanouit, car le sol dur de la rive, lavé par les crues, et la végétation plus éparse, ne gardent pas de traces. Cela n'empêche pas le Visiteur d'avancer résolument.

Des souvenirs l'envahissent, dont la vivacité des détails le surprend. Les images des abords des lacs, qu'il pensait avoir oubliées lorsqu'il était avec la horde de Ceux-de-la-Mer, là-bas sur les grèves peuplées de coquillages et de crabes, lui reviennent comme des trésors retrouvés. Sur l'écran de sa mémoire la suite du chemin se déroule, se dévoile à chaque courbe de la rivière, pour révéler chaque rocher, chaque gué, chaque crique poissonneuse à l'écart du courant, ainsi que les anecdotes qui s'y rattachent.

Dans la horde, l'excitation évidente du Visiteur est contagieuse : Ceux-de-la-Mer, après le long périple depuis leurs grottes sur la côte, après l'incertitude du lendemain, la soif et les dangers, rêvent d'un repaire stable, d'un environnement familier, de poisson frais et de fruits mûrs. Ils aspirent également à rencontrer des semblables, semblables comme l'étaient Ceux-Qui-Sont-Connus, leurs voisins sur la côte, qu'ils ont trouvés morts dans leurs grottes.

Le Visiteur a tenté de parler des siens qu'il a laissés près des lacs dans les collines, mais les quelques mots de son langage, trop peu nombreux, trop simples et trop concrets sont impuissants. Il n'a pu que promettre que Ceux-des-Collines sont nombreux, prospères et accueillants.

Ce ne sont, maintenant qu'ils touchent au but, que ses mimiques, son regard et ses gestes qui savent exprimer les fortes émotions qui l'envahissent.

La rivière, qui s'élargit, est plus calme, sans les tourbillons des rapides, dont ils entendent encore, comme un bruit de fond, la rumeur là-bas en aval.

Plus loin on devine clairement comme un très large cirque bordé de longues collines basses dont les plus éloignées s'estompent dans la brume de chaleur du milieu du jour.

La rivière s'en échappe par une large échancrure où elle s'étale entre des berges marécageuses occupées par des roselières. Des colonies entières d'oiseaux aux longues pattes palmées et au long cou s'envolent à l'approche de Ceux-de-la-Mer, dans une nuée d'ailes froufroutantes qui obscurcissent presque le ciel sans nuages. La horde, sous la conduite du Visiteur, longe prudemment les marécages en marchant sur des roseaux couchés par ceux qui, avant eux, sont passés par là. Des grenouilles regagnent l'eau en bonds désordonnés, et des poissons énormes patrouillent entre les troncs immergés.

Bientôt, dans l'enchevêtrement d'arbres pourrissants couverts de lianes, entre les roseaux plus hauts qu'un adulte debout sur les épaules d'un autre, s'ouvre une trouée. Leurs regards y plongent et les exclamations de surprise fusent. Sous le grand soleil, un lac immense s'étend jusqu'aux collines lointaines. Sur son eau sombre qui clapote sur les troncs des arbres de son rivage, flottent des bancs d'algues et de nénuphars.

Ils restent un long moment à contempler toute cette étendue si calme, si reposante. Comme sur la mer, la vue peut se perdre dans les lointains, et les rêves s'évader. Instinctivement, sans y penser, la main libre du Visiteur se tend pour toucher celle de Aime-les-Fleurs, debout à côté de lui, tandis que son autre main se serre sur le sac de sel jeté sur son épaule.

Là où la rivière s'écoule dans le lac, et où ses berges s'évasent en un gué cailouteux, le Visiteur invite la horde à traverser le courant, puis, de l'autre côté, où l'eau clapotante lèche la pente de la colline, il les entraine sur un étroit chemin qui monte vers les rochers, plus haut.

Dans la muraille naturelle qui surplombe le lac, s'ouvrent les bouches béantes de plusieurs cavernes.

Là-haut, sur le bord de la corniche, une silhouette dressée, sa main en visière sur ses sourcils, les regarde gravir la pente.

La Grande-Viande

Mère-des-Grottes qui siège dans la plus grande grotte de Ceux-du-Grand-Lac a envoyé des coureurs pour annoncer la Grande-Viande à tous Ceux-des-Collines. Parmi eux, Ceux-du-Lac-de-la-Tourbière sont ravis de la bonne nouvelle et partent aussitôt vers le Grand-Lac, en se hâtant, laissant dans les abris les anciens, les femelles avec des petits, les enfants et les impotents, sous la garde de Une-Oreille, qui est bientôt adulte maintenant, et capable de chercher de l'aide en cas de danger.

Casse-Cailloux et les plus vigoureux de sa horde longent le Lac-de-la-Tourbière jusqu'à la courte rivière qui l'alimente, et remontent celle-ci jusqu'au Grand-Lac, d'où elle s'écoule, là où la roselière est la plus dense. Derrière eux, quelques femelles suivent, pour aider au dépeçage de la bête. Parmi elles, Fesse-Ronde et Longs-Cheveux, que son gros ventre oblige à marcher plus lentement, les reins cambrés.

Le coureur a annoncé que l'archeopotamus qui agonisait depuis plusieurs jours, là où la profondeur de l'eau est faible et le fond vaseux, sur la rive opposée à celle des grottes de Ceux-du-Grand-Lac, est maintenant en train de s'éteindre. C'est un grand mâle vieux et malade, que ceux de son troupeau ont laissé là, enlisé et affaibli, pour aller paresser plus loin sur le lac, immergés entre les algues, leurs yeux globuleux, leurs petites oreilles et leurs naseaux seuls émergés, en attendant la nuit pour aller brouter sur les rives.

La horde de Ceux-du-Lac-de-la-Tourbière a fait vite, et en arrivant, elle trouve Ceux-du-Grand-Lac déjà rassemblés sous le bosquet d'arbres qui domine la rive, armés de galets brisés. Tout près, en contrebas, l'archeopotamus est couché sur le côté, empêtré dans les roseaux, une narine hors de l'eau, l'autre immergée. Le grand animal obèse, à l'accoutumée si dangereux, imprévisible et agressif, et désormais sans force, est en train de mourir. Il respire encore faiblement, et les deux hordes rassemblées attendent le moment propice où il expirera, pour aller découper sa viande.

L'attente est cependant éprouvante, et Pied-Rapide, le plus fou et le plus téméraire de Ceux-du-Grand-Lac, s'enhardit et, en pataugeant dans l'eau fangeuse, s'approche du monstre. Il est proche à le toucher lorsque l'énorme bête, dans un sursaut, se retourne, soulevant une haute vague d'eau brune et projetant de la vase jusqu'à la terre ferme. Pied-Rapide, terrifié, se jette en arrière, tombe assis dans la fange, tente de se relever alors que l'archeopotamus essaie de l'atteindre dans un suprême effort, retombe et se relève, couvert de végétaux et dégoulinant d'eau putride.

Dans l'hilarité générale Pied-Rapide regagne la berge, tandis que l'archeopotamus s'affaisse à nouveau sur le flanc, immobile cette fois. C'est la fin. Pied-Rapide va enfoncer une branche pointue dans l'oeil de l'animal, qui n'a plus la force de se débattre.

Ils s'engagent enfin tous dans l'eau pour la curée, et le lac est bientôt rouge de sang. Il faut aller très vite, car les petits crocodiles, d'habitude inoffensifs pour Ceux-qui-sont-Debout, convergent déjà vers la carcasse. A l'aide des galets brisés, des lanières de viande chaude sont découpées et portées sur la berge. Les plus agiles montent prestement les accrocher très haut, dans les branches des arbres du rivage, hors de portée des crocodiles et des fauves.

Alors qu'il n'est presque plus possible de découper de la viande sur l'archeopotamus, car les crocodiles mordent frénétiquement, dans un grand bouillonnement d'eau, Ceux-du-Petit-Lac arrivent enfin, pour prélever leur part de la bête. Ils parviennent à grand-peine à prendre eux aussi de la viande et à la mettre à l'abri.

Le bord du lac n'est plus qu'un charnier où dans l'eau brun rougeâtre, se repaissent les crocodiles. Bientôt des charognards arriveront, et les plus hardis s'aventureront dans l'eau, malgré les reptiles, pour se nourrir sur la dépouille du grand animal.

Les trois hordes de Ceux-des-Collines sont rassemblées sous les arbres de la rive, le nez en l'air à contempler l'énorme quantité de chair, dégoulinante de sang sombre, qui pend des branches.

Après l'agitation et l'urgence, les voilà silencieux, à reprendre leur souffle, à penser au festin du soir dans les grottes.

S'ils parviennent à découper rapidement la viande en fines lanières et à bien la sécher, accrochée à des bâtons, dans la brise qui souffle là-haut sur les corniches devant les grottes, ils pourront peut-être en garder quelques temps. Il faudra monter la garde, pour écarter les mouches et chasser les oiseaux.

Le soleil est encore haut, lorsqu'ils décident de se répartir la viande en fonction des besoins de chaque horde. Ceux-du-Petit-Lac, les moins nombreux, partent les premiers, des pièces rouges sanguinolentes jetées sur leurs épaules, déjà visitées par les insectes qui bourdonnent sous le grand soleil.

Ceux-du-Lac-de-la-Tourbière s'apprêtent à partir eux aussi, lorsqu'arrive à toutes jambes Une-Oreille, qu'ils avaient laissé à la grotte pour veiller sur ceux qui ne pouvaient pas venir. Il s'arrête en face d'eux, la mains sur ses genoux fléchis, couvert de sueur, hors d'haleine, la poitrine soulevée par de halètements rauques. A grand-peine, entre deux aspirations laborieuses, il parvient à annoncer l'incroyable nouvelle : Rêve-d'Ailleurs est de retour ! De plus il est arrivé avec une horde de Ceux-qui-sont-Debout inconnue, qui vient de très loin le long de la rivière, en aval.

Il l'écoutent en silence, essayant de deviner ce qu'il a du mal à exprimer. Mais maintenant qu'il s'interrompt, assis sur le sol, les membres flasques, à récupérer de sa course, les exclamations et les questions fusent.

Tous veulent en savoir davantage, et se pressent autour de lui. Casse-Cailloux, l'adulte qui a protégé Rêve-d'Ailleurs lorsque sa mère a quitté la horde, s'assied à côté d'Une-Oreille, passe son bras autour de ses épaules, et tout doucement, malgré le brouhaha, lui pose des questions. Rêve-d'Ailleurs va-t-il bien ? Qui sont ceux qui l'accompagnent ?

Une-Oreille ne sait presque rien, il était là sur la corniche lorsque cette horde est arrivée, il a reconnu Rêve-d'Ailleurs, et a averti les anciens restés au fond de la grotte. Ceux-ci sont venus accueillir les nouveaux arrivants et l'ont envoyé informer les chasseurs.

L'agitation est à son comble parmi Ceux-des-Collines : Rêve-d'Ailleurs est parti il y a déjà bien longtemps, sur un coup de tête, depuis un nombre de lunes que Ceux-qui-sont-Debout ne savent pas compter. Il est parti sans qu'ils comprennent pourquoi, à la désapprobation de tous, sauf de Mère-des-Grottes, la matriarche, et Casse-Cailloux, le mâle qui s'est occupé de Rêve-d'Ailleurs après le départ de sa mère Main-Agile pour une autre horde. La matriarche et Casse-Cailloux ont laissé Rêve-d'Ailleurs libre de partir, espérant tous deux que, s'il survit aux dangers du voyage, il reviendra riche d'expériences et de sagesse. Mais il n'est pas revenu, et ils ont fini par ne plus l'attendre. Aujourd'hui, le revoilà.

A l'écart de l'attroupement autour d'Une-Oreille, une jeune femelle s'est accroupie, le dos appuyé au tronc rugueux d'un arbre, une main sur son gros ventre. L'autre main couvre son visage, comme pour cacher son émotion. C'est Longs-Cheveux, celle avec qui Rêve-d'Ailleurs préférait copuler, celle avec laquelle il passait beaucoup de temps, parfois, main dans la main, à contempler le lac. Elle ne l'a pas suivi lorsqu'il est parti pour son voyage.

Dès le tumulte apaisé, les hordes rassemblées envoient deux coureurs. L'un va informer Mère-des-Grottes, dans le grand abri de Ceux-du-Grand-Lac, sur l'autre rive. L'autre précède Ceux-du-Lac-de-la-Tourbière, pour annoncer à ceux de leurs grottes leur retour avec le chargement de viande.

Ceux-du-Grand-Lac sont tentés, par curiosité, de suivre Ceux-du-Lac-de-la-Tourbière pour voir Rêve-d'Ailleurs et cette horde mystérieuse qui l'accompagne. Mais ils ne peuvent laisser dans les arbres, en pâture aux oiseaux, aux insectes et aux singes, leur butin de viande d'archeopotamus si chèrement gagné. Ils rentreront donc à leurs grottes, et ne pourront satisfaire leur curiosité qu'une fois la viande en lieu sûr.

Les retrouvailles

Casse-Cailloux marche en tête de ceux de son lac, les épaules chargées de longues lanières épaisses de viande rouge sombre, déjà environnées de mouches vertes vrombissantes. A chaque pas, les pièces de viande oscillent, égouttant un sang noir et épais, en train de cailler. Casse-Cailloux presse instinctivement le pas, pour être le premier arrivé, mais aussi pour montrer son dos à ses compagnons et ne pas leur laisser deviner les sentiments violents qui le secouent. Il est le mâle dominant de Ceux-du-Lac-de-la-Tourbière, et à ce titre, il rend compte directement à la matriarche.

Il pensait naguère que Rêve-d'Ailleurs, qu'il affectionnait, pourra lui succéder. Après le départ de celui-ci, il a attendu plusieurs lunes, dans l'espoir toujours plus ténu de le revoir, puis il a jeté son dévolu sur Cherche-Lune, dont le statut parmi Ceux-qui-sont-Debout s'est trouvé renforcé.

Il sait maintenant que le retour de Rêve-d'Ailleurs ne va pas être accueilli favorablement par tous. Dans l'esprit lent et brumeux de Casse-Cailloux, tout cela s'entrechoque, se bouscule. Il éprouve le besoin d'avoir du temps pour y penser, mais les grottes sont toutes proches déjà, et cette horde inconnue l'y attend. La pensée frustrante d'être pris par le temps et de ne pas maîtriser les événements le met de mauvaise humeur.

Derrière lui, il sent la présence de ses compagnons, qui pressent le pas, dans l'anticipation d'un événement qui brise la routine de leur vie largement sédentaire.

Les voilà maintenant au Lac-de-la-Tourbière, et le courant d'eau claire en provenance du Grand-Lac est derrière eux. Sur l'autre rive du lac, en face, tout un peuple d'oiseaux niche dans la roselière qui marque la transition entre le lac et la tourbière. De leur côté la rive est rocailleuse et plus abrupte, et l'eau clapote sur les rochers qui la bordent. Le chemin fréquemment emprunté par Ceux-des-Collines est bordé d'herbes sèches et de buissons. Il file presque droit le long du lac, puis monte obliquement le flanc de la colline où se nichent, comme deux yeux ouverts sur la paroi, les grottes de Ceux-du-Lac-de-la-Tourbière.

A mi-pente les marcheurs voient une silhouette s'avancer vers eux. Casse-Cailloux reconnait immédiatement, à sa démarche et sa stature, Rêve-d'Ailleurs qui descend le chemin. Ils les a vus également et se précipite aussitôt à toutes jambes. Le voilà sur eux. Sans égard pour le chargement de viande sanguinolente qui balance sur l'épaule de Casse-Cailloux, Rêve-d'Ailleurs l'empoigne et le serre contre lui, un très long moment, tremblant d'émotion. Ils se sont tous arrêtés, puis, lorsque Rêve-d'Ailleurs desserre son étreinte, tous s'attroupent, le congratulent, le touchent, comme pour vérifier que c'est bien lui, dans un brouhaha général. Seul Cherche-Lune reste circonspect, presque froid. Les effusions apaisées, Comme s'il cherchait quelqu'un, Rêve-Ailleurs parcourt du regard ceux assemblés autour de lui, barbouillés du sang de toute la viande d'archeopotamus maintenant abandonnée en tas sur le sol rocheux. Ses yeux finissent par accrocher ceux de Longs-Cheveux, restée en retrait, qui le regardait intensément. Puis ils s'abaissent vers son gros ventre rebondi, s'y arrêtent, et comme un sourire passe sur son visage. Elle aussi regarde maintenant son ventre, et hoche la tête. Ils n'échangent pas le moindre mot, mais quelque chose de privé et de secret passe entre eux.

Bientôt la marche reprend sur la pente caillouteuse qui monte vers les grottes, que Rêve-d'Ailleurs dévalait en courant lorsqu'il était enfant. Toute la horde inconnue les attend, aux visages curieux et fatigués : des jeunes et des plus vieux, des femelles enceintes et des petits. Un nombre que Ceux-des-Collines ne savent pas compter, mais assurément trop grand pour que tous ces étrangers puissent prendre place avec eux dans les grottes. Les arrivants sont maigres et démunis, et n'apportent aucune nourriture. Seule une jeune femelle porte, jetée sur son épaule, un mystérieux sac de peau, dont le contenu reste caché. Un dialogue s'essaie, rendu difficile par l'étrange accent des nouveaux arrivants, et les mots qu'ils ne comprennent pas. Rêve-d'Ailleurs, qu'eux appellent le Visiteur, essaie de servir d'intermédiaire. Heureusement pour tous, les signes, les mimiques permettent rapidement de faire comprendre que pour la nuit à venir, les étrangers devront retourner à la grotte près de la cascade car les abris du Lac-de-la-Tourbière sont trop exigus pour accueillir tout le monde. Demain, il va leur falloir rencontrer les hordes et la matriarche, et envisager avec tous la nouvelle situation si inattendue pour Ceux-des-Collines.

Dans des sentiments mêlés de soulagement, de déception, de joie et de lassitude, Ceux-de-la-Mer repartent vers la cascade et sa grotte accueillante.

Rêve-d'Ailleurs, malade d'indécision, reste un long moment en face de Casse-Cailloux, jusqu'à ce que ce dernier, d'un geste impératif, transfère son chargement de viande de son épaule à celle de Rêve-d'Ailleurs et lui fait signe de suivre les étrangers vers la cascade.

Les lacs des collines

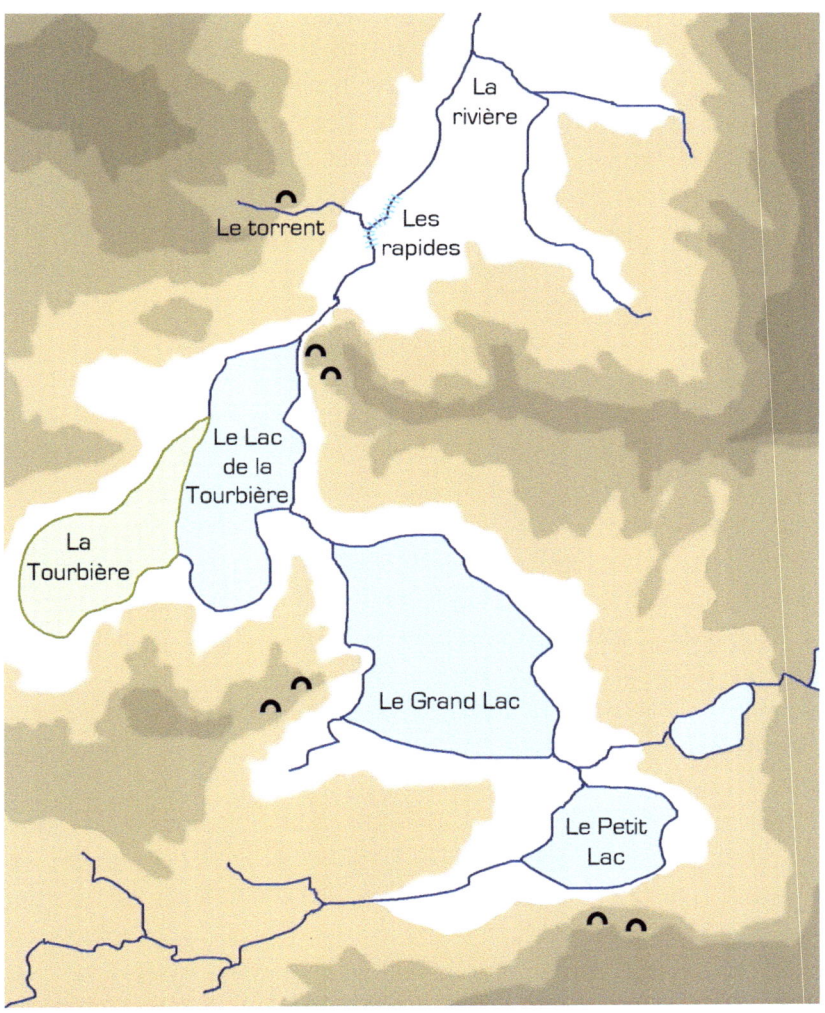

La matriarche

Ceux-de-la-Mer, de retour à la grotte de la cascade, s'installent comme s'ils étaient chez eux : Ils n'ont plus le sentiment trouble d'occuper un endroit qui n'est pas le leur, puisque Ceux-des-Collines les y ont renvoyés. Les mâles prennent possession du périmètre, et vont uriner sur les rochers et le tronc des arbres environnants, marquant ainsi leur nouveau territoire.

La viande étrange et inconnue que le vieux mâle de la horde de Ceux-des-Collines a donnée au Visiteur est reniflée, palpée, examinée, et finalement, ils se partagent et dévorent avec appétit cette pitance au goût nouveau pour eux.

Le repas terminé, et une fois ce qui reste de viande caché au frais sous des grosses pierres dans les fougères près de la cascade, ils se retrouvent tous dans la grotte pour la nuit. Peu s'endorment aussitôt.

Le tumulte des émotions de la journée les maintient longtemps les yeux grands ouverts, à fixer la direction du plafond de la grotte, invisible dans l'obscurité maintenant complète.

La satisfaction d'être arrivés au terme de leur long voyage, se mêle à la déception d'avoir été accueillis fraîchement par le peuple du Visiteur, qui ne les attendait pas.

Le cadeau d'une nourriture riche et abondante, qui leur a été fait par le mâle que le Visiteur semble bien connaître, les porte toutefois à espérer un avenir positif.

Cette nuit ils dorment mal, malgré le confort d'une grotte spacieuse et sèche, garnie d'une abondance de fougères séchées entassées en coussins moelleux, mêlées à des plantes aromatiques au parfum agréable.

Les jeunes femelles cherchent le réconfort auprès des mâles, qui ont bien du mal à pouvoir offrir un accueil bienveillant dans leurs bras. Le plus anxieux d'entre eux, le Visiteur, reste renfermé, pelotonné dans un coin reculé de l'abri. Il décline même le bien-être d'un accouplement lorsque Deux-Doigts et Aime-les-Fleurs l'approchent avec des gestes doux. Il finit par sombrer dans un sommeil agité de cauchemars, de soubresauts et de grognements.

Au matin, lorsque sous un ciel chargé de nuages épais, Ceux-qui-sont-Debout se dispersent dans les buissons alentours pour se soulager, ceux qui ont descendu le torrent vers la rivière rencontrent Casse-Cailloux accompagné de Cherche-Lune. Ils regagnent la grotte ensemble, pour attendre que la horde au complet s'y retrouve. Casse-Cailloux fait comprendre qu'une délégation de Ceux-de-la-Mer est attendue par Mère-des-Grottes aux abris du Grand-Lac. Il est rapidement décidé que ce seront Sans-Petits, Voit-Loin, Bras-qui-Frappe et le Visiteur qui iront représenter la horde, et que la protection de ceux restés à la grotte, ainsi que du sac de sel, serait confiée au Gaucher.

Les voilà à nouveau sur le sentier qui mène aux lacs. Cette fois, après être passés à gué sur l'autre berge de la rivière et avoir longé le Lac-de-la-Tourbière sur sa rive rocailleuse, celle que surplombent les grottes de Ceux-du-Lac-de-la-Tourbière, ils traversent à nouveau à gué le petit bras de rivière qui le relie au Grand-Lac. Les voilà sur la rive du Grand-Lac opposée à celle où a eu lieu le dépeçage de l'archeopotamus. Un sentier pierreux monte doucement sur le contrefort de la colline qui plonge dans le lac. Plus haut, après avoir contourné un promontoire rocheux qui domine la surface tranquille du lac, ils arrivent à une paroi grêlée d'alvéoles, et percée de deux grandes grottes. A l'approche de la première ils entendent une série d'appels gutturaux. Bientôt, sur les corniches et plateformes qui environnent la grande arche d'entrée de l'abri, s'amassent ceux qui les attendaient.

Ceux-de-la-Mer n'on jamais vu autant de monde rassemblé, l'équivalent de plusieurs fois leur horde. Ils sont tous debout et silencieux, et leur regard est braqué sur Sans-Petits, Voit-Loin, Bras-qui-Frappe et le Visiteur, qu'eux appellent Rêve-d'Ailleurs. Ceux-ci gravissent lentement, intimidés, le dernier lacet du chemin.

Rêve-d'Ailleurs sait où ils vont être menés, et prend l'initiative d'avancer sous la voûte de la grande caverne, vers une sorte de piédestal de roches empilées contre la paroi du fond, là où la lumière est plus pauvre. Les rangs de Ceux-des-Collines se resserrent autour d'eux. Sur une épaisse couche de végétaux secs et d'herbes odorantes, une très vieille femelle obèse est assise en tailleur. Son visage est creusé de profondes rides, ainsi que son cou, comme des crevasses taillées dans sa peau très noire, et ses cheveux blancs, rares et très longs pendent par mèches sales de part et d'autre de ses yeux brillants aux lourdes paupières et de sa bouche édentée.

Les voilà maintenant en face d'elle.

Dans un silence qui n'est interrompu que par le cris des oiseaux au-dehors, elle se met à parler d'une voix douce mais ferme, lente et précise.

Ceux-de-la-Mer tendent l'oreille et Rêve-d'Ailleurs est obligé de répéter ce qu'elle leur dit pour que tous puissent comprendre ce langage à l'accent étrange.

Mère-des-Grottes leur raconte que selon la mère de la mère de sa mère, qui le tenait elle-même de sa mère, ceux qui se nomment maintenant Ceux-des-Collines ont quitté jadis des grottes lointaines au bord d'un lac immense qu'on appelle la mer, et dont on ne peut pas boire l'eau, et peuplé d'animaux étranges. Ils sont partis parce qu'ils avaient faim et qu'ils étaient trop nombreux pour ce qu'ils trouvaient à manger. Ils ont remonté la rivière pour arriver aux lacs où ils vivent aujourd'hui. Depuis, certains d'entre eux sont partis plus haut encore, en remontant les rivières qui se déversent dans le Petit-Lac, et il leur arrive de les rencontrer. Mère-des-Grottes pense que Rêve-d'Ailleurs a trouvé Ceux-qui-sont-Restés, leurs lointains parents, et les a ramenés vers les lacs.

Mère-des-Grottes s'interrompt, soupire. Une jeune femelle vient lui donner à boire en crachant dans la bouche de la matriarche l'eau qu'elle avait gardée dans ses joues.

La vieille tousse, se racle la gorge et poursuit :

Ceux-de-la-Mer sont acceptés dans la communauté, mais ils ne pourront s'installer dans les grottes occupées par Ceux-des-Collines car elles sont déjà très peuplées. Ils devront reconnaître l'autorité de Mère-des-Grottes et rester dans la grotte de la cascade, ou chercher plus haut une autre grotte inoccupée.

Sans-Petits, Voit-Loin, Bras-qui-Frappe et Rêve-d'Ailleurs sont rassurés, Ceux-des-Collines ne les rejettent pas. Ils n'ont toutefois jamais dû se plier à l'autorité de quiconque, et des regards s'échangent un instant.

Puis Bras-qui-Frappe, maladroitement, avec beaucoup d'hésitations et l'accent marqué que lui trouvent Ceux-des-Collines, affirme au nom de Ceux-de-la-Mer qu'ils acceptent et qu'ils vont l'annoncer à toute leur horde.

Mère-des-Grottes l'arrête : ils ne peuvent s'en retourner tout de suite. Elle fait un geste fugitif de la main, et une femelle âgée s'avance du fond de la caverne, portant cérémonieusement dans ses deux mains tendues une petite pierre blanchâtre. Elle se place devant Bras-qui-Frappe pour qu'il la prenne. Ce dernier s'en saisit, incertain, et jette des regards latéraux à ses compagnons, quêtant une idée, un indice. Qu'attend-on de lui ?

Après quelques instants de flottement, durant lesquels la matriarche donne des signes d'impatience, Rêve-d'Ailleurs s'avance au secours de Bras-qui-Frappe, lui retire la pierre des mains et la porte à sa bouche, la lèche. Puis la rend à Bras-qui-Frappe, l'incitant à faire de même. Intrigué, celui-ci s'exécute, et découvre avec surprise que la pierre est salée. Non pas le goût puissant, envahissant et intense du sel de la lagune asséchée, là-bas au bord de la mer, mais un goût plus doux, plus ténu. Sur un geste de la tête de Mère-des-Grottes, Rêve-d'Ailleurs fait passer la pierre à sel à ses compagnons, qui en signe d'accord, d'acceptation et d'allégeance la lèchent à leur tour, un à un.

161

Ensuite la pierre passe de main en main, dans un grand silence, jusqu'à ce que tous ceux des lacs qui sont présents aient pu la lécher à leur tour. La pierre à sel revient enfin à la femelle qui l'avait apportée, et qui disparait à petits pas au fond de la caverne.

A la grande surprise de Ceux-de-la-Mer, les participants se dispersent aussitôt, qui pour retourner vers les autres grottes, qui pour vaquer à ses occupations.

Bras-qui-Frappe et ses compagnons comprennent que la cérémonie est finie. Rêve-d'Ailleurs descend le chemin et reprend la direction de la grotte de la cascade, suivi par Sans-Petits, Voit-Loin et Bras-qui-Frappe, troublés et pensifs.

Ce qui vient de se passer leur demande réflexion. Beaucoup de réflexion. Leur petit groupe isolé sur la côte de la grande mer salée était autonome et indépendant, et n'avait de comptes à rendre à personne. Leur nombre réduit permettait des prises de décision presque collégiales, simplement guidées par l'expérience et la sagesse des anciens. Il n'y avait aucune autorité ou préséance des femelles sur les mâles ou l'inverse, si ce n'est ponctuellement pour des tâches spécifiques. Dans une situation imprévue, le plus capable prenait l'initiative, sans que cela lui confère une autorité permanente.

Ici, autour des lacs, Ceux-qui-sont-Debout sont nombreux et une matriarche décide pour tous, par l'intermédiaire de mâles dominants pour chaque grotte.

Vont-ils rester libres ou devront-ils obéir à la matriarche ? Que se passe-t-il s'ils transgressent cette règle nouvelle pour eux?

Mère-des-Grottes s'est adressée à Bras-qui-Frappe comme s'il était le meneur de Ceux-de-la-Mer. Bras-qui-Frappe peut s'en sentir flatté, mais que va en penser la horde ?

La présentation de la pierre à sel à tous ceux réunis, comme s'il s'agissait de quelque chose de très précieux, de très rare, de très désirable, leur fait sentir à quel point le sac de sel de la lagune, riche, intense, abondant, peut représenter un trésor pour Ceux-des-Collines.

Durant de la marche silencieuse qui les ramène vers la caverne qui leur a été allouée, chacun rumine, ressasse, récapitule. Tout ceci est difficile pour eux. Dans leur monde simple, il n'est pas nécessaire d'imaginer l'humeur ou le sentiment d'un autre de la horde, car tout est affiché, évident, et gratuit. Peu à peu, en chacun d'entre eux, la notion de calcul se fait jour. Ils n'ont jamais, jusqu'alors, eu à négocier ou à échanger quoi que ce soit, car une nourriture rapportée par l'un d'entre eux était partagée sans échange ni discussion. Maintenant ils sont confrontés à la notion de pouvoir et d'autorité, à l'obligation d'être représentés auprès de la matriarche par l'un d'entre eux qui doit répondre d'eux. Et qui en échange de cette charge va leur demander obéissance. Et la matriarche s'est adressée à Bras-qui-Frappe.

Ils ont aussi conscience du pouvoir immense que représente le trésor du sel, qu'ils détiennent et que Ceux-des-Collines ignorent encore. Et c'est le Visiteur, maintenant Rêve-d'Ailleurs, qui leur a fourni ce pouvoir.

La grotte de la cascade

A leur retour à la cascade, où les attendaient le reste de la horde de Ceux-de-la-Mer, ils se sont tous rassemblés dans la première salle de la grotte, la plus spacieuse, celle où la lumière du jour pénètre abondamment lorsque le soleil est haut. ils sont tous là, petits et grands. Même les enfants comprennent que l'heure est grave.

Sans-Petits, Voit-Loin, Bras-qui-Frappe et Rêve-d'Ailleurs sont entourés par toute la horde, qui écoute leur récit des événements de la grotte du Grand Lac. Sans-Petits raconte longuement ce qu'ils ont ressenti. Bien que la horde reste silencieuse, dans l'attente de la suite, elle répète, reformule, appuie le message verbal avec toute l'emphase que permet leur langage des gestes.

Peu à peu, tous les adultes prennent conscience de la situation, et des murmures bientôt s'échangent. Les petits au regard interrogateur perçoivent la gravité du moment et se tiennent cois.

Lorsque Sans-Petits se tait, et que tous s'interrogent sur la suite que la horde peut donner à une telle situation, le Gaucher se lève et vient se planter en face de Bras-qui-Frappe. Pourquoi Bras-qui-Frappe serait-il le mâle dominant de Ceux-de-la-Mer ? A quel titre ? La horde a toujours décidé collégialement de son destin. Pourquoi pas lui, le Gaucher ? Parce qu'il est gaucher ? Pourquoi pas une femelle ? Pourquoi pas le Visiteur ?

Bras-qui-Frappe lentement se lève à son tour, s'approche du Gaucher. Il le dépasse d'une demi-tête, et son regard noir plonge dans celui de son interlocuteur.

La colère qui monte est palpable, et tous se taisent.

Le Gaucher pose sa main palmée sur la poitrine presque glabre de Bras-qui-Frappe. Ce dernier serre le poing, prêt à frapper, lorsque la voix de Rêve-d'Ailleurs s'élève pour dire qu'ils sont Ceux-de-la-Mer, et qu'ils peuvent conserver leurs coutumes, quoi que puisse dire la matriarche. Les deux protagonistes s'interrompent, se tournent vers

Rêve-d'Ailleurs, et les regards qui suintaient déjà la haine s'adoucissent. Mais comment, devant ces hordes, faire valoir leur avis? Comment, alors qu'eux, Ceux-de-la-Mer, arrivent dans un monde qui n'est pas le leur ?

Rêve-d'Ailleurs, avec l'ombre d'un sourire sur ses grosses lèvres charnues, explique : Le sel.

Le brouhaha qui suit met quelques instants à s'apaiser, et finalement, lorsque le calme est revenu et que toutes les têtes sont tournées vers lui, il précise, posément, en prenant son temps et en ménageant son effet :

Ceux-des-Collines manquent de sel, dont ils ont le très lointain souvenir, et que leurs ancêtres connaissaient au bord de la mer. Ceux-qui-sont-Debout qui ont remonté les rivières qui alimentent les lacs et se sont installés encore plus loin en amont ont trouvé des pierres salées, comme celle cachée dans la grotte du Grand-Lac, sous la responsabilité de Mère-des-Grottes. C'est un trésor inestimable pour Ceux-des-Collines et une source de pouvoir. Ces pierres sont rares, et tous ceux qui sont allés à la grotte du Grand Lac peuvent en témoigner, ne sont pas très salées.

Eux, Ceux-de-la-Mer, on une peau d'hipparion pleine de sel de la mer, fort et abondant.

Il se tait, et son auditoire comprend l'implication. La horde est en mesure de réclamer ce qu'elle veut.

Déjà le Gaucher et Bras-qui-Frappe, spontanément réconciliés, s'enfoncent dans la grotte, suivis de Rêve-d'Ailleurs et de Sans-Petits, bientôt suivis du reste de la horde. Ils se pressent tant qu'ils bloquent la lumière qui filtre depuis l'entrée et que leur progression vers la seconde salle de la grotte ne se fait plus sans têtes cognées.

Les voilà, dans la lumière pauvre de la caverne, regroupés autour de la peau d'hipparion qui contient les coquilles d'escargot bourrées du sel de la lagune asséchée. L'entêtement de Rêve-d'Ailleurs prend toute sa signification, et la peine endurée à transporter ce sel jusqu'ici toute sa valeur.

Une cachette plus sûre encore, dans un recoin surélevé, derrière une grosse pierre, abritera dorénavant le trésor.

Ce soir-là, la horde, plus calme et plus sereine, s'organise dans la nouvelle grotte. Les femelles avec des petits et celles qui en attendent s'installent aux endroits les plus confortables, et les mâles se postent près de l'entrée. Des fougères fraîches sont étalées, en attendant qu'elles sèchent, et la horde s'éparpille dans les environs en quête de leur dîner. Les plus vaillants descendent jusqu'au lac pour y chercher des oeufs, des batraciens et des poissons.

Sur la rive rocailleuse, du côté des grottes du Lac-de-la-Tourbière, ils rencontrent Ceux-des-Collines qui pêchent entre les rochers en plongeant dans l'eau claire. Ils remontent parfois à la surface avec leurs dents plantées dans les ouïes roses de gros poissons trapus à la large gueule ornée de barbillons, qui se débattent dans de grandes éclaboussures d'eau. Les plongeurs prennent soin de ne desserrer leurs dents qu'une fois sur la rive, entre les rochers, là où les proies visqueuses et frétillantes ne peuvent plus regagner le lac en glissant entre leurs mains serrées.

Ceux-de-la-Mer comprennent que sur cette rive du lac, ils seront en concurrence avec les autres hordes, qui connaissent bien mieux qu'eux le lac.

A leur retour vers la grotte, sur le sentier qui monte le long du torrent, ils entendent les cris des enfants qui jouent dans la cascade.

Les femelles ont arraché les buissons et les broussailles qui cachaient l'entrée de la caverne. Depuis la voûte qui surplombe l'entrée, on voit maintenant, au-delà de la colline basse qui leur masque la partie proche du lac, le miroitement de l'eau au loin, là où le Grand-Lac s'achève et s'écoule par un goulet et un paresseux courant dans le Lac-de-la-Tourbière.

On devine également à travers les fourrés la petite cascade d'eau fraîche en contrebas.

La vue du lac et le bruit de l'eau qui coule, si rassurants pour la horde, procurent à Ceux-de-la-Mer un sentiment de bien-être dans cette nouvelle grotte.

Une fois tous réunis, ils partagent les oeufs, les petits animaux, les chenilles succulentes et les figues qu'ils ont ramassés, et retrouvent dans ces gestes familiers les habitudes de la horde, leur entente et leur sérénité.

Après être allés se soulager loin de la grotte, là où le vent ne leur ramènera pas les effluves et les mouches, les voilà tous à l'intérieur, à s'épouiller et à se serrer les uns contre les autres. Même le Gaucher et Bras-qui-Frappe ont oublié leur différend et se grattent le dos d'un air entendu.

Cette nuit dans l'abri est paisible. Les femelles et les mâles se retrouvent au fond de la grotte dans les rires et les soupirs, et Deux-Doigts et Aime-les-Fleurs se pressent autour de Rêve-d'Ailleurs et du Gaucher. Après les accouplements fougueux et le plaisir partagé, Rêve-d'Ailleurs vient s'installer à l'entrée de la caverne, allongé sur le dos, les yeux ouverts sur la voûte constellée, et pense à Longs-Cheveux.

La tourbière

Le lendemain les trouve reposés et vaillants, décidés à gagner leur place dans ce nouveau monde, et à obtenir de la matriarche la reconnaissance de leur différence.

La vie s'organise autour de la grotte de la cascade : ils explorent les environs, repèrent les bosquets de figuiers, les endroits où, un peu plus haut encore, le ruisseau s'épanche dans un petit bassin avant de s'élancer vers la cascade. Après de longs palabres, le Gaucher, Parle-Peu, Sans-Petits, Bras-qui-Frappe et Rêve-d'Ailleurs décident d'aller explorer le côté du Lac-de-la-Tourbière le plus accessible pour eux, et qui est en face de la rive que dominent les grottes de Ceux-du-Lac-de-la-Tourbière.

Le soleil a déjà largement passé son point le plus haut lorsqu'ils se décident à descendre vers la rivière. Ils longent ensuite les rapides, puis le courant plus calme qui débouche dans le lac. Sans traverser le cours d'eau, ils suivent une rive basse, festonnée de roseaux touffus où il est impossible de nager, et difficile de marcher. Des oiseaux tournent autour des zones de nidification dans des cris incessants, et s'élèvent par nuées à l'approchent de Ceux-qui-sont-Debout. De gros rongeurs aquatiques noirs et luisants se jettent à l'eau à leur passage, ainsi que d'innombrables batraciens. Ceux-de-la-Mer, habitués aux espaces libres où ils peuvent marcher ou nager, sont mal à l'aise dans ce monde entre lac et terre, où les proies sont plus mobiles qu'eux, et où toute approche discrète est vouée à l'échec.

Plus loin, Rêve-d'Ailleurs les emmènent jusqu'aux contreforts de la colline, où les premiers talus rocailleux s'élèvent jusqu'à un taillis épais. Ils peuvent ainsi contempler le lac, jusqu'aux collines, en face, là où s'ouvrent les grottes de Ceux-du-Lac-de-la-Tourbière, la où la rive est accessible, l'eau claire, et les poissons abondants. Sous les rayons du soleil déjà bas sur les hauteurs derrière eux, la rive d'en face est baignée d'une lumière orangée. L'envie et la nostalgie maintiennent un moment les yeux de Rêve-d'Ailleurs rivés sur la grève propice et les collines boisées, là où vit Casse-Cailloux. Et Longs-Cheveux. Les grottes qui étaient son chez-lui, avant son départ. Il sait que pour Ceux-des-Collines, il est maintenant un de Ceux-de-la-Mer, qui ne sont pas complètement bienvenus.

Encore et encore, la pensée persistante de se servir du sel pour gagner un statut le taraude.

Maintenant ils continuent à s'avancer le long du lac, malgré le soir tombant, vers l'endroit que Rêve-d'Ailleurs appelle la tourbière, d'un mot qu'ils ne connaissent pas et qui va prendre signification pour eux. Peu à peu le terrain devient plus spongieux, plus élastique, recouvert d'un amas de plantes dont émergent quelques arbres et quelques massifs de roseaux. Le sol gorgé d'eau fait un bruit mat de succion sous les pieds palmés de Ceux-de-la-Mer, qui progressent lentement, en regardant de tous côtés pour essayer de repérer les ressources que cet endroit pourrait leur offrir. Les végétaux leurs sont inconnus, peut-être peuvent-ils trouver quelques batraciens, et des herbivores pourraient venir se nourrir ici. Dans les arbres des échassiers ont élu domicile, bien trop haut pour que les nids puissent être accessibles, même pour Comme-un-Singe.

Dès que la lumière décline, des nuées de moustiques tourbillonnent autour de Ceux-qui-sont-Debout, piquent leurs bras nus, leur cou, leur torse.

Ceux-de-la-Mer sont agacés et déçus. Ils prennent conscience, petit à petit, que l'espace qui leur est dévolu est celui dont les autres hordes ne veulent pas. Ils comprennent aussi que les grands herbivores massifs qui habitent les lacs et paissent sur les berges, les archeopotamus, ne viennent pas ici, où ils s'enfonceraient sans pouvoir nager et où les pâturages sont pauvres. Tant qu'ils ne seront pas totalement acceptés par Ceux-des-Collines, la Grande-Viande ne sera pas pour eux.

C'est de plus en plus moroses qu'ils continuent à avancer, à pas soutenu maintenant, au fur et à mesure que la lumière décline, et qu'ils traversent la tourbière inhospitalière et poursuivent leur marche autour du lac. Bientôt ils atteignent l'endroit où le Lac-de-la-Tourbière reçoit les eaux du Grand-Lac. Là, maintenant que la lumière devient pauvre, ils hésitent : La berge plus loin est celle que fréquentent Ceux-du-Grand-Lac, où ils pêchent et ramassent leur nourriture. C'est là aussi qu'aux heures chaudes de la journée, les archeopotamus paressent, immergés dans l'eau jusqu'aux naseaux.

C'est sous la poussée de Rêve-d'Ailleurs que Parle-Peu, Sans-Petits, Bras-qui-Frappe et le Gaucher s'engagent avec lui sur la grève caillouteuse que lèchent les vaguelettes du lac. Ici pas de cordons de détritus laissés par l'eau, car, ils l'ont tout de suite remarqué, il n'y a pas de marée. Ils ont également remarqué que l'eau est comme celle de la rivière, qu'on peut la boire et qu'elle porte moins bien les nageurs que la mer qu'ils ont quittée.

Sur la rive et dans les massifs de roseaux, ils entendent plus qu'ils ne voient les petits crocodiles qui trainent leur ventre écailleux dans la boue.

Plus loin, où la berge descend en pente très douce, ils devinent encore, dans l'eau noire et transparente, le fond de galets et de sable gris, et les poissons fugitifs. Dans une portion peu profonde du bord du lac s'arrondit comme un petit corral ceint de galets empilés, dont l'ouverture s'évase largement sur le lac. Ils s'arrêtent, regardent : C'est un piège, comme l'était le cirque rocheux, là-bas près des grottes qu'ils ont laissées, sur le bord de leur mer, où les dauphins rabattaient les poissons. Une vague de nostalgie les submerge. La peine de ne plus voir les dauphins, ce peuple amical et bienveillant, leurs frères marins. Ils s'arrêtent alors un instant. La main de Sans-Petits se serre sur celle de Parle-Peu, dans une sympathie silencieuse.

Avec un soupir, le coeur gros, ils reprennent leur marche sur la rive, jusqu'à passer à l'endroit que dominent les grottes de Ceux-du-Lac-de-la-Tourbière.

Personne ne les attend au bord du lac, mais ils savent qu'ils sont annoncés. Un appel strident leur confirme qu'un guetteur, tout là-haut, avertit la horde de leur passage.

Avant qu'ils n'aient eu le temps de quitter le lac et traverser la rivière par le gué, pour remonter vers le torrent, des cailloux qui roulent sur le sentier descendant des grottes les avertissent qu'il sont suivis. Bientôt Casse-Cailloux et Cherche-Lune les rattrapent. Ceux-de-la-Mer s'arrêtent, intrigués, gênés, se sentant vaguement coupables d'avoir empiété sur le territoire de Ceux-du-Lac-de-la-Tourbière.

Avec des hésitations et un embarras évident, le regard baissé, Casse-Cailloux affirme que cette portion du lac est leur territoire et que Ceux-de-la-Mer doivent trouver leur pitance sur l'autre rive. Cherche-Lune ne dit rien, reste campé en retrait, les bras croisés, visiblement satisfait.

Après un court silence, Casse-Cailloux ajoute que Rêve-d'Ailleurs, lui, reste le bienvenu dans les grottes de Ceux-du-Lac-de-la-Tourbière, où il est chez lui. Le visage de Cherche-Lune se renfrogne.

Il n'y a plus rien à dire, et ils tournent les talons, remontent vers les grottes dans la nuit qui tombe, tandis que Ceux-de-la-Mer poursuivent vers le torrent. Rêve-d'Ailleurs s'attarde quelques instants, regarde Casse-Cailloux remonter le sentier, et enfin rattrape ses compagnons.

Ce soir-là, dans la belle grotte de la cascade où Ceux-de-la-Mer sont rassemblés, l'humeur est morne. C'est Crie-Trop qui exprime, tout haut, le malaise de Ceux-de-la-Mer, et s'en prend à Rêve-d'Ailleurs, qu'elle persiste à nommer le Visiteur, pour bien marquer qu'il n'est pas des leurs. Pourquoi les a-t-il entraînés ici, où ils n'ont pas leur place parmi les hordes des lacs ? A quoi sert le sac de sel, qu'ils ont transporté avec tant de peine, s'il ne leur donne pas le pouvoir d'obtenir un territoire où trouver à manger en abondance ?

Tous l'écoutent sans l'interrompre, jusqu'à ce qu'enfin, elle réalise qu'elle pérore dans le silence, et que, surprise, elle s'interrompt. Et à son étonnement, nombreux sont ceux qui hochent la tête, manifestant leur assentiment.

Il va falloir, demain, montrer le sel à la matriarche.

Le sel

Il ont dû décider qui représenterait Ceux-de-la-Mer auprès de Mère-des-Grottes. Intuitivement, ils savent le danger à n'envoyer qu'un mâle, qui serait pris par la matriarche comme le mâle dominant.

Après quelques contestations, Bras-qui-Frappe accepte que ce soient Parle-Peu, le Gaucher, Sans-Petits et Rêve-d'Ailleurs qui aillent visiter Mère-des-Grottes.

Ils emportent une coquille d'escargot pleine de sel gris de la lagune. Rêve-d'Ailleurs va la prélever dans le sac de sel, bien caché au fond de la grotte, et la rapporte, dissimulée dans son poing serré.

Ils partent sous les yeux de la horde attroupée devant la caverne, avec des hochements de tête approbateurs et des tapes dans le dos en guise d'encouragements. Après avoir descendu le torrent, désormais familier, puis les rapides, ils traversent délibérément la rivière par le gué, à l'entrée du lac, pour emprunter la rive en contrebas des grottes de Ceux-du Lac-de-la-Tourbière, plus facile à parcourir que la rive opposée. Un cri strident du guetteur, tout là-haut, signale leur passage, mais ils ne s'arrêtent pas.

Arrivés là où ils changent à nouveau de rive pour se trouver du côté des grottes de Ceux-du-Grand-Lac, ils s'aperçoivent qu'ils sont suivis. Ce sont Cherche-Lune et Casse-Cailloux, qui les ont vus passer, qui par curiosité leurs ont emboîté le pas.

Lorsqu'ils bifurquent pour suivre le sentier qui monte la colline vers la caverne de Mère-des-Grottes, un second cri strident les avertit qu'ils ont été vus.

Bientôt arrivent à leur rencontre la femelle que Rêve-d'Ailleurs appelle Pose-ses-Mains et le mâle qu'il appelle Grand-Sexe. Sans un mot, sans un geste ils les escortent sur le chemin qui mène à la grotte, comme si Ceux-de-la-Mer étaient attendus.

Arrivés sur la corniche devant la grande grotte, ils se trouvent en face de plusieurs de Ceux-du-Grand-Lac, qui les accueillent.

Parmi eux, une adolescente aux yeux étranges, que Rêve-d'Ailleurs appelle Ciel-dans-l'Oeil, dont le regard a la couleur limpide du ciel de la savane, en plein jour quand il n'y aucun nuage.

Ceux-de-la-Mer sont accompagnés dans la grotte, où trône la matriarche, au même endroit que lors de leur première rencontre.

Ils s'avancent, Parle-Peu, le Gaucher, Sans-Petits et Rêve-d'Ailleurs, presque intimidés, vers cette vieille femme qui exerce son autorité sur toutes les hordes des lacs.

C'est Rêve-d'Ailleurs qui prend immédiatement la parole, avant même que Mère-des-Grottes ne l'y invite, ce qui provoque un murmure de réprobation de l'ensemble de Ceux-des-Collines.

Il déclare que Ceux-de-la-Mer apportent beaucoup mieux que la pierre à sel. Ceux-de-la-Mer apportent tout ce que Ceux-des-Collines désirent.

Une rumeur parcourt l'assemblée. La matriarche, jusqu'alors le dos en appui sur sur le dossier de branchages et de fougères amoncelées, avance le buste, interpellée par tant d'aplomb et d'arrogance. Ils devinent dans la pénombre que ses pupilles, sous ses lourdes paupières ridées, sont maintenant dilatées.

Ceux-de-la-Mer se serrent les uns contre les autres, alors que Rêve-d'Ailleurs s'avance, presque pompeux, et ouvre son poing, au bout de son bras tendu, révélant l'insignifiante coquille d'escargot.

Dans la lumière pauvre de la grotte, les cous se tendent, et soudain tous s'esclaffent. Mère-des-Grottes se méprend elle aussi et glousse de mépris.

Rêve-d'Ailleurs retire alors le bouchon de mousse sèche qui obture la coquille et en étale le contenu sur sa paume tendue, en tapotant pour éparpiller le sel humide aggloméré dans la coquille.

Devant Ceux-des-Collines interloqués qui ne comprennent pas, il en prélève quelques grains qu'il porte à sa bouche, puis en propose à Casse-Cailloux, venu à ses côtés. Ce dernier s'aventure à goûter, puis s'en suit un échange animé entre Ceux-des-Collines.

Lorsque la matriarche parvient à rétablir le silence, Casse-Cailloux vient lui présenter la poudre grisâtre que Rêve-d'Ailleurs a versés dans sa main.

Elle goûte quelques grains prélevés avec un index mouillé de salive.

Alors tout bascule. Mère-des-Grottes comprend le pouvoir détenu par Ceux-de-la-Mer. Elle comprend qu'ils ont la capacité, en échange du sel tant convoité, d'exiger la meilleure grotte, les meilleurs terrains de chasse.

Elle ignore toutefois si la coquille qu'ils ont apportée contient tout le sel qu'ils possèdent, ou s'il en détiennent davantage.

Le climat dans la grotte change subtilement. Tous se regardent, beaucoup ne comprennent pas. Dans leur esprit fruste tout ceci est bien compliqué, et ils s'en remettent à ceux qu'ils savent plus alertes et plus prompts à saisir la nouveauté.

La matriarche se reprend, et un éclair de malice traverse ses yeux sombres. Elle tend la main vers Rêve-d'Ailleurs, réclamant la coquille de sel. S'il la lui cède volontiers, c'est que Ceux-de-la-Mer en possèdent davantage. S'il hésite, s'il est réticent, elle saura que c'est tout ce qu'ils ont, mais il n'osera pas lui faire l'affront de refuser.

Rêve-d'Ailleurs est surpris par son geste. Il lance des regards latéraux interrogateurs à ses compagnons, puis s'avance, et au lieu de remettre la coquille à la matriarche, il verse dans la main tendue la presque totalité du sel restant dans la coquille, puis referme son poing d'un geste affirmé. Mère-des-Grottes, surprise, contemple longuement la pincée de sel étalée dans sa paume. Elle ne sait pas combien en reste dans la coquille.

Parle-Peu, d'un geste discret et avec une petite tape dans les reins de ses compagnons, les invite à écourter l'entrevue et à laisser Ceux-des-Collines dans leur incertitude. Ils sentent qu'il vaut mieux partir maintenant. Sans un mot, ils tournent les talons et reprennent le sentier. Personne ne les retient.

Cherche-Lune et Casse-Cailloux qui les ont suivis depuis le Lac-de-la-Tourbière restent auprès de la matriarche. Ceux-des-Collines sont en ébullition. Ils ont besoin de se concerter, de reconsidérer maintenant le statut des nouveaux venus.

Sur le chemin du retour, Ceux-de-la-Mer restent silencieux jusqu'à ce qu'ils aient dépassé les grottes du Lac-de-la-Tourbière. Puis soudain ils ne peuvent plus contenir leur satisfaction. La matriarche a compris qu'ils détiennent le pouvoir que confère la possession du sel, qu'ils sont prêts à le partager mais pas à le céder.

L'arrivée à la grotte de la cascade est euphorique.

L'affrontement

Ce soir-là, Ceux-de-la-Mer veillent tard. Ils sont maintenant persuadés que Mère-des-Grottes ne peut qu'accepter leur différence et leur indépendance et qu'en échange de sel, elle les laissera libres de chasser et de ramasser leur nourriture où ils le souhaitent autour des lacs.

Ils partagent des escargots découverts après la pluie de l'après-midi, ainsi que les grenouilles que les ramasseuses sont parvenues à attraper en amont des rapides. Des figues et des feuilles comestibles, quelques racines lavées dans le torrent complètent le repas.

Crie-Trop, très excitée, invite le Gaucher, Deux-Doigts et Parle-Peu au fond de la grotte, là où sont entassés de moelleux amas de fougères. Les râles et les cris des copulations concurrencent bientôt le cri des oiseaux de nuit plus bas dans la forêt, qui émergent de la rumeur continue de la petite cascade.

Bras-qui-Frappe et Rêve-d'Ailleurs sont assis côte à côte, les coudes sur les genoux, au bord de la petite plateforme devant la grottes, les jambes ballantes, le nez en l'air à humer la nuit et à contempler un lune blanche, presque pleine, dans un ciel bleu profond maintenant dégagé des nuages de l'après-midi.

Ils sentent tous deux que malgré leurs différences et leur rivalité passée, une grande complicité s'instaure, renforcée par le fait que Rêve-d'Ailleurs se sent rejeté par Ceux-du-Lac-de-la-Tourbière, et que sa horde est maintenant celle de Ceux-de-la-Mer.

Ceux qui s'ébattaient bruyamment au fond de la caverne sont maintenant en train de s'assoupir.

Un rapace nocturne hulule de temps en temps, et des chauves-souris passent et repassent, comme de petites ombres fugitives sur le fond de velours du ciel sombre.

La rêverie des deux compagnons assis sur la corniche est bientôt interrompue par des bruits de feuillages remués, plus bas, bien distincts, que ne couvre plus le bruit du torrent.

Leur pouls s'accélère immédiatement, et dans l'alerte les voilà debout, à écouter intensément. Un prédateur s'approche, encore caché dans les fourrés en contrebas. Ils n'en avaient pas rencontré jusqu'alors autour de la grotte de la cascade.

L'amoncellement de cailloux sur la plateforme prend tout son sens : Ceux-des-Collines avaient pris leurs précautions, et préparé des projectiles.

L'alerte est donnée, et en quelques instants la horde est amassée devant la grotte, et tous les yeux sont braqués sur les buissons. Plus rien ne bouge pendant un moment, puis les bruits reprennent, provenant cette fois de deux direction distinctes. Les assaillants sont plusieurs, peut-être nombreux.

La peur et l'excitation de Ceux-de-la-Mer sont presque palpables, comme une puissante odeur qui exsude de leurs corps attroupés. Les femelles grosses et les petits sont protégés par le rempart des adultes les plus vigoureux. Les poings se serrent sur les pierres distribuées à la hâte.

Un bruit de branchages cassés, dans les fourrés juste au-dessus de la cascade, là où l'ombre est dense et où l'on ne peut progresser qu'au jugé, confirme que les intrus n'ont pas renoncé.

Soudain la violence explose, car Ceux-de-la-Mer n'y tiennent plus : Une pierre vigoureusement lancée atterrit dans les broussailles, là d'où le danger approche. Puis une autre, et une autre encore, alors qu'explosent les cris sauvages de la horde. Les fourrés environnant s'agitent, jusqu'à ce qu'un cri d'agonie fuse. Et des interjections, des mots échangés, là, dans le noir, en contrebas. Ce sont Ceux-des-Collines qui attaquent les occupants de la caverne !

Parmi Ceux-de-la-Mer, c'est la stupeur, puis la colère, qui balaient la peur. Cri-Trop hurle des invectives. Les cailloux pleuvent.

Alors s'élève la voix de Cherche-Lune, puis celle de Grand-Sexe. Ils s'avancent à découvert. Ils réclament le sel. Tout le sel. Tout de suite.

Et Ceux-de-la-Mer doivent partir.

Avec fermeté, Rêve-d'Ailleurs demande qui réclame cela. La matriarche, Ceux-du-Grand-Lac, et Ceux-du-Lac-de-la-Tourbière, répondent les assaillants.

La réponse est interrompue par un jet de pierre d'une violence inouïe, qui atteint Grand-Sexe en pleine tête. Il s'effondre sans même un cri.

Ceux-des-Collines qui attaquent la grotte battent en retraite précipitamment, dévalent la pente vers le torrent, dans les cris de ceux qui se déchirent les membres dans les épineux et ceux qui dans leur précipitation, s'aveuglent dans les rameaux pointus ou marchent dans des épines.

Bientôt on n'entend plus que le murmure de la cascade, plus bas. Ils sont encore tous haletants, couverts de la sueur aigre que provoque la peur. Grand-Sexe, étalé sur la pente, la tête vers le bas, ne bouge pas.

Peu à peu Ceux-de-la-Mer s'apaisent, et rentrent dans la grotte, pour s'accroupir en silence, les yeux encore grands ouverts, le long de la paroi. Sur la corniche, Parle-Peu, Voit-Loin, Bras-qui-Frappe et Rêve-d'Ailleurs montent la garde, tandis qu'à l'intérieur, les plus épuisés finissent pas s'assoupir.

Une nuit lugubre s'étire, interminablement, dans la méfiance, la crainte, l'angoisse.

Dans l'esprit surchauffé de Rêve-d'Ailleurs se bousculent la colère, la frustration, la déception, mais aussi un reste d'espoir. Progressivement, alors que la nuit avance, s'élabore aussi un plan, un projet. La vie de ceux de la horde dans la caverne de la cascade, privés des ressources alimentaires les plus abondantes, écartés des berges du lac, sans alliés, ne peut être que difficile pour Ceux-de-la-Mer. L'affrontement avec Ceux-du-Lac-de-la-Tourbière et Ceux-du-Grand-Lac, qui convoitent le sel au point de vouloir le prendre de force, a rendue intenable la vie ici.

Ceux-du-Petit-Lac, autant que s'en souvienne Rêve-d'Ailleurs, n'acceptent l'autorité de Mère-des-Grottes que de mauvaise grâce. Ils se sont toujours, faute d'une autre possibilité, démarqués par leur volonté d'indépendance. Ils n'étaient pas présents lorsque Ceux-de-la-Mer ont présenté le sel à la matriarche, et n'ont pas participé à l'attaque de cette nuit. Rêve-d'Ailleurs est sûr que Ceux-de-la-Mer et Ceux-du-Petit-Lac pourront faire alliance, et partager les grottes tout là-bas, utiliser les ressources du Petit Lac et proposer du sel à Ceux-des-Montagnes, qui vivent à deux jours de marche, en remontant les rivières qui alimentent le Petit Lac.

Cette pensée et cet espoir bercent la fin de la nuit, dans la rumeur du torrent.

Juste avant le lever du soleil, Parle-Peu qui était en train de s'assoupir est réveillé par des bruits plus bas dans les broussailles, là où est tombé Grand-Sexe. Tout de suite alarmé, il secoue Voit-Loin, Bras-qui-Frappe et Rêve-d'Ailleurs. Ensemble ils scrutent la pente, dans la lumière pauvre d'avant l'aube. Autour du cadavre à la tête ensanglantée de Grand-Sexe s'affairent une meute d'eucyons, qui lui ont déjà ouvert le ventre et dévorent les entrailles, mordillent les jambes, arrachent des morceaux de viande d'un coup de tête latéral. Les petits canidés sont interrompus par une pluie de pierres et s'égaillent en glapissant, pour revenir à la curée quelques instants plus tard. Une pierre atteint un eucyon au flanc, qui déguerpit en hurlant. Bientôt la meute traine la dépouille pantelante dans les buissons, hors de vue de Ceux-de-la-Mer, qui n'entendent plus que les grognements du festin. Ceux de la horde réfugiés dans la grotte, et que l'agitation a attirés dehors, restent sur la plateforme. Ils attendent le soleil qui se lève enfin. Bientôt tous Ceux-de-la-Mer sont réveillés, dans un sentiment d'angoisse et d'abandon, dans un monde nouveau qui les rejette.

Ceux-du-Petit-Lac

Rêve-d'Ailleurs fait part de son projet à Bras-qui-Frappe, Sans-Petits et le Gaucher, avant de proposer à l'ensemble de la horde de partir pour rejoindre Ceux-du-Petit-Lac.

Aucun n'évoque la possibilité de redescendre la rivière, et d'affronter tous les dangers qu'ils ont endurés à l'aller. Tous sont inquiets de devoir longer le Lac-de-la-Tourbière et le Grand-Lac pour atteindre le Petit Lac, et risquer de nouveaux affrontements avec les deux hordes qu'ils savent maintenant hostiles.

Les préparatifs sont rapides, ils n'ont rien à emporter, à l'exception de la peau d'hipparion contenant le précieux chargement de sel.

Ils descendent le torrent, encadrés par les adultes les plus vigoureux, chacun armé d'une pierre aiguë qui peut, si besoin est, devenir une arme. Ils longent ensuite le Lac-de-la-Tourbière du côté opposé aux grottes de Ceux-du-Lac-de-la-Tourbière, malgré la progression beaucoup plus lente et difficile dans les roselières, puis ensuite sur le sol spongieux de la tourbière, entre les arbres pourrissant d'où pendent des guirlandes de lianes. Personne ne s'oppose à leur avancée, et à contre-jour, dans le grand soleil du matin, ils ne distinguent aucune silhouette sur l'autre rive.

Après une marche fatigante ils arrivent à l'extrémité amont du Lac-de-la-Tourbière, là où s'y jette le petit cours d'eau issu du Grand Lac. Pour ne pas passer sur la grève en contrebas des grottes de Ceux-du-Grand-Lac, ils traversent à gué sur les galets polis où filent de petits poissons, et longent la rive du côté du soleil levant. La journée est déjà bien avancée et leur allure est lente, entravés qu'ils sont par les femelles en attente de petits et les enfants en bas âge.

Dans l'eau du lac, presque sous leurs yeux, entre les massifs de roseaux où nichent des oiseaux, deux archeopotamus mâles se défient, leurs gueules immenses aux grandes défenses immensément ouvertes, dans de grands bouillonnements d'eau limoneuse. Ceux-de-la-Mer passent en file indienne sur la rive sans être inquiétés, suivis par le regard jaune aux pupilles fendues de petits crocodiles, presque immergés.

Il arrivent maintenant à l'entre du Grand Lac, là où la rivière s'y déverse, entre des rives marécageuses. La progression de Ceux-qui-sont-Debout est lente, car pour ne pas s'enfoncer, il doivent entasser des brassées de roseaux pour marcher dessus.

C'est là que la rivière reçoit un affluent issu du chapelet de petits lacs sans noms qui s'égrènent dans une vallée latérale, et que Rêve-d'Ailleurs avait exploré, jadis. Cette petite rivière est traversée à pied, dans une eau qui monte aux genoux de ceux de la horde.

De l'autre côté, ils dérangent un adolescent de Ceux-des-Collines qui s'enfuit aussi vite que le permet le terrain difficile, et disparait entre les arbres.

Le Petit Lac est devant eux. Ils n'ont pas eu à affronter leurs agresseurs de la nuit. Le meurtre de Grand-Sexe a démontré la détermination de Ceux-de-la-Mer, ils se sentent sécurisés parce qu'ils imaginent avoir imposé le respect aux autres hordes.

Ce que Ceux-des-Collines appellent le Petit Lac est moins étendu que les deux autres lacs qu'ils ont contournés, mais reste un immense espace d'eau calme habité d'une multitude d'animaux. Lorsqu'ils sont rassemblés sur la rive, Rêve-d'Ailleurs montre du doigt la colline, sur la rive opposée, là où se trouvent les deux grottes de Ceux-du-Petit-Lac.

Lorsqu'ils entament le contournement du lac, par la rive du côté du soleil levant, ils entendent soudain dans le lointain comme un coup de tonnerre assourdi, mais plus mat. Puis un second, et d'autres, et d'autres encore, à intervalle régulier, comme un pouls qui bat, une lente pulsation. Ils n'ont jamais rien entendu de pareil. Des regards s'échangent. Des têtes se tournent vers Rêve-d'Ailleurs, qui se fait rassurant, mais refuse toute explication. Il n'y a pas de danger, leur fait-il comprendre.

Les coups sonores continuent inlassablement, tandis qu'ils quittent le bord de l'eau pour gravir la colline qui monte en pente douce devant eux, jusqu'à l'escarpement rocheux où se trouvent, aux dires de Rêve-d'Ailleurs, les cavernes de Ceux-du-Petit-Lac.

A mi-pente, un jeune adulte bondissant arrive à leur rencontre, que Rêve-d'Ailleurs appelle Tourne-Pierre. Après un échange rapide à mi-voix avec Rêve-d'Ailleurs, que la horde ne saisit pas, ce dernier leur dit qu'un coureur arrivé tôt le matin a informé Ceux-du-Petit-Lac des événements de la nuit, et de la mort de Grand-Sexe.

Le leader de la grotte, Tonnerre-de-Bois, n'approuve pas l'expédition nocturne à laquelle d'ailleurs Ceux-du-Petit-Lac n'ont pas participé. Il est prêt à accueillir Ceux-de-la-Mer et à braver l'autorité de Mère-des-Grottes.

C'est donc d'un pas plus léger, malgré la fatigue d'un trajet en terrain difficile, que la horde monte le petit sentier. Au fur et à mesure de leur ascension, le bruit qui les avait intrigué s'amplifie, jusqu'à rouler comme le tonnerre lorsqu'ils arrivent en face d'une grotte à l'arche spacieuse, à mi-hauteur d'une petite falaise, et accessible par une large rampe oblique. Réunie au bord du précipice, et jusque sur la rampe d'accès, toute une horde les attend. Ils sont tous debout et se balancent doucement au rythme des coups sourds qui émanent de la grotte. La sonorité creuse, comme un grand coeur qui bat, a quelque chose d'envoûtant qui pénètre Ceux-de-la-Mer, comme une réminiscence des coups de boutoir de la mer sur la falaise, en contrebas de leurs grottes originelles. Comme happés par le battement magique, sans plus aucune crainte, ils gravissent la rampe, et se mêlent à Ceux-du-Petit-Lac, comme s'ils se connaissaient depuis toujours.

Dans la caverne, bien à l'abri de la pluie, à mi-profondeur de la grande salle, un épais tronc d'arbre sec et creux est couché en appui sur deux rochers plats qui le supportent à ses deux extrémités. Il a été halé jadis par les anciens de la horde sous la voûte de la grotte, là où le son est réverbéré. Un mâle puissant le frappe en cadence à l'aide de deux gourdins, en levant ses bras haut au-dessus de sa tête, d'un air emphatique, les yeux clos, les veines du cou tendues, les poils de son torse perlés de sueur dans la lumière encore vive qui tombe de l'ouverture de la grotte.

Ils sont tous autour de lui maintenant, dans une étrange communion, à se balancer dans le fracas du grand tambour de bois, qui vibre jusque dans leurs entrailles. Les genoux fléchis, les yeux clos, beaucoup avec leurs mains au-dessus de leur tête, ils tanguent et ondulent, oscillent et se tordent comme une houle. Les femelles ponctuent le rythme par des cris modulés, très aigus, comme des youyous.

Tonnerre-de-Bois, car c'est son nom, doit sentir la présence de Ceux-de-la-Mer, car il s'interrompt soudain, dépose les deux bâtons à ses pieds, ouvre les yeux, écarte les bras en signe de bienvenue.

Le lent martèlement persiste cependant dans les oreilles de Ceux-de-la-Mer, comme un écho, comme l'appel lancinant de la mer.

Rêve-d'Ailleurs s'avance et les deux mâles s'étreignent.

Peu à peu tous s'apaisent, s'assoient sur le sol rocheux, à l'entrée de la grotte, les deux hordes mêlées.

Tonnerre-de-Bois vient se placer le dos au précipice, en face de l'assemblée, et posément, distinctement, avec les quelques mots simples qu'ils partagent tous, explique que Ceux-du-Petit-Lac sont isolés depuis longtemps, et sous la coupe de la matriarche qui gouverne les lacs, qui les méprise. Ils se sentent différents. Leurs ancêtres ont rejoint les lacs avant les autres hordes, qui les ont repoussés en amont vers les plus petits lacs. Certains d'entre eux sont partis coloniser le chapelet des lacs de la montagne, là où les ressources sont moindres et les pluies plus abondantes, où il n'y a pas d'archeopotamus, et où les grottes sont rares.

Ceux-de-la-Mer sont différents, eux aussi, et ils s'opposent eux aussi à la matriarche, par leur étrangeté. Ils sont donc les bienvenus.

Le soleil descend vers l'horizon, la fraîcheur du soir apporte à leurs oreilles le chant des oiseaux qui peuplent les arbres accrochés à la falaise.

Soudain les voix se taisent, et même les oiseaux semblent silencieux. Dans la lumière plus douce, un être étrange fait son apparition, venu du fond de la grotte. C'est une femelle juvénile, au cheveux blancs et à la peau très pâles, couleur de la lune. Elle circule entre Ceux-qui-sont-Debout, effleure leur peau noire du bout des doigts. S'arrête devant Rêve-d'Ailleurs, lève un étrange regard vers son visage, dans un signe de reconnaissance. Les iris de Peau-de-Lune sont rouges, et ses yeux bougent par saccade, comme s'ils avaient du mal à fixer les pupilles de Rêve-d'Ailleurs. Ils se touchent les mains, et quelque chose passe entre eux, comme une connivence secrète. La jeune albinos passe tour à tour devant chacun de Ceux-de-la-Mer, et la même cérémonie se déroule, même avec les enfants de Ceux-de-la-Mer, qui restent là, devant Peau-de-Lune, sans la moindre peur. Face aux femelles grosses, Peau-de-Lune avance sa main dont les palmures sont presque translucides dans la lumière du soir, et la pose sur le ventre rebondi, comme pour communiquer avec l'être à venir.

Lorsque Ceux-de-la-Mer sont tous reçus et acceptés, Ceux-du-Petit-Lac les invitent à s'assoir et des fruits et des poissons sont distribués, que des femelles apportent dans leurs bras croisés en corbeilles.

Bientôt également, deux coquilles de sel de la lagune, sorties discrètement par Rêve-d'Ailleurs de la peau d'hipparion, passent de main en main, et chacun en prélève quelques grains qu'il pose sur sa langue. Ce luxe inouï scelle l'union des deux hordes.

Il y a très longtemps que Ceux-de-la-Mer ne se sont pas sentis aussi bien, aussi confortables, aussi détendus, malgré l'étrangeté de la situation. L'accueil sans réserve de Ceux-du-Petit-Lac et l'audace avec laquelle ils osent braver l'autorité de la matriarche sont inattendus, même pour Rêve-d'Ailleurs qui connaissait pourtant l'ostracisme dont souffrait cette horde.

Bientôt les plus fatigués de Ceux-de-la-Mer sont menés par leurs nouveaux amis vers le fond de la caverne, ou vers l'autre caverne jumelle un peu plus haut sur la falaise, après un crochet vers les éboulis où ils peuvent déféquer sans que les mouches n'envahissent les grottes.

Ceux-du-Petit-Lac leur indiquent aussi la petite source qui jaillit entre les fougères, tout près des grottes, où ils peuvent se désaltérer.

Le soleil a maintenant disparu derrière les collines, et les arêtes de rocher se découpent comme des ombres sur un ciel parsemé d'une profusion d'étoiles, dans lequel la lune ne s'est pas encore levée. Ne restent plus sur la corniche, le nez dans l'air frais, que Tonnerre-de-Bois, Peau-de-Lune et Marche-la-Nuit parmi Ceux-du-Petit-Lac, ainsi que Parle-Peu, Voit-Loin et Rêve-d'Ailleurs parmi Ceux-de-la-Mer.

Ils sont là ensemble et écoutent la rumeur du monde, le bruit des bêtes de la nuit dans les fourrés, le cri intermittent des rapaces nocturnes. Une coquille d'escargot entamée circule de main en main, et chacun, avec une parcimonie dictée par la rareté et le prestige du sel, prélève du bout de l'ongle ou avec un bâtonnet quelques précieux grains qui vont fondre sur la langue.

Alors qu'ils sont tous apaisés, et que la coquille de sel est revenue à Rêve-d'Ailleurs, Peu-de-Lune se lève en silence, et disparait vers l'autre caverne. Elle en revient un peu plus tard, spectre blanc dans l'ombre qui gagne, et son pas sur les rochers encore tièdes n'est qu'un doux effleurement. Lorsqu'elle est à nouveau assise parmi ceux qui paisiblement l'ont attendu en rêvassant, elle fait passer de main en main des végétaux desséchés et élastiques, que Ceux-de-la-Mer tournent et retournent entre leurs doigts sans savoir qu'en faire.

Dans la presque obscurité ils voient la silhouette de Tonnerre-de-Bois porter le morceau de champignon séché à sa bouche. Ils devinent au bruit mouillé et à la longue mastication qu'il inonde sa bouchée de salive avant de l'avaler. Intimidés, mais encouragés par le geste par

Peau-de-Lune, ils l'imitent, non sans appréhension. Seul Marche-la-Nuit ne participe pas.

Presqu'aussitôt, le goût amer et le parfum insolite du champignon explosent dans la tête de Ceux-de-la-Mer, que la curiosité retient de cracher cette chose étrange.

Déjà, Tonnerre-de-Bois s'est allongé, la tête entre les mains.

Bientôt eux aussi, comme si soudain ils se trouvaient en chute libre, se sentent comme affranchis de leur poids, du temps et de leur environnement, et flottent dans un nuage irisé et multicolore où plus rien n'a d'importance. Les voilà en-dehors d'eux-même, loin de la grotte, comme dans un océan infini et primordial où ils font un avec les dauphins.

A leur réveil, ils ignorent combien de temps a duré leur envol.

Ce n'est que lorsque le soleil a déjà émergé de la crête des collines, qu'ils reprennent conscience du temps, de la fraîcheur du matin, de leur faim. Autour d'eux, Ceux-du-Petit-Lac s'affairent déjà, et les ignorent comme si ce qui leur était arrivé n'avait pas d'importance. Ceux-de-la-Mer se relèvent la tête vide, en titubant un peu, et vont en file indienne uriner dans l'éboulis.

Marche-la-Nuit, qui a guetté toute la nuit et veillé sur eux, les suit du regard, une ombre de sourire sur ses lèvres retroussées.

La malaria

Des jours paisibles passent avec Ceux-du-Petit-Lac. Les deux hordes se sont mêlées, et dorment réparties dans les deux grottes, en fonction des sympathies et des affinités.

La moitié d'une lune s'écoule, sans que Ceux-du-Lac-de-la-Tourbière ni Ceux-du-Grand-Lac ne se manifestent.

Tonnerre-de-Bois a accepté à ses côtés Bras-qui-Frappe, le Gaucher et Rêve-d'Ailleurs, dans une camaraderie virile et amicale exempte de rivalités.

Souvent, le soir, lorsque le soleil plonge sous l'horizon, les adultes restent vautrés sur les herbes étalées sur la corniche, et essaient de se raconter.

Peau-de-Lune, qui reste le jour dans l'ombre des grottes car elle craint le grand soleil, les rejoint et, parfois, fait circuler le Champignon-du-Rêve.

Parfois aussi, avec des images simples, Ceux-de-la-Mer évoquent les falaises qui plongent dans l'océan, les îles aux oiseaux, les dauphins, les marées, tout un monde lointain maintenant mythifié.

Ceux-du-Petit-Lac racontent le monde des collines et des lacs lointains, les montagnes et le plateau du côté où le soleil se couche, les troupeaux d'herbivores à perte de vue, le monde du soleil et de la soif.

Quand les premiers bâillements invitent au sommeil, et que les plus las sont à tâtons allés s'allonger, Peau-de-Lune invite un des mâles restant, ou parfois une femelle, à partager le recoin qu'elle affectionne.

Un matin, Parle-Peu se réveille accablé d'une forte fièvre, accompagnée de maux de tête et d'irrépressibles frissonnements. Il se plaint d'un froid intense, mais transpire abondamment.

Sans-Petits, la femelle qui connait les maladies et les plantes qui guérissent, ne comprend pas. Le malade est transporté au soleil, appuyé le dos à la paroi, face au lac, mais son front reste brûlant et ses mains tremblantes.

Bouche-Coupée vient examiner le malade. La femelle à la lèvre fendue palpe Parle-Peu du bout de ses doigts, parcourt son front et ses joues. Le visage de Bouche-Coupée bientôt se ride d'inquiétude, elle sait que Parle-Peu est en danger. Le mal atteint certains de ceux qui fréquentent la tourbière à la nuit tombée.

Il a tué jadis bon nombre de Ceux-des-Collines, qui maintenant ne s'aventurent plus que rarement de ce côté-là du Grand-Lac. Celui qui est atteint du mal de la tourbière ne contamine pas les autres, et s'il ne meurt pas durant la première lune, il connaîtra les fièvres, de temps en temps, toute sa vie.

Ces mots chuchotés à l'écart de Parle-Peu plongent Ceux-de-la-Mer dans le désarroi. Des regards accusateurs se tournent vers Rêve-d'Ailleurs, accouru en entendant la mauvaise nouvelle. Attristé par cette suspicion, Rêve-d'Ailleurs recule de quelques pas, regarde de tous côtés, en quête d'un appui.

Bouche-Coupée l'assure : Rêve d'ailleurs ne savait pas.

Le malade, transporté à l'ombre de la grotte, est brûlant de fièvre tout le jour. Ceux qui lui sont le plus proches se relaient pour lui apporter, les joues gonflées, de l'eau claire de la source, rafraîchir son front et son torse, le faire boire.

Le regard plongé dans ses yeux noirs noyés de larmes, ils quémandent un espoir, un sourire.

Dans la grotte du bas, où Tonnerre-de-Bois s'est mis à battre inlassablement le tronc creux et sonore, dont les profondes vibrations montent jusqu'à Parle-Peu, Ceux-du-Petit-Lac, assis en tailleur, balancent leur torse en cadence, d'avant en arrière, à l'unisson du grand tambour de bois, comme une demande collective de la guérison de Parle-Peu.

Au soir, lorsque ceux qui se sont dispersés à la recherche de nourriture reviennent de la cueillette, la fièvre est tombée, et Ceux-de-la-Mer se sentent soulagés.

Le lendemain Parle-Peu, bien qu'affaibli, est sur pied. Mais le jour suivant, la fièvre reprend. Et Bras-qui-Frappe lui aussi tombe malade.

Pendant presque une lune Parle-Peu et Bras-qui-Frappe sont accablés d'accès de fièvre tous les deux jours. On les a installés dans un petit abri sous un surplomb du rocher, juste à côté de la source d'eau claire, non loin des grottes. Chaque soir, Tonnerre-de-Bois bat le grand tronc creux comme pour demander que les malades survivent un jour de plus. Chaque nuit, un de la horde dort avec eux, s'assure qu'ils ne manquent ni d'eau ni de nourriture, et que leurs excréments ne restent pas sous eux. Au fil des jours, le petit recoin de rocher s'imprègne de l'odeur prenante des corps entassés, et la démangeaison des puces s'ajoute à la fièvre accablante.

Finalement, les deux mâles émergent, amaigris, de leur maladie, et un matin, descendent d'un pas incertain jusqu'au lac. Avec délectation, ils goûtent le bain tant attendu, la caresse de l'eau fraîche, qui les nettoie de toute les souillures accumulées.

Des naissances

Une nuit, juste avant que la lumière du soleil levant n'envahisse les abris, et que les plus matinaux s'étirent et vont boire, la grotte du haut est mise en alerte par des gémissements. Aime-les-Fleurs, dont l'abdomen s'était contracté depuis le milieu de la nuit, assise dans la presque obscurité, les mains sur son gros ventre, appelle Sans-Petits avec insistance.

Bouche-Coupée, la femelle bienveillante de la horde de Ceux-du-Petit-Lac, celle dont la lèvre supérieure est fendue et montre ses incisives, guide Aime-les-Fleurs et Sans-Petits sur le petit chemin qui dégringole vers le lac. A mi-pente, Aime-les-Fleurs marque une pose, les yeux fermés, tandis que ses cuisses inondées s'égouttent sur les cailloux du chemin. Arrivées à une petite crique rocheuse bien abritée, Bouche-Coupée et Sans-Petits immergent Aime-les-Fleurs dans l'eau fraîche et tranquille, qui clapote jusqu'à ses mamelles rebondies. Des mâles viennent monter la garde aux alentours, armés de pierres, pour écarter les prédateurs. Ils gardent leurs distances, comme timides, suffisamment loin pour ne pas interférer, suffisamment près pour que leur présence rassurante soit ressentie.

Avant que le soleil n'atteigne son point le plus haut, ceux restés dans les grottes, qui ne sont pas allés ramasser à manger, entendent les clameurs monter du lac. L'enfant est né. Ce n'est que longtemps après que les femelles, suivies des mâles qui étaient postés en sentinelles, regagnent les grottes.

Aime-les-Fleurs, soutenue par ses compagnons, tient dans ses bras protecteurs une minuscule femelle grimaçante et potelée, à la peau très noire, qu'elle emporte au fond de la grotte du haut.

Plusieurs font la navette depuis la petite source qui jaillit près des grottes, et rapportent dans leurs joues gonflées de l'eau claire pour la mère et l'enfant.

Deux-Doigts, dont le ventre est maintenant énorme et dont l'enfant doit arriver bientôt, ne quitte pas des yeux le petit être nouveau, la promesse d'une horde nombreuse et féconde.

Quelques jours plus tard, c'est au tour de Deux-Doigts de descendre jusqu'au lac et de mettre au monde une petite femelle. Les voilà toutes deux, Aime-les-Fleurs et Deux-Doigts, installées dans la grotte du haut, choyées par tous, approvisionnées en fruits savoureux. Rêve-d'Ailleurs, plus que tout autre, vient visiter les nouveaux-nés, et dort serré contre les mères. Dans ses rêves agités, il voit Longs-Cheveux, celle qu'il aimait quand il était de Ceux-du-Lac-de-la-Tourbière. Son enfant doit être né à l'heure qu'il est.

Les deux mères peu à peu reprennent leurs activités dans la horde maintenant unifiée de Ceux-de-la-Mer et Ceux-du-Petit-Lac. Avec les autres femelles, elles vont à la cueillette, leur enfant calé sur leur hanche, vont se baigner dans le lac, ramasser les chenilles succulentes, dénicher les oiseaux dans les roseaux.

Cette fois-ci l'enfant de Deux-Doigts est robuste et vivra, ce qui lui fera oublier, comme un cauchemar lointain, celui qu'elle a perdu là-bas au bord de la mer.

La chasse

Ceux-du-Petit-Lac, comme ils se nomment maintenant indistinctement, même s'ils sont venus de la mer, envoient souvent des guetteurs observer ce que font Ceux-du-Grand-Lac et Ceux-du-Lac-de-la-Tourbière, dont ils n'ont aucune nouvelle et qui n'ont plus établi aucun contact depuis longtemps.

Un jour de pluie, Parle-Oiseaux, l'adolescente agile qu'ils ont envoyée espionner depuis la colline qui surplombe le Grand-Lac, revient très excitée : Ceux-du-Grand-Lac et Ceux-du-Lac-de-la-Tourbière ont achevé et dépecé un petit archeopotamus sur la rive opposée aux grottes du Grand-Lac. L'animal était probablement malade et mourant, sinon Ceux-qui-sont-Debout n'auraient pas osé approcher un animal si puissant et si dangereux.

La nouvelle fait grand bruit, car c'est la première fois, dans la mémoire de Ceux-du-Petit-Lac, qu'ils ne sont pas conviés à la Grande-Viande. Ils savent que c'est l'alliance avec Ceux-de-la-Mer, les meurtriers de Grand-Sexe, les intrus, les importuns aux yeux de Ceux-du-Grand-Lac et Ceux-du-Lac-de-la-Tourbière, qui les a exclus de la communauté des lacs.

Ils ont toutefois gagné un élargissement de leur horde, l'enrichissement de leur savoir, la maîtrise du sel, et de nouveaux partenaires sexuels, dans un monde hostile, fermé et autarcique.

Le lendemain, alors que le soleil est haut, les guetteurs annoncent l'arrivée de Mange-Chemin, un de Ceux-des-Montagnes, du Lac-des-Sources, situé à un ou deux jours de marche dans les collines.

Mange-Chemin est grand, élancé, sans la silhouette potelée de Ceux-des-Collines lorsqu'ils sont bien nourris. Il découvre avec surprise la présence de Ceux-de-la-Mer aux côtés de Ceux-du-Petit-Lac.

Mange-Chemin a quitté depuis la moitié d'un jour une expédition de chasse de Ceux-des-Montagnes. Ils ont profité du temps couvert et des pluies qui rafraîchissent l'air pour monter depuis leurs abris sur le plateau herbeux, en suivant le cours d'une des petites rivières qui descendent dans les collines, bordées d'arbres et de fourrés. Ils recherchent la Grande-Viande, un herbivore malade ou mourant, qu'ils pourraient abattre et dépecer, pour en rapporter la chair à Ceux-qui-sont-Debout.

Ceux-des-Montagnes ont trouvé un vieil Ancylotherium au bord d'une rivière, non loin des grottes de Ceux-du-Petit-Lac. L'énorme animal est paralysé de l'arrière-train, et il agonise. Tout un peuple de charognards est déjà attroupé, qui attend le moment propice pour dévorer la carcasse. Mange-Chemin invite Ceux-du-Petit-Lac à l'accompagner, car il y a beaucoup plus de viande que ce que Ceux-des-Montagnes peuvent transporter. Il faut partir tout de suite, il faut essayer d'abattre l'animal avant la nuit.

Dans l'excitation générale, les plus valides et les plus vigoureux, Tourne-Pierre, Pense-Petit, le Gaucher, Parle-Oiseaux et quelques autres prennent le départ. Ils tiennent tous dans leur poing une pierre coupante ramassée dans la rivière. Rêve-d'Ailleurs, qui a confié le sac de sel à Peau-de-Lune, l'albinos, se joint à l'expédition. Peau-de-Lune est celle qui connait le mieux les grottes et leurs secrets, leurs recoins, leurs cachettes. Peau-de-Lune est la confidente, Peau-de-Lune est différente.

Tonnerre-de-Bois, Parle-Peu et Bras-qui-Frappe, eux, restent aux abris pour veiller sur la horde.

Les chasseurs partent très vite, car ils ne veulent pas arriver trop tard, et devoir laisser la proie à des carnivores plus entreprenants, et des charognards avides. C'est à vive allure que Mange-Chemin les emmènent dans les collines, jusqu'à une petite vallée creusée dans le bord du plateau, là où les animaux de la savane viennent se désaltérer le soir.

Après une course folle sur le sol détrempé par les récentes pluies, ils sont accueillis par des acclamations par Ceux-des-Montagnes. Après de courtes effusions ils entourent l'ancylotherium. L'énorme animal lève sa tête massive, pareille à celle d'un hipparion géant, et la secoue latéralement, le regard fou, ses babines retroussées sur ses grandes incisives jaune d'herbivore. Ses pattes arrières courtes et épaisses, immergées dans la rivière fangeuse, sont immobiles. Ses longues et puissantes pattes avant, munies de grandes griffes courbes qui lui permettent de ployer les branches des arbres dont il se nourrit, s'agitent comme dans des spasmes. L'animal est moribond. Si les chasseurs le saignent, il mourra plus vite, mais l'odeur de sang risque d'attirer un grand prédateur.

Une longue attente commence, et le soleil plonge inexorablement sous l'horizon. Les chasseurs se regroupent, s'abritent dans les fourches de arbres, attendent. Parle-Oiseaux en profite pour se blottir contre Mange-Chemin, qu'elle trouve tout à fait à son goût. La nuit s'étire, et l'on entend les eucyons qui patrouillent, tournent et retournent dans l'attente de la curée.

Aux premières lueurs du matin ils trouvent l'ancylothérium affalé dans le courant, immobile, son grand corps comme une île dans la petite rivière. Ils s'aventurent dans l'eau jusqu'à la ceinture, par derrière, et taillladent l'arrière-train du gros animal avec leurs galets tranchants. Le cuir est coriace et leurs outils sont très primitifs, mais leur énergie et leur opiniâtreté finissent par avoir raison de la peau grise. Bientôt une viande rouge sombre apparait sous les lames de pierre. L'animal n'est pas mort, et quelques soubresauts agitent encore son grand corps. Bientôt le sang s'épanche en abondance dans l'eau brune. Il faut faire vite, car les eucyons glapissent et patrouillent sur la berge, et de grands rapaces sont maintenant postés sur tous les arbres environnants. Avec vitesse et dextérité, ceux des hordes découpent de grandes lanières de viande sur l'arrière-train paralysé, tandis que l'ancylotherium mourant pousse ses derniers râles d'agonie.

Bientôt c'est le chaos : Les charognards sont sur l'animal, les rapaces éborgnent le monstre à grands coups de becs, déchirent les chairs chaudes, et les eucyons, fous de convoitise, s'aventurent dans l'eau, reviennent, tournoient.

Dans un tourbillon de coups d'ailes, de remous d'eau boueuse, dans l'odeur du sang et les râles de la victime, ceux des hordes prélèvent prestement le plus de viande possible. Certains tentent d'ouvrir le ventre immergé de l'ancylotherium pour atteindre le foie, une pièce de choix, mais l'eau fangeuse teintée de rouge, opaque, qui les oblige à tâtonner, les en empêche.

Lorsqu'ils ont arraché à la bête ce qu'ils pourront transporter, les chasseurs se retirent promptement, craignant que le tumulte et l'odeur du sang ne rameutent les grands carnivores. Il faut aller vite, très vite, car malgré le temps pluvieux et la fraîcheur relative, la viande s'abîme rapidement et il faut la ramener aux grottes avant qu'elle ne grouille de vers.

Ceux-des-Montagnes et Ceux-du-Petit-Lac se séparent, non sans tapes dans le dos, rires et congratulations, et promesses de se revoir très vite. Mange-Chemin lâche avec regret les mains de Parle-Oiseaux, qu'il a prises dans les siennes. La viande n'attend pas, et il faut quitter le charnier au plus vite.

Le retour est rapide, dans l'urgence et le danger d'être attaqués par tous les mangeurs de viande. Les chasseurs marchent à pas vif, courent dès que le terrain le permet, de longues lanières de viande en équilibre sur leurs épaules. Les galets tranchants ont été abandonnés sur le lieu de chasse et ils sont plus vulnérables que jamais, ils doivent donc faire vite, et les leurs dans les grottes attendent la Grande-Viande.

Ceux-des-Montagnes

A l''arrivée aux grottes, ils se retrouvent tous pour dévorer la chair rouge et coriace de l'ancylothérium. Jusque tard dans la nuit, ils mastiquent et avalent, bien plus que la faim ne le dicte, cette nourriture si riche, si rare et qui a demandé tant d'efforts.

Les chasseurs, très fiers, racontent et exagèrent leur exploit, et promettent des chasses à venir. Ils ne dépendent plus, pour leur subsistance, de Ceux-du-Grand-Lac et de Ceux-du-Lac-de-la-Tourbière.

La solidarité de Ceux-des-Montagnes les a touchés. Plusieurs proposent d'aller leur rendre visite, à leurs grottes, plus loin dans les collines, dans la direction de la montagne qui fume. Parle-Oiseaux insiste pour en être. Ils partiront le jour qui suit demain.

Parle-Peu et Bras-qui-Frappe sont rétablis de leurs fièvres, et participeront à l'expédition que mènera Tonnerre-de-Bois, qui a déjà visité les grottes des lacs de Ceux-des-Montagnes.

Rêve-d'Ailleurs a pour l'occasion vidé la peau d'un oiseau aux plumes rouges pour y transporter deux coquilles de sel, cadeau de prix que les hordes du Petit-Lac ont décidé, pour sceller l'alliance qu'ils souhaitent avec Ceux-des-Montagnes.

Ils partent au lever du soleil, et suivent un des cours d'eau qui alimentent les lacs, qui descend des collines qui s'échelonnent jusqu'aux contreforts des montagnes, là où d'autres lacs poissonneux sont la demeure de hordes amies.

Les pluies ne cessent pas, et les torrents en crue ravinent les berges où Ceux-du-Petit-Lac progressent. Le soir du premier jour, ils trouvent une roche en surplomb sous laquelle un endroit sec leur permet de passer, entassés dans un espace exigu, une nuit agitée de rêves.

Ils sont réveillés en sursaut avant le lever du soleil. Autour d'eux, sous eux, partout, la terre bouge. Des cailloux dégringolent d'au-dessus de l'abri, et plus bas, un talus s'éboule. Aucun d'entre eux n'est blessé, mais la peur, une peur totale, viscérale, les maintient éveillés jusqu'au matin.

Ils sont en route à l'aube, sous un ciel gris, trempés par les branchages qui s'égouttent à chaque coup de vent, à chaque effleurement.

Pour se nourrir ils glanent les limaces et les escargots sur leur route, cueillent quelques fruits, déterrent des racines. Ils se désaltèrent aux torrents.

Vers le milieu du jour, les nuages se déchirent sur un ciel d'un bleu profond. Très haut, des oiseaux de proie planent, en grands cercles, leurs ailes immobiles.

Les voyageurs arrivent avant le soir à la petite vallée qui abrite le Lac-des-Sources, comme le nomme Tonnerre-de-Bois. Le lac est long et étroit, aux berges abruptes. Il s'y déverse de chaque côté des petits torrents, et il est alimenté, au loin, à l'autre extrémité, par une rivière dont on distingue les berges encombrées de roseaux. Des rochers énormes, tombés des hauteurs avoisinantes, sont couchés sur les pentes broussailleuses.

Bien avant qu'ils ne puissent distinguer, haut sur la pente, entourées de bosquets d'arbres immenses, un amoncellement de grandes dalles de pierre sombre, un sifflement strident, que l'écho répète, leur fait tourner la tête. Là-haut, perchée sur le plus grand rocher, découpée sur le ciel très bleu, une silhouette agite les bras.

Lorsqu'ils ont gravi la pente, par un petit sentier pierreux, ils distinguent sous la plus grande dalle de pierre des alvéoles, des niches. Les abris de Ceux-des-Montagnes.

C'est Mange-Chemin qui vient à leur rencontre, visiblement très satisfait d'avoir de la visite. Son regard passe de l'un à l'autre, s'arrête longuement sur Parle-Oiseaux, sur son visage, ses mamelles, son pubis aux poils frisés où se niche son sexe. Ils montent ensemble vers les abris, qui ont été excavés jadis, lors des orages, par le ravinement, sous la grande dalle couchée sur la pente. Ceux-des-Montagnes qui ne sont pas partis en quête de nourriture les attendent là, regroupés, curieux de rencontrer ceux qui viennent de si loin au-delà de la rivière. Les mères portent leurs petits à califourchon sur leur hanche, et les plus vieux sont assis sur le sol ou sur leurs talons. Le mâle qu'on écoute parce qu'il est plus vieux et qu'il connait les plantes qui guérissent ou qui tuent, Aime-les-Mâles, s'avance vers Tonnerre-de-Bois et l'enlace. Longues-Mamelles, la femelle qui a engendré Mange-Chemin, se porte à son tour au-devant des voyageurs et prend Bras-qui-Frappe par la main pour le mener vers l'abri le plus proche, dans lequel ils s'engagent en courbant le torse très bas sous le bord surbaissé de la dalle.

Ceux-du-Petit-Lac sont ainsi tous entraînés dans la tanière, pour être caressés, épouillés, cajolés. La peau d'oiseau que porte Rêve-d'Ailleurs, dans laquelle il a caché le sel, est l'objet de toutes les curiosités, et il a bien du mal à la soustraire aux tentatives de Ceux-des-Montagnes de l'examiner.

Tandis que le soir tombe, ceux qui étaient partis chercher de la nourriture reviennent par petits groupes. Ils sont rassasiés car ils ont mangé tandis qu'ils cueillaient, mais ils rapportent pour ceux restés aux abris, jetées sur leurs épaules, des bottes de plantes dont les racines jaunes, soigneusement nettoyées dans le torrent, sont délicieuses. Certains aussi, dans leurs bras croisés en corbeille, leurs mains palmées largement ouvertes, rapportent des fruits rouges et odorants que Ceux-de-la-Mer n'ont jamais vus. D'autres encore trainent des branchages chargés de grappes de noix sombres.

Parle-Peu s'avance pour prélever un fruit et le goûter, mais Oeil-qui-Rit, une femelle de Ceux-des-Montagnes très entreprenante, abaisse son bras et s'interpose. Leurs regards se croisent et le visage hilare de la belle femelle, qui le prend maintenant par les épaules, le détourne, pour un moment, des fruits inconnus.

Avant que le ciel bleu sombre ne passe au noir et que le soleil ne disparaisse au-delà de la crête des collines, tandis que la lumière décline, les visiteurs sont entraînés plus haut, vers un petit abri sous une roche découpée.

Au fond du petit abri, Ceux-des-Montagnes se dirigent vers un recoin où deux d'entre eux font glisser avec effort une large pierre plate. En-dessous, dans une cuvette tapissée de galets bien plats et soigneusement ajustés en fonction de leur forme, une masse de fruits rouges, comme ceux que les cueilleurs ont rapportés, exhale une odeur puissante, prenante et inconnue.

Ceux-des-Montagnes se précipitent sur les fruits fermentés, écopent de leurs mains palmées la masse vermeille et s'en remplissent les joues avec délectation. Ils finissent par s'apercevoir que parmi les visiteurs, Ceux-de-la-Mer restent en retrait, perplexes, et échangent des regards interrogateurs.

Oeil-qui-Rit prend Parle-Peu par la main, l'amène au bord de la cuvette de fruits odorants, lui en tend une poignée dégoulinants de jus, l'invite à manger. Parle-Peu tout d'abord hésite devant l'odeur étrange, puis, lorsqu'il a avalé la première bouchée dont le parfum envahit son nez et lui tapisse la bouche, va se servir. Tous essaient, encouragés par l'euphorie de Ceux-des-Montagnes.

Ce n'est qu'à la nuit noire, en titubant sous un ciel d'ébène maintenant dégagé, éclairé par des myriades d'étoiles et un mince croissant de lune, qu'ils regagnent les abris. On entend çà et là les grognements de ceux qui se cognent au rocher, et les éructations de ceux qui vomissent.

Le matin les trouve endormis en tas désordonné, certains malades, d'autres alertes. Seules les femelles allaitantes et les enfants, qui n'ont pas participé à l'ivresse de la veille, se sont réveillés avec le jour, et sont descendus se rafraîchir dans un torrent.

On entend en contrebas les ébats des enfants sur la grève du Lac-des-Sources, les cris, les jeux.

Les adultes descendent enfin un à un au lac, certains les yeux rouges et la démarche incertaine. Vers le milieu du jour ils sont tous là, à nager et plonger à la recherche de nourriture, à patauger entre les roseaux pour capturer des batraciens, ou à paresser au soleil sur la grève. Des adolescents, assis sur la plage de galets, brisent avec des pierres les noix rapportées la veille, et font passer de main en main les amandes brunes, qu'ils extraient des débris de coquilles avec leurs ongles.

Le soir est doux et Ceux-qui-sont-Debout sont rassemblées devant les abris, à paresser, à grignoter. Les toutes premières chauves-souris zigzaguent déjà sur le velours du ciel, et l'on entend plus loin les jappements des eucyons qui s'acharnent sur les restes de viande putride que Ceux-des-Montagnes ont jeté dans un ravin.

En contrebas, sur les buissons, une profusion d'insectes lumineux s'allument un à un dans la nuit qui tombe, irradient une lumière douce qui balise de petits points brillants le sentier qui descend vers le lac.

Rêve-d'Ailleurs, assis en tailleur, entouré des femelles paisibles, entrouvre la peau de l'oiseau qui ne l'a pas quitté, et en sort une coquille d'escargot. Celles présentes écarquillent les yeux dans la pénombre, essaient de comprendre ce qui se passe.

Rêve-d'Ailleurs débouche la coquille, la tapote dans sa paume pour en extraire du sel, et le présente à Oeil-qui-Rit, qui, le cou tendu, la tête penchée sur la main tendue, ses longs cheveux comme deux rideaux autour de son beau visage d'ébène qu'il distingue à peine dans l'ombre, avance un doigt timide, cherche dans l'ombre, touche le sel, hésite.

Rêve-d'Ailleurs humecte l'index de son autre main, celle qui ait fermement la peau de l'oiseau, le plonge dans le sel étalé, le pointe vers la bouche d'Oeil-qui-Rit.

Sur sa langue s'épanouit comme une fleur le goût puissant du sel, et Rêve-d'Ailleurs devine, dans l'ombre épaisse, sur le visage de la belle femelle, l'étonnement puis le sourire.

Les autres déjà tendent un doigt, goûtent, grognent leur appréciation.

Bientôt tous sont là, les mâles se pressent, se bousculent presque. Dans la nuit maintenant de plus en plus sombre, les visages sont indistincts, et ce sont des silhouettes qui s'attroupent autour de Rêve-d'Ailleurs. Le contenu de la coquille est prestement consommé, et il s'en suit un grand silence : Ceux-des-Montagnes comprennent que Ceux-de-la-Mer possèdent du sel, non pas simplement les pierres de sel qu'ils connaissent déjà, et qui circulent dans les collines comme des trésors, mais du sel fort, puissant, prenant, précieux.

Ils ressentent la satisfaction, la joie d'avoir fraternisé avec ces étrangers venus de loin, amenés par leurs parents du Petit-Lac.

Les visiteurs restent avec Ceux-des-Montagnes un jour et une nuit de plus, ramassant des petits animaux jusqu'aux autres lacs, plus haut, capturant des grenouilles, dénichant des oiseaux, cueillant et ramassant des végétaux comestibles.

Par deux fois, la terre tremble, délogeant des cailloux qui dévalent la pente, interrompant, pour quelques instants, les activités de ceux de Ceux-qui-sont-Debout, qui attendent, effrayés et inquiets, le retour au calme.

Le jour suivant, Aime-les-Mâles et Oeil-qui-Rit emmènent Ceux-de-la-Mer et Ceux-du-Petit-Lac jusqu'aux sources chaudes nichées dans les creux des rochers, plus haut au-dessus du Lac-des-Sources.

Dans un bassin naturel environné d'une brume presque poisseuse, une eau odorante fume et bouillonne. De grosses bulles crèvent la surface où flotte une mousse jaunâtre.

Aime-les-Mâles entraîne Tonnerre-de-Bois dans l'eau chaude, comme il l'avait fait lors des précédentes visites de Ceux-du-Petit-Lac. Ceux-de-la-Mer, voyant l'assurance et la confiance de Tonnerre-de-Bois, s'aventurent à leur tour dans l'eau. Bientôt Parle-Oiseaux et Mange-Chemin sont enlacés, immergés jusqu'au cou, ainsi que Longues-Mamelles et Bras-qui-Frappe, et d'autres encore. Ceux-de-la-Mer, qui n'ont jamais encore connu l'eau chaude, découvrent un bien-être qu'ils n'avaient pas imaginé.

Après quelques ébats dans la vapeur épaisse de la source, ils descendent tous s'éclabousser dans la cascade fraîche en contrebas, puis traversent et retraversent le lac à la nage, avant de reprendre pied entre les roseaux et de remonter vers les abris. Ils se sentent propres, reposés, sereins.

Ce soir-là, toutefois, Ceux-du-Petit-Lac expriment la volonté de revenir à leurs grottes, où ils ont laissé les femelles allaitantes, les vieux et les petits enfants, qui ont besoin d'eux et qu'ils ne veulent pas laisser seuls trop longtemps. Ils promettent de revenir.

Au matin, Parle-Oiseaux annonce qu'elle restera aux côtés de Mange-Chemin avec Ceux-des-Montagnes. Longues-Mamelles quant à elle suivra Ceux-du-Petit-Lac car elle ne veut pas se séparer de Bras-qui-Frappe.

Le départ est difficile, et au milieu des embrassades, Rêve-d'Ailleurs, les yeux dans les yeux, donne à Aime-les-Mâles la peau de l'oiseau rouge, qui contient la dernière coquille de sel.

Là-bas, sous la garde de Peau-de-Lune, le sac de peau d'hipparion et son précieux chargement l'attend, la source de son prestige et du pouvoir de Ceux-de-la-Mer.

Peau-de-Lune

Les marcheurs sont partis la veille vers les lacs de Ceux-des-Montagnes. Dans les grottes de Ceux-du-Petit-Lac, la vie se poursuit sereinement, consacrée aux enfants et aux femelles grosses ou allaitantes, au ramassage de noix et de fruits, à la collecte des oeufs dans les roseaux. Les enfants d'Aime-les-Fleurs et de Deux-Doigts se portent bien. Leurs mères les emportent déjà jusqu'au Petit-Lac et les gardent avec elles lorsqu'elles nagent.

Le grand tronc creux ne résonne plus, depuis le départ de Tonnerre-de-Bois vers les lacs de Ceux-des-Montagnes, car il est, depuis longtemps, le seul à battre encore le grand tambour de bois de la grotte.

Les plus mobiles, le Gaucher, Tourne-Pierre et Comme-un-Singe, partent tout le jour, seuls ou ensemble, et reviennent avec des poissons ou les oiseaux abattus à coups de pierres.

Les nuits, Peau-de-Lune et Marche-la-Nuit veillent tard, chuchotent dans le noir, répriment des gloussements de rire. Elles se réveillent lorsque le soleil est déjà haut, malgré les pleurs des enfants dès l'aube, qui réclament la tétée.

Le second soir après le départ des voyageurs, lorsque tous ceux qui sont restés sont revenus dans les grottes, Peau-de-Lune convie Marche-la-Nuit, Grand-Nez et le Gaucher à une consommation de Champignon-du-Rêve.

Seul Tourne-Pierre n'est pas encore rentré. Il a dû aller loin et avoir été surpris par la tombée du jour. Il dormira sous un surplomb ou sous un arbre.

Lorsque le soleil est déjà très bas sur les collines, ceux attardés devant la grotte du bas voient arriver des visiteurs. Tout d'abord ils pensent qu'il s'agit des voyageurs partis vers les lacs de Ceux-des-Montagnes, qui reviennent prématurément. Bientôt ils réalisent que ceux qui gravissent le sentiers, portant des pierres et des bâtons, sont

Ceux-du-Grand-Lac et Ceux-du-Lac-de-la-Tourbière. Il y a là Cherche-Lune, Pied-Rapide, Ciel-dans-l'Oeil, Une-Oreille, et de nombreux autres. Ils n'ont pas l'air bienveillants.

Avertis, Grand-Nez et le Gaucher, déjà hébétés par le Champignon-du-Rêve, tentent de s'interposer, mais sont bousculés par les intrus qui font irruption dans la grotte, menacent, retournent à coup de pied les matelas de fougères, réclament le sel, le sel, tout le sel.

Et bientôt, dans un désordre indescriptible, des coups s'échangent, des corps tombent, des cris fusent.

Crie-Trop, ivre de colère et de violence, abat un assaillante d'un coup de pierre sur la tempe, puis hurlante, en attaque un autre, avant de s'effondrer elle aussi.

Les mères avec des enfants se retranchent dans les recoins, se recroquevillent, cachées du tumulte par le Gaucher, Marche-la-Nuit et Grand-Nez, qui, l'esprit embrumé, font de leur mieux.

Les attaquants fouillent, crient, progressent vers le fond de la grotte, où, derrière une arrête oblique qui barre le sol de l'abri, au fond d'une niche reculée, Peau-de-Lune les regarde fixement de ses yeux rouges.

Elle voit à contre-jour les silhouettes des agresseurs, elle entend les cris, elle sent monter en elle la terreur. Ceux qui s'approchent bloquent bientôt la lumière provenant de l'entrée de l'abri. Ils sont maintenant sur elle. Le choc sur sa tête provoque dans son crâne un grand éclair, puis c'est le néant.

Tout est très vite terminé : Le corps pantelant de Peau-de-Lune git sur le sol de la caverne, le crâne défoncé. Sur le dos de Cherche-Lune, qui s'éloigne avec ses comparses, oscille le sac en peau d'hipparion, lourd des quelques coquilles de sel restantes. Ils partent sans se retourner, mais le Gaucher, dans une semi-conscience, croit voir en un des agresseurs, de dos, la silhouette et la démarche de Tourne-Pierre.

Après la stupeur, la peine envahit Ceux-qui-sont-Debout. Leur monde paisible s'est effondré, Peau-de-Lune est morte, ils sont seuls face à une adversité écrasante, le sel est parti.

Toute la nuit, ils ont sangloté, gémi, pleuré.

Au matin, matin affreux, le corps de Une-Oreille, tué par Crie-Trop, et celui de Peau-de-Lune sont transportés jusqu'à l'éboulis et précipités dans le cloaque des déjections de la horde, plus bas, là où les charognards viennent se repaître la nuit.

Crie-Trop, le poignet enflé et la chevelure poisseuse de sang, est soignée par Sans-Petits. Si elle ne bouge pas trop, peut-être Crie-Trop guérira-t-elle.

Les autres vont laver les blessures et les ecchymoses dans l'eau fraîche, puis remontent aider la horde.

Les jours qui suivent le drame sont ternes et vides. Tous errent, vaquent aux tâches nécessaires, cherchent de quoi manger, s'occupent des enfants.

Depuis le drame, chaque jour, du lever du soleil à son coucher, le grand tambour de bois résonne dans la grotte, sans relâche, comme un appel au retour de ceux dont on a besoin. Tous les valides se relaient pour pulser jusqu'au fond des vallées, inlassablement, l'appel de Ceux-du-Petit-Lac.

Le retour au Petit-Lac

Le trajet de retour est aussi pluvieux que celui de l'aller, et les voyageurs ont du mal à trouver un abri sec pour la nuit. Ils se recroquevillent sous le surplomb d'une paroi moussue, entre les broussailles.

Choyés par Ceux-des-Montagnes, bien nourris, ils se contentent en chemin de quelques fruits cueillis dans les arbres, en grimpant sur les branches fragiles des figuiers, et de racines arrachées en route. L'alliance avec Ceux-des-Montagnes leur donne une nouvelle confiance, et compense la distance prise par rapport à Ceux-du-Grand-Lac et Ceux-du-Lac-de-la-Tourbière. Leur nouvelle indépendance les rend joyeux, malgré le ciel gris et la pluie.

A l'approche des grottes, avant même qu'ils n'abordent l'étroite vallée creusée par la petite rivière qui se jette dans le lac, les marcheurs sont alertés par le cognement continu qu'ils connaissent tous. Les regards se tournent vers Tonnerre-de-Bois, qui tend l'oreille, lui aussi. Quelqu'un dans la grotte bat le grand tambour de bois. Quelqu'un qui n'est pas Tonnerre-de-Bois.

Que s'est-il passé, qui pourrait expliquer cette transgression d'une coutume consacrée par plusieurs générations ?

C'est en courant qu'ils arrivent à la grotte du bas. Sous la voûte, ils trouvent Marche-la-Nuit devant le grand tronc d'arbre creux, qui frappe, frappe, les yeux clos, comme en transe.

Elle met quelques instants à se rendre compte qu'elle n'est plus seule. Elle ouvre les yeux, pose les gourdins, et reste un long moment, les bras ballants, ses yeux remplis de larmes.

Ceux des autres lacs sont venus. Ils ont tué Peau-de-Lune. Ils ont pris le sel.

Le soudain mutisme du tambour, qui sonnait depuis le lever du soleil, fait venir tous ceux de la grotte qui étaient dispersés, qui glanaient de quoi manger, et ceux qui étaient restés recroquevillés au fond de la salle, dans la quasi-obscurité.

Peu de mots sont échangés, les faits parlent. Les voyageurs vont entourer Crie-Trop, qui est assise, dos à la paroi, son poignet blessé emmaillotté dans des herbes souples. Sur le côté de son crâne, une plaie livide baille encore, que Sans-Petits a soigneusement nettoyée. Des manifestations de sympathie, des accolades sont échangées.

Rêve-d'Ailleurs va jusqu'à l'éboulis, là où les cadavres de Peau-de-Lune et de Une-Oreille ont été abandonnés aux charognards. Seuls émergent encore des broussailles quelques ossements, une cage thoracique vide aux côtes brisées.

Rêve-d'Ailleurs reste là, les yeux dans le vide, à penser à cette étrange femelle qu'il voulait sienne.

La première stupeur passée, ceux qui reviennent des lacs de Ceux-des-Montagnes, rassemblés devant la grotte du Petit-Lac, sentent la haine monter en eux. La haine contre Ceux-du-Grand-lac et Ceux-du-Lac-de-la-Tourbière, qui ont attaqué la grotte, et volé le sel si chèrement transporté, si précieux, si rare.

La haine aussi contre Tourne-Pierre, qui n'est pas revenu, que certains ont vu avec les attaquants, et sans qui les voleurs n'auraient pas pu connaître l'existence du sac de sel.

C'est la première fois que Bras-qui-Frappe souhaite la mort d'un membre de son peuple. Il est surpris et dérangé d'éprouver ce sentiment nouveau et étrange.

Les membres les plus influents des hordes alliées, Bras-qui-Frappe, Tonnerre-de-Bois, Sans-Petits, Parle-peu, Marche-la-Nuit, Rêve-d'Ailleurs et quelques autres passent le reste du jour et le début de la nuit à débattre de l'avenir. Les palabres sont laborieuses, hésitantes, les mots rares, les malentendus fréquents. L'ampleur de la crise, la précarité de la situation des hordes, le danger sont tels qu'ils parviennent toutefois à décider du devenir de Ceux-du-Petit-Lac.

Le conflit est trop aigu, le préjudice trop grand pour qu'ils puissent accepter d'en rester là. Mais une tentative frontale et immédiate de reprendre le sel à un adversaire plus nombreux est dangereuse.

Ils décident donc d'envoyer dès le lendemain des guetteurs observer les grottes ennemies. Lorsqu'ils seront sûr que les chasseurs se seront éloignés, ils avertiront ceux restés dans les abris du Petit-Lac, et envahiront la grotte du Grand-Lac qui abrite la matriarche. Le sel est certainement près d'elle, pensent-ils. S'il faut la menacer de mort, la tuer même, ils le feront.

Dès qu'ils auront repris le sel, la horde au complet, qui se sera préparée entre-temps, prendra le chemin des grottes de Ceux-des-Montagnes. Il faudra une fois arrivés trouver des abris près de ceux des hordes amies. La vie sera plus difficile, mais ils sont près à explorer de nouvelles rivières et de nouveaux lacs, plus loin, plutôt que de coexister avec ceux qui ont tué et volé, et qui les ont humiliés.

Lorsque le consensus est trouvé, ils sont comme soulagés, et ils se retirent dans les recoins pour dormir.

La perte du sel

Ils sont réveillés dès avant les premières lueurs du matin, fébriles, dans un sentiment d'attente et d'insécurité.

Après un hâtif repas de noix ramassées la veille, Voit-Loin et Comme-un-Singe sont envoyés surveiller les grottes du Grand-lac, avec la recommandation de rester invisibles.

Les autres vont rechercher de la nourriture, mais sont bientôt de retour, impatients de passer à l'action, insatisfaits. Avant que le soleil n'atteigne son point le plus haut, Rêve-d'Ailleurs et Tonnerre-de-Bois partent les rejoindre. Ils les trouvent difficilement, cachés dans les fourrés en face des grottes du Grand-Lac. Rêve-d'Ailleurs et Tonnerre-de-Bois font sursauter les guetteurs, très absorbés dans la surveillance des grottes.

En quelques gestes et quelques mots échangés tout bas, Voit-Loin explique que des cueilleurs ont quitté la grotte juste après leur arrivée, mais que plusieurs mâles adultes vigoureux sont rester à paresser sur la plateforme.

Rêve-d'Ailleurs et Tonnerre-de-Bois s'installent de leur mieux aux côtés de Voit-Loin et de Comme-un-Singe, et la surveillance continue. Au bout d'un certain temps, ils somnolent tous les quatre dans la douce tiédeur du milieu du jour.

Soudain Voit-Loin, dont l'oeil est attiré par les mouvements devant la grotte où siège la matriarche, donne d'énergiques coups de coude à ses compagnons. Tous regardent une longue file d'adultes descendre le sentier vers le Grand-Lac, et passer juste en-dessous de la cachette où les guetteurs sont recroquevillés, immobiles.

Les marcheurs s'éloignent vers le Lac-de-la-Tourbière, puis traversent le gué. Ils vont chasser ou pêcher, assurément. Dans la grotte, il ne reste donc que des vieillards, des enfants et des femelles gestantes.

Ceux-du-Petit-Lac se regardent, et il passe comme un message muet et unanime : Pourquoi retourner à la grotte chercher du renfort, au risque de revenir trop tard, alors qu'une action rapide, forte, par surprise, permet de récupérer le sel, si proche, et de laver l'affront ?

Les voilà tous les quatre qui s'approchent à couvert, ramassent en passant des pierres anguleuses, se déplacent de buisson en buisson. Sur la plateforme de la grotte, la vie continue, Ciel-dans-l'Oeil va et vient, empile des fougères qui ont séché au soleil, entre, ressort.

Dès qu'elle rentre à nouveau, les assaillants parcourent en courant silencieusement les dernières foulées à découvert. Puis, sur la plateforme, s'arrêtent dans un recoin, pour attendre que leurs yeux s'accoutument à la pénombre de l'intérieur. Lorsqu'ils entendent les pas de Ciel-dans-l'Oeil qui revient du fond de la grande salle, où elle a déposé une brassée de fougères, ils se lancent à l'intérieur. Elle s'arrête, interdite, puis tourne les talons en criant.

La situation est instantanément chaotique, et les occupants de la grotte courent en tous sens, essaient de s'enfuir sur le sentier, s'égaillent sur la pente. Ils ignorent le nombre des attaquants, qui maintenant hurlent à pleins poumons.

Ils sont très vite au fond de la salle, là où trône Mère-des-Grottes, sur sa plateforme de pierres empilées. Elle est seule, toute seule, abandonnée, les yeux hagards, ses mains fripées sur sa bouche édentée, les replis graisseux de son ventre affaissé, en bourrelets qui se chevauchent, cachant son nombril et son sexe.

Rêve-d'Ailleurs est là maintenant, en face d'elle, dressé de toute sa hauteur, le bras levé, la pierre tranchante bien calée dans son poing serré.

La matriarche le distingue mal, à contre-jour, mais elle devine sa haine et la détermination.

Où est le sel ? Je veux le sel !

Depuis de très nombreuses lunes, depuis avant qu'elle n'enfante son dernier rejeton, celui qui n'a pas survécu, Mère-des-Grottes n'a jamais été interpelée de la sorte.

Ceux-qui-sont-Debout lui doivent le respect. Sans condition.

Que veut ce paria, qui a abandonné sa grotte pour descendre la rivière, et revient avec des exigences ?

La matriarche reste silencieuse, et sous ses lourdes paupières, son regard de profond dédain tombe sur Rêve-d'Ailleurs.

Alors il pousse un hurlement de frustration et de haine, et le bras frappe, avec une violence inouïe.

La vieille, vieille femme tombe, sans un cri, le crâne ouvert, la cervelle répandue. Derrière Rêve-d'Ailleurs, Voit-Loin, Tonnerre-de-Bois et Comme-un-Singe sont immobiles, statufiés, interdits.

L'irréparable est commis, il n'y a plus retour, le destin de la horde est scellé.

Mais très vite ils se relancent dans l'action. Autour d'eux, des femelles filent à toute jambe vers l'entrée de la grotte et disparaissent dans la pente, vers le lac.

Pose-ses-Mains, une des femelles âgées, qui ne se déplace que lentement, est prise à parti : Où est le sel ? Le regard de Pose-ses-Mains passe des yeux de Rêve-d'Ailleurs à la tête fracassée de la matriarche, puis au poing levé tenant un galet rouge de sang, brandi au-dessus de sa tête. Revient à la matriarche.

Elle tremble, les yeux fous, et cède, et avoue, la gorge nouée de peur : Le sel est au fond de la grotte, dans la seconde salle, dans une fissure, du côté où le plafond est le plus bas.

Les quatre attaquants se précipitent, puis s'arrêtent : La grotte est très sombre, leurs yeux ne sont pas encore accoutumés, ils sont là, debout, barrant l'entrée.

Tout près ils devinent des enfants accroupis, terrorisés, et des femelles appuyées à la paroi. De l'autre côté, dans la pénombre, là où se trouve le sac de sel, quelque chose bouge. Des bruits.

Ils s'avancent alors, lentement, contournant le rocher qui encombre le passage, tâtonnent, hésitent. Ils sont maintenant bien engagés, lorsqu'une forme jaillit de l'ombre, les évite prestement, et se précipite vers la sortie qu'ils ont libérée en s'avançant.

Lorsqu'ils se retournent, c'est pour apercevoir un jeune mâle bondissant qui traverse à toute vitesse la première salle de la grotte et se précipite à l'extérieur, sans un regard ni à la matriarche effondrée, ni à Pose-ses-Mains penchée sur elle. Sur le dos du fuyard ballote le sac en peau d'hipparion.

Après un instant de stupeur, juste quelques battements de coeur, le temps de réaliser que le sel vient de passer devant eux, ils se lancent à la poursuite du coureur.

Le fugitif dévale le chemin qui mène au lac à une vitesse folle, au risque de trébucher et de se tordre une cheville. Sous ses pas des cailloux roulent dans la pente. Sur son épaule le sac contenant ce qui reste du sel tressaute à chaque enjambée.

Les poursuivants, dès le bord du lac atteint, s'épanouissent en éventail pour l'empêcher de fuir vers les collines. Emporté par sa panique, il prend du champ, et le voilà qui longe le Grand-Lac vers le gué menant à la rive où se trouvent les grottes de Ceux-du-Lac-de-la-Tourbière.

Voit-Loin et Comme-un-Singe, plus jeunes et plus alertes que Rêve-d'Ailleurs et Tonnerre-de-Bois, gagnent enfin du terrain, débordent le fuyard du côté de la rive de la tourbière, l'obligeant à passer le gué. Le voilà qui s'engage sur les galets, dans de grandes éclaboussures d'eau claire qui s'irisent dans la lumière du soleil. Oui, c'est bien Tourne-Pierre, Rêve-d'Ailleurs en est maintenant sûr. La rage le fait accélérer le pas, et il s'engage lui aussi sur le gué.

Les voilà tous de l'autre côté, sur la rive qui mène aux grottes de Ceux-du-Lac-de-la-Tourbière. Le rythme se ralentit, les respirations sont laborieuses, mais aucun ne cède à la fatigue. Les poursuivants débordent bientôt Tourne-Pierre du côté de la colline, l'obligeant à courir au bord de l'eau, là où les galets cachés dans les roseaux et les algues sont traîtres, et que la course est moins aisée.

Tourne-Pierre comprend la manoeuvre, et tente de remonter sur le sentier, dans un immense effort pour accélérer, malgré le sac qui bringuebale sur son dos, et la lassitude qui peu à peu l'envahit.

Dans sa poitrine, son coeur bat à tout rompre, et sa respiration rauque est devenue douloureuse.

Soudain, il se tourne vers le lac, s'y engage, barbotte un instant dans l'eau peu profonde, en levant haut les pieds pour aller vite, puis dès que la profondeur le permet, se jette à plat ventre, espérant distancer Ceux-du-Petit-Lac à la nage.

Non ! Non ! Rêve-d'Ailleurs, horrifié, voit le sac de sel immergé, la peau dégoulinante d'eau quand il refait surface par moment. L'eau mange le sel ! Le sel est perdu !

Ils se sont tous quatre précipités dans l'eau, et nagent frénétiquement à la poursuite de Tourne-Pierre, qui espère déjà pouvoir regagner la rive en face des grottes et se mettre sous la protection de ses habitants.

Comme-un-Singe, leste comme un poisson, gagne sur le fugitif, qui est entravé par le sac de sel maintenant imbibé d'eau, qui le ralentit et qui mobilise une de ses mains. Il le rejoint. Tourne-Pierre se retourne dans un bouillonnement d'eau, les yeux pleins de terreur, chaque respiration précipitée accompagnée d'un râle. Les voilà face à face, échangeant des coups de talons, en visant le sexe de l'adversaire sous le niveau bouillonnant de l'eau. Les trois autres poursuivants sont maintenant là, et entourent Tourne-Pierre, resserrent le cercle. A le toucher. Il tournoie, ne pouvant faire face à tous en même temps.

Tourne-Pierre, en ramant frénétiquement, avec l'énergie qui lui reste, de ses deux pieds et de sa main libre pour ne pas sombrer, assène le sac en peau d'hipparion de toutes ses force sur Voit-Loin, la plus proche, la plus menaçante.

Le sac, qui n'est maintenu étroitement fermé que par la main serrée de Tourne-Pierre, s'ouvre et les quelques coquilles d'escargot contenant le sel, maintenant remplies d'eau, s'envolent de tous côtés, plongent avec de petites éclaboussures, et coulent.

Voit-Loin n'est plus atteinte que par la masse flasque et dégoulinante de la peau d'hipparion.

Rêve-d'Ailleurs ne peut réprimer un cri, presque d'agonie, à la perte irrémédiable du sel.

Une rage irrépressible l'envahit, et malgré les coups de pied, les griffures, les morsures, il se jette sur Tourne-Pierre, le saisit par ses cheveux dégoulinants, le pousse sous l'eau. Ils sont tous les quatre à le maintenir immergé, poussant sur ses épaules et sa tête, malgré ses mouvements frénétiques pour se dégager. Bientôt les quelques soubresauts spasmodiques s'éteignent eux aussi, puis le corps inerte, enfin relâché, flotte juste au ras de la surface, la chevelure noire étalée entremêlée d'algues verdâtres.

On n'entend plus que le clapotis de l'eau et les respirations courtes et laborieuses des nageurs.

Après quelques échanges de regards, ils s'en retournent vers le gué.

Ils nagent en silence, chacun perdu dans ses pensées, et pas même les oiseaux qui plongent à la recherche de poissons, tout autour d'eux, dans d'énergiques battements d'ailes, ne parviennent à les distraire de leur rumination.

Les voilà à l'embouchure du petit tronçon de rivière qui relie le Lac-de-la-Tourbière au Grand-Lac. Ils remontent sur la grève lorsque l'eau est trop peu profonde pour y nager, et ne traversent pas par le gué afin de rester sur la rive opposée aux grottes de Ceux-du-Grand-lac.

Alors qu'ils ont longé depuis quelques instants la berge encombrée de roseaux et d'arbres pourris, qui les cachent de la rive opposée, ils entendent des exclamations provenant de la direction du gué. Entre les touffes de végétation, ils perçoivent une bande qu'ils identifient bientôt comme les chasseurs en train de revenir vers les grottes du Grand-Lac. Ils transportent à plusieurs la carcasse d'une proie de bonne taille. Ils vont bientôt arriver, et apprendre le raid sur la grotte, le meurtre de la matriarche, et la disparition de Tourne-Pierre avec le sel. Les quatre compagnons pressent le pas, et lorsque les arbres de la rive ne peuvent plus les cacher, et que la marche sur le contrefort de la colline devient difficile, décident de poursuivre leur progression dans l'eau, en se camouflant entre les îlots de roseaux qui parsèment la rive.

Ils avancent le plus vite possible, en évitant le troupeau d'archeopotamus qui paresse sur les hauts-fonds, entre les nénuphars. Un grand mâle tourne la tête, ouvre une gueule immense d'où émergent des canines monstrueuses, comme s'il baillait. Les fuyards se font tout petits et continuent, l'échine courbée, de l'eau jusqu'à la taille.

Sur l'autre rive, les chasseurs dont plusieurs portent péniblement la carcasse de leur gibier, abordent le sentier qui monte vers les grottes.

Les chasseurs

Les chasseurs cheminent le long du lac. Casse-Cailloux, Pied-Rapide, Cherche-Lune et quelques autres, avancent lentement vers les grottes du Grand-Lac, où ils sont attendus par la matriarche pour le partage du kolpochoerus qu'ils ont abattu à coup de pierres.

L'animal était vieux et affaibli, et les chasseurs ont pu le cerner entre les rochers. Le kolpochoerus a furieusement fouillé le sable de son groin humide, brandi la défense qui lui restait, jaune et ébréchée, qui pointait de son museau conique, il a gratté rageusement le sol, mais ceux des collines sont restés sur les rochers, en sécurité, et on arrosé l'animal de cailloux. Sa lourde carcasse pantelante est maintenant portée sur les épaules des marcheurs qui se relaient sous le fardeau.

Casse-Cailloux, qui a eu l'initiative de cette chasse, espère en tirer une part importante pour les grottes de Ceux-du-Lac-de-la-Tourbière. Mère-des-Grottes décidera, comme à son habitude, d'en attribuer la meilleure part à Ceux-du-Grand-Lac, sous prétexte de leur nombre, mais cette fois, Casse-cailloux est déterminé à ne pas céder à la vieille femelle autoritaire.

Son opposition à la matriarche n'a fait que croître depuis qu'elle a voulu accaparer le trésor de sel que Rêve-d'Ailleurs et la nouvelle horde ont rapporté. La tournure des événements, le raid sur la grotte de la cascade, la trahison de Tourne-Pierre, l'assassinat de Peau-de-Lune, tout cela le met mal à l'aise. Plus que tout, le fait de se trouver dans le camp opposé à celui de Rêve-d'Ailleurs, qu'il a aidé, épaulé, élevé, le remplit de tristesse et de rage.

Il ne veut pas transiger sur le partage du kolpochoerus avec la matriarche.

Il est encore perdu dans ses pensées lorsque le groupe de chasseur arrive à la grande grotte de Ceux-du-Grand-Lac.

Sur la plateforme devant l'arche d'entrée, des femelles sanglotent, des mâles tournent et retournent, se frappent la tête au rocher. Les chasseurs, interdits devant ce spectacle de désolation, laissent tomber leur gibier à terre, se précipitent dans la caverne. Et comprennent.

Les mâles de la Grande-Grotte, même ceux que Mère-des-Grottes humiliait et dénigrait, maintenant prêts à toutes les violences, ramassent déjà des roches tranchantes et des bâtons, suivis par Cherche-Lune. Casse-Cailloux et d'autres s'opposent. Le sang a coulé. Ceux-qui-sont-Debout s'entretuent. Ceux-des-Collines, Ceux-des-Montagnes et Ceux-de-la-Mer doivent vivre ensemble. Qui s'occupera des femelles et des enfants, si les mâles, ivres de haine, s'affrontent ?

La matriarche n'est plus là. Il est temps de trouver comment vivre ensemble sans tyran.

Le regard de Casse-Cailloux, debout, le poing levé, le verbe haut, le pied appuyé sur la carcasse de kolpochoerus étalée sur le sol, passe de l'un à l'autre, dur, incisif. Revient aux plus excités, aux plus haineux.

Un à un, les guerriers lâchent les cailloux, les bâtons, s'assoient dans la poussière.

C'est alors que Cherche-Lune se redresse, vient se camper devant Casse-Cailloux, et l'interpelle d'une voix forte, en gesticulant : Pourquoi Casse-Cailloux est-il prêt à oublier le meurtre de la matriarche ?   Parce qu'il veut la remplacer ? Parce que Rêve-d'Ailleurs était son préféré, l'enfant de la femelle avec qui il vivait ?

Arrive alors Pied-Rapide, parti à la recherche de Tourne-Pierre, que ceux de la grotte ont vu fuir avec le sac de sel. Il annonce que le cadavre de Tourne-Pierre flotte dans le lac, et qu'il a trouvé le sac en peau d'hipparion, vide, qui surnageait. Il brandit devant tous la peau déchirée, sale, encore dégoulinante, et la jette à terre.

Les esprits tanguent, hésitent. Ceux-des-Collines se consultent du regard, des voix s'élèvent : Il y a eu trop de morts dans les deux camps. Et le sel est perdu. Et sans la cupidité de Mère-des-Grottes qui voulait s'approprier tout le sel, rien ne serait arrivé.

Les débats se poursuivent, mais les pierres et les bâtons un à un sont déposés sur le sol, et les mains ainsi libérées, gesticulent et argumentent. Finalement, à nouveau, ceux qui voulaient en découdre s'apaisent, s'en remettent à la sagesse des plus âgés, sur qui maintenant repose le devenir de Ceux-qui-sont-Debout.

Ils se dispersent enfin, lentement, et le cadavre de Mère-des-Grottes est transporté vers l'éboulis, où il est jeté, pour être dévoré par les bêtes de la nuit.

Casse-Cailloux reste un long moment à fixer Cherche-Lune, jusqu'à ce que ce dernier baisse les yeux.

Les nouvelles grottes

Dès qu'ils sont cachés par la distance et les replis de terrain, Voit-Loin, Comme-un-Singe, Rêve-d'Ailleurs et Tonnerre-de-Bois remontent sur la rive et se lancent dans une course effrénée vers le Petit-Lac, qu'ils contournent jusqu'aux grottes.

Ils y retrouvent la horde anxieuse, ils sont entourés, palpés, interrogés. Le temps de reprendre leur souffle, ils intiment à tous de quitter les grottes du Petit-Lac et de fuir vers les montagnes, vers le Lac-des-Sources : Les hordes vont les poursuivre, car Mère-des-Grottes est morte, ainsi que Tourne-Pierre. Le sel, objet de toutes les intrigues, toutes les convoitises, est irrémédiablement perdu.

Le départ s'organise très vite, ils n'ont pas de possessions, pas de provisions, pas d'attaches, si ce n'est la très longue habitude des lieux.

Seul Tonnerre-de-Bois pose son regard, très longuement, la gorge nouée, sur le grand tronc creux dont le battement sourd, sous ses coups, a fait vibrer et danser Ceux-qui-sont-Debout.

Les femelles prennent leur petit sur la hanche, on aide les plus vieux à surmonter leur arthrite, et tous prennent la route, non sans une dernière fois être allés boire à la rivière.

Quelques jeunes adultes, parmi les plus agiles, restent pour rameuter, informer et orienter ceux qui sont dispersés autour des grottes, à chercher de la nourriture, et la horde se met en marche.

Les mines sont défaites, les regards sombres, car c'est, pour eux, la fin d'un monde, même s'ils se souviennent qu'aux dires des voyageurs, Ceux-des-Montagnes sont fraternels et accueillants et que le Lac-des-Sources leur offrira un abri.

La progression est rapide, malgré les faibles et les enfants, car le terrain est facile, en pente douce, le long de la rivière qui descend des lacs situés plus haut dans les montagnes.

Bientôt ceux restés en arrière les rejoignent avec les derniers glaneurs et cueilleurs, les bras encore chargés de plantes comestibles, bienvenues à la courte halte que la horde s'octroie.

Le Gaucher et Marche-la-Nuit restent en arrière-garde, pour détecter la présence éventuelle de poursuivants, mais les deux journées de voyage se passent sans encombre. Tous reprennent, petit à petit, espoir dans un monde paisible.

Les coureurs envoyés devant la horde ont averti Ceux-des-Montagnes. Ils sont attendus : L'étroit chemin qui longe le lac serré entre ses berges pentues, puis qui monte vers les hauteurs, dévoile progressivement les abris sous les grandes dalles couchées sur la pente. Les voyageurs y sont accueillis par la horde du Lac-des-Sources, amassée à l'entrée des grottes.

L'accueil est chaleureux, et les voyageurs, dispersés parmi leurs hôtes, sont bientôt restaurés, caressés, épouillés. Des couples s'isolent dans les recoins, et le bien-être d'une horde amicale fait oublier, pour un temps, la rudesse de la route, le deuil de Peau-de-Lune, l'abandon des grottes du Petit-Lac.

Les voilà tous entassés dans les abris trop exigus pour leur nombre, épaule contre épaule, flanc contre flanc, dans une promiscuité délicieuse d'attouchements, d'odeurs musquées de sueur séchée, de murmures.

Rêve-d'Ailleurs, dans les bras enlacés d'Aime-les-Fleurs et de Deux-Doigts, en vient même à oublier la perte du sel. Bientôt tous trouvent l'oubli dans le sommeil, interrompu parfois par le vagissement d'un petit réclamant une tétée.

Le matin est frais et clair. Depuis les abris, la vue s'étend jusqu'à la rive opposée du lac, et les pentes qui montent jusqu'au plateau où paissent les troupeaux. A l'opposé derrière les grottes, un étroit sentier, piétiné depuis des générations, conduit plus haut aux sources chaudes dans les bassins de pierre, et plus haut encore, au petit lac niché dans le cratère de la montagne.

Ceux-qui-sont-Debout montent parfois jusque là. La végétation sur les pentes du volcan éteint est luxuriante, et les bestioles y sont nombreuses, ainsi que les plantes succulentes. Par contre le petit lac est vide de tout poisson.

Ceux du Lac-des-Sources ont envoyé des guetteurs sur le sentier qui monte du Grand-Lac, pour avertir de l'arrivée éventuelle d'attaquants. Mais de tout le jour, nul n'est arrivé par le sentier.

Aime-les-Mâles, en porte-parole de ceux des Lac-des-Sources, explique que les abris sont trop exigus pour les hordes rassemblées. Toutefois, dit-il, il y a des abris inoccupés plus loin sur la pente, face au lac, au-delà du ruisseau qui s'écoule des sources chaudes. Ceux-de-la-Mer et Ceux-du-Petit-Lac peuvent les occuper, lorsqu'une partie de la terre meuble accumulée sous les plafonds rocheux sera déblayée.

Les jours suivants, entre deux cueillettes ou pêches dans le lac, tous les adultes valides s'emploient à creuser sous les grandes dalles couchées sur la pente, à agrandir les abris bas et encombrés façonnés par les pluies, les éboulements et le ravinement lors des orages. La terre est repoussée avec les mains, creusée avec des bâtons, des cailloux plats.

Bientôt, des espaces suffisants sont aménagés, qui peuvent recevoir les nouveaux venus.

Les guetteurs postés sur les hauteurs redescendent chaque jour avec des regards rassurants. Les craintes d'attaque des grottes de la montagne par ceux des collines s'estompent.

La vie doucement s'organise, les ressources du lac sont explorées, ainsi que celles du plateau tout proche, où de grands troupeaux d'herbivores circulent.

Quelques jours plus tard, la horde nouvellement installée, qui mêle sans plus de distinction Ceux-du-Petit-Lac et Ceux-de-la-Mer, maintenant inconditionnellement unis par leur destinée commune, est invitée à visiter les grottes de ceux qui habitent tout près sur la rive du Lac-du-Haut, qui prolonge vers les montagnes le Lac-des-Sources.

Leurs abris sont situés sur les premières pentes de la Montagne-qui-Fume.

Ils ont longé le lac, puis la rivière qui l'alimente, traversé un des ruisseaux qui descend de la montagne, et sont en vue du Lac-du-Haut, environné de roches volcaniques noires qui émergent des forêts et des prairies.

Les abris sont en vue, très semblables à ceux qu'ils ont laissés derrière eux, des loges sous de grandes dalles de rochers couchés sur la pente.

Des adolescents viennent à leur rencontre, tournoient autour de marcheurs, touchent les inconnus, les escortent jusqu'aux abris.

Voilà la horde qui les accueille, amassée devant les grottes.

Quelques pas devant le groupe, une femelle aux mamelles pendantes scrute intensément les arrivants, s'arrête sur Rêve-d'Ailleurs. Il ne comprend pas immédiatement. Puis soudain, son coeur se met à cogner très fort dans sa poitrine.

Main-Agile s'avance et le serre dans ses bras. La femelle qui lui a donné vie, qui a quitté un jour Ceux-du-Lac-de-la-Tourbière, pour ne plus revenir, est là, dans la montagne, et elle retrouve son fils.

Sur la pente herbeuse qui descend des abris de Ceux-du-Lac-du-Haut vers la surface miroitante du lac, les voilà tous rassemblés. Derrière eux, plus haut, les fumerolles de la Montagne-qui-Fume se découpent, en silhouette, comme d'étroits pinceaux sur le ciel très bleu, que le vent emporte et effiloche.

Ceux-du-Lac-des-Sources, Ceux-du-Lac-du-Haut, et les nouveaux venus Ceux-du-Petit-Lac et Ceux-de-la-Mer, mêlés, fraternels, cassent ensemble des noix, éventrent des poissons, font circuler de main en main des racines comestibles, s'épouillent.

Pour Ceux-de-la-Mer, les conversations sont encore très laborieuses, leur accent les rend difficiles à comprendre, leurs quelques mots sont malaisés, mais ils se sentent déjà acceptés, adoptés par Ceux-des-Montagnes.

Bras-qui-Frappe, Rêve-d'Ailleurs, Tonnerre-de-Bois, Tête-Plume, une belle femelle de ceux du Lac-du-Haut, et quelques autres entourent Aime-les-Mâles. Lorsqu'il a capté leur attention, il ouvre cérémonieusement le poing qu'il avait mystérieusement gardé serré depuis le départ des abris de Ceux-du-Lac-des-Sources.

Sur sa paume, une coquille d'escargot focalise tous les regards. Tous, à l'exception de Ceux-du-Lac-du-Haut, comprennent qu'ils ont sous les yeux la dernière, l'ultime réserve de sel, que Rêve-d'Ailleurs a offert, dans une peau d'oiseau rouge, à Aime-les-Mâles, lorsqu'ils se sont quittés après la première rencontre.

Ceux-du-Lac-du-Haut se pressent, interrogent, veulent savoir.

Aime-les-Mâles, Tonnerre-de-Bois, Rêve-d'Ailleurs échangent des regards, consultent Bras-qui-Frappe et Sans-Petits.

D'un geste lent, Aime-les-Mâles retire le bouchon de mousse séchée qui obture la coquille.

Sans qu'ils aient échangé le moindre mot, la même détermination se fait jour en chacun d'entre eux : Ceux-des-Montagnes iront chercher le sel à la mer.

Les lacs des montagnes

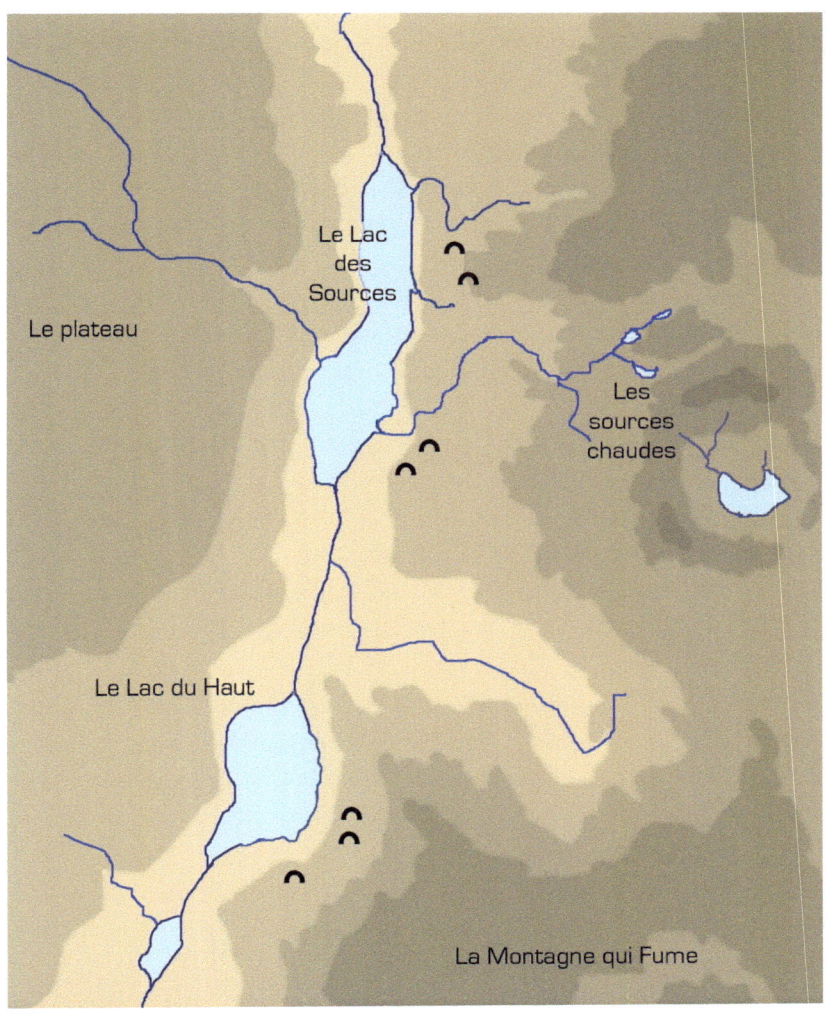

Le Lac
des
Sources

Le plateau

Les
sources
chaudes

Le Lac du Haut

La Montagne qui Fume

Le Lac-du-Haut

La pincée de sel étalée dans la main d'Aime-les-Mâles est cérémonieusement partagée. Du bout des doigts, les adultes les plus influents parmi Ceux-du-Lac-du-Haut prélèvent quelques grains qui suscitent des exclamations et des grognements de surprise et de plaisir. Ici, dans les montagnes, autour des lacs d'eau douce, le goût du sel tant prisé est rare, ténu et convoité. Des rares pierres à sel circulent, apportées par des voyageurs venus des montagnes lointaines.

Mais jamais encore Ceux-des-Montagnes n'avaient soupçonné l'attrait puissant du sel de mer, qui remplit la bouche, puis s'enfuit si vite.

Aime-les-Mâles regarde avec regret sa main maintenant vide, y passe une langue rose qui ne découvre plus qu'une poussière de sel.

Il secoue sans succès la coquille d'escargot vide, examine le petit tampon de mousse sèche qui la fermait.

Son visage s'éclaire un instant lorsqu'il le met en bouche, et qu'un afflux de salive en extrait les dernières saveurs, comme un mirage qui s'évanouit.

Ils sont tous là, Ceux-du-Petit-Lac, Ceux-du-Lac-des-Sources, Ceux-du-Lac-du-Haut et Ceux-de-la-Mer, assis ensemble, les yeux dans le vague, silencieux et consternés. Seul l'enfant d'Aime-les-Fleurs qui demande à téter vagit un instant, jusqu'à ce que très vite sa mère lui offre un mamelon sombre qui interrompt net son cri.

Enfin, Rêve-d'Ailleurs prend la parole, et, avec des mots très simples, des gestes emphatiques, des mimiques et des grimaces, raconte lentement, posément, l'histoire du sel.

Comment il a descendu la longue rivière jusqu'à un lac immense à l'eau salée qui s'appelle la mer.

Comment il a rencontré Ceux-de-la-Mer, et comment la mer qui se meurt laisse dans la lagune des monceaux de sel que Ceux-des-Montagnes ne peuvent pas imaginer.

Comment, aussi, Ceux-de-la-Mer ont dû quitter leur monde qui s'efface, et dont les ressources disparaissent.

Et la remontée de la rivière vers les lacs dans les collines. Les dangers et les peurs. Les tribulations de la horde.

Enfin, les difficultés à s'insérer parmi Ceux-des-Collines, les luttes pour la possession du sel, la mort de la matriarche, et la fuite avec Ceux-du-Petit-Lac.

Rêve-d'Ailleurs se tait, marque une longue pose, puis rajoute que Ceux-de-la-Mer et Ceux-du-Petit-Lac se sentent bien parmi Ceux-des-Montagnes, et que lui, Rêve-d'Ailleurs, a retrouvé ici la femelle qui l'a élevé. Dans son regard brillant qui se tourne vers Main-Agile, ils peuvent tous lire l'émotion, qui maintenant lui noue la gorge.

Bras-qui-Frappe, exprimant haut ce que beaucoup pensent déjà, propose d'envoyer une expédition composée de femelles sans enfants et de mâles, qui redescendra la rivière jusqu'à la lagune asséchée, pour y récolter beaucoup de sel et le rapporter aux hordes des montagnes.

Lui, Bras-qui-Frappe, connait le chemin et ses dangers. Il sait aussi qu'il faudra traverser le territoire de Ceux-des-Collines, qui convoitent le sel.

Lui, Bras-qui-Frappe, demande des volontaires. Il demande à Rêve-d'Ailleurs, qui a déjà descendu la rivière, de participer à l'aventure.

Bouche-Coupée se lève à son tour, demande la parole. Elle rappelle le mal de la tourbière, la violente fièvre qui a terrassé Bras-qui-Frappe tous les deux jours pendant une lune. Cette fièvre qui a aussi rendu Parle-Peu malade. Cette fièvre intense, dit Bouche-Coupée, va revenir. Bras-qui-Frappe ne peut pas partir sur la rivière, à la recherche du sel. Si le mal réapparait, loin des grottes et du soutien de Ceux-qui-sont-Debout, il mourra. Et il en est de même pour Parle-Peu.

Bras-qui-Frappe proteste, conteste, peste et s'énerve. Bouche-Coupée cherche du regard Sans-Petits, la femelle guérisseuse de Ceux-de-la-Mer, en quête d'un appui. Sans-Petits, le regard triste, hoche la tête en signe de confirmation.

Les épaules de Bras-qui-Frappe s'affaissent dans la déception, il grommelle des mots que les autres ne comprennent pas, et finit par s'assoir sur le sol, en signe de capitulation. Que Rêve-d'Ailleurs aille, qu'il emmène ceux qui sont valides, qu'il rapporte le sel !

Des regards s'échangent à nouveau, et le Gaucher, Comme-un-Singe, Voit-Loin, Tête-Plume et Marche-la-Nuit se lèvent. Mange-Chemin et Parle-Oiseau se donnent la main, puis se dressent eux aussi : ils veulent partir ensemble.

Avec un hochement de tête de satisfaction, et l'ombre d'un sourire, Rêve-d'Ailleurs les rejoint, et ils font face aux hordes réunies. Les autres se lèvent, les entourent, échangent des gestes amicaux, des encouragements, des caresses.

Le reste du jour est occupé à se baigner dans le lac, à traquer les poissons dans les recoins peu profonds, à ramasser des escargots, à se reposer.

Les jeunes mâles, ravis de faire la connaissance de nouvelles femelles, les courtisent et les entrainent vers les fourrés.

Le miel

Maître-Abeilles, un mâle de la horde du Lac-du-Haut, vient chercher Rêve-d'Ailleurs qui paresse, couché dans les herbes hautes le long du ruisseau qui dévale vers le lac. Il veut lui montrer quelque chose. Il l'entraîne vers l'entrée du lac, là où la petite rivière qui s'y jette débouche entre les grands arbres qui émergent de l'enchevêtrement de souches pourries et de troncs couchés par les crues, là où sont cachés les terriers de nombreux animaux.

D'un air mystérieux, Maître-Abeilles collecte des galets et des pierres qu'il empile à l'orée de la forêt.

Puis il entraîne Rêve-d'Ailleurs entre les arbres, jusque devant une grande souche cassée bruissante d'insectes. Une colonie d'abeilles y a élu domicile, et les ouvrières arrivent et repartent en nuées, dans un grand bourdonnement d'ailes. Après avoir montré à Rêve-d'Ailleurs la ruche, Maître-Abeilles l'entraine à l'écart, au bord du lac, et lui intime de ne pas bouger.

Maître-Abeilles choisit quelques pierres dans le tas qu'il a préparé, ainsi que parmi les branchages au sol un solide bâton, et s'enfonce à nouveau dans la forêt, vers la ruche.

Après quelques instants de silence, pendant lesquels Rêve-d'Ailleurs est tenté de le rejoindre, Maître-Abeille jaillit à vive allure de la forêt, comme pourchassé par un fauve, se dirige droit vers le lac et y plonge. Derrière lui, une trainée d'abeilles vrombissantes.

Maître-Abeille a choisi un endroit où il pouvait s'immerger complètement, et maintenant il nage sous la surface, tandis que les insectes désorientés s'éparpillent, jusqu'à inquiéter Rêve-d'Ailleurs qui va lui aussi chercher refuge dans l'eau du lac.

Les deux mâles remontent vers les abris à la nage, ne respirant que brièvement, de loin en loin, tandis que les abeilles se font plus rares. Maître-Abeille emporte, dans une main qu'il essaie de maintenir au-dessus de l'eau, un rayon de miel volé à la ruche. Ils abordent la rive juste en-dessous des abris.

Leur retour est observé par ceux qui se promènent sur la grève ou se reposent sur la pente. Dès leur arrivée, les voilà entourés par Ceux-des-Montagnes qui quémandent du miel. Le rayon de cire est en mauvais état, même si Maître-Abeille s'est efforcé de ne pas l'immerger. Mais les abeilles mourantes, les larves et les débris de cire n'empêchent pas les gourmands de se lécher les doigts.

Maître-Abeille, dont les bras sont déjà bouffis par de multiples piqûres, parvient à sauver une partie du miel pour les petits enfants et les plus vieux.

Devant les abris, des morceaux de rayon de cire dégoulinant de miel circulent de main en main, et Ceux-de-la-Mer découvrent la douceur incomparable du sucre. Ils comprennent que ce délice, comparable au sel dans sa rareté, est, lui aussi, difficile à acquérir : Maître-Abeille paie le prix, il souffrira plusieurs jours des piqûres que les abeilles ont infligées à ses bras, son dos et son cou.

La fin de la journée s'approche et ce soir-là, les visiteurs occupent les abords des abris, trop exigus pour accueillir tout le monde, et entre les rochers, dans les recoins, des couples enlacés et impudiques célèbrent le bonheur d'être ensemble, de se sentir forts, de rencontrer de nouveaux partenaires, et l'espoir de trouver, pour tous, du sel en abondance.

Le plateau

Au matin, les visiteurs prennent congé de Ceux-du-Lac-du-Haut, et emmènent Tête-Plume, qui participe à l'expédition, vers le Lac-des-Sources.

Ils y retrouvent aux nouvelles grottes aménagées pour Ceux-de-la-Mer, puis aux grottes de Ceux-du-Lac-des-Sources, ceux qui n'ont pas participé à la visite au Lac-du-Haut. Ils passent là la journée à manger, copuler et dormir, en prévision du lendemain.

Les voyageurs partiront en effet le jour suivant et éviteront les Lacs-des-Collines, en passant par le plateau, où Ceux-des-Montagnes connaissent des points d'eau. Ils rejoindront ensuite la grotte de la cascade, pour reprendre la rivière à partir des rapides.

Les voyageurs descendent se baigner dans le lac dès les premiers rayons du soleil, et pour y boire et manger avant la longue marche loin de l'eau.

Les adieux sont brefs, intenses. Puis les marcheurs longent le lac, et à son extrémité passent à gué la rivière qui s'en écoule. De l'autre côté, au lieu de suivre l'eau, ils montent sur le plateau, dont les contreforts sont boisés de feuillus denses, peuplés d'oiseaux et de singes.

Un peu plus haut la forêt s'éclaircit pour laisser place à des fourrés épars séparés par des étendues herbeuses et rocailleuses. Plus haut encore, la pente s'efface et une grande étendue de savane plate s'ouvre à eux. Des bosquets parsèment une prairie immense où circulent des troupeaux d'herbivores.

Dans le ciel, un moutonnement de petits nuages effilochés éclipse périodiquement le soleil, rendant supportable ses rayons qui dardent dès le matin.

Les marcheurs, qui restent groupés, essaient d'aller de bosquet en bosquet, pour rester le moins longtemps possible loin des arbres où ils peuvent se réfugier si un prédateur menace. Mange-Chemin, le plus rapide à la course, les précède et les avertit d'un cri bref et sonore lorsque la voie est libre.

Vers le milieu du jour, les nuages se dissipent, et la température monte significativement. Très vite les voyageurs sont couverts de sueur et peinent. Ils restent de plus en plus longtemps sous le feuillage bienfaisant des arbres, hésitent à franchir les étendues brûlantes qui les séparent du prochain bosquet, là-bas à l'horizon.

Le Gaucher brise des branches feuillues, comme Parle-Peu l'avait fait pendant le périple qui les a amenés de la mer vers les lacs, et les distribue à ses compagnons. Voit-Loin, Rêve-d'Ailleurs et Comme-un-Singe comprennent tout de suite. Après une démonstration, ceux des lacs, eux aussi, adoptent, avec un sourire de satisfaction, les parasols improvisés.

C'est alors comme un buisson marcheur qui parcourt la savane, jusqu'aux affleurements de rochers et aux rares zones boisées. Ils s'y arrêtent, chaque fois, furètent pour trouver des racines comestibles, des fruits oubliés par les singes, des petits animaux qui rampent.

Ce n'est que lorsque le soleil est descendu vers l'horizon brumeux qu'ils arrivent au point d'eau que Mange-Chemin leur a promis. Ils sont las et assoiffés lorsqu'ils arrivent en vue de la petite rivière, bordée de végétation, qui disparait au loin, dans la direction des lacs.

Ils ne sont pas encore arrivé sur la berge lorsqu'ils voient converger vers le courant un troupeau d'ugandax, aux cornes arquées et aux sabots fendus qui, irrésistiblement, dans un lourd piétinement, s'avancent et investissent la rive boueuse de la petite rivière. Les marcheurs évitent les gros herbivores, au prix d'un détour, pour approcher le courant là où il se faufile entre les rochers couverts de buissons, là où les lourds animaux ne vont pas.

Ils pensent toucher au but, et l'impatience de pouvoir se désaltérer est à son comble, lorsque leur passage se trouve bloqué par une bande hurlante de parapapios. La bande de singes de la savane qui occupe la berge rocailleuse se regroupe à la vue des marcheurs, entourant les femelles aux imposants fessiers turgescents, et les petits. Les mâles se déploient en face des nouveaux arrivants, menaçants, hurlant des invectives. Un grand mâle parapapio dominant s'avance, son museau bleu et rouge vif ouvert sur des canines imposantes. Il gronde.

Renoncer à nouveau et longer la rivière jusqu'à un autre endroit propice pour boire leur semble au-dessus de leurs forces. Mais Marche-la-Nuit et Mange-Chemin connaissent les parapapios. Ils savent que leur bande est dirigée par un mâle autoritaire et despotique, et que le meilleur moyen d'atteindre la rivière est de se débarrasser du grand mâle. Sans chef, désorganisée, la bande se dispersera sans combattre.

Sur un signe de Marche-la-Nuit, ils se retirent jusqu'aux rochers, à l'écart des singes, ramassent tous les cailloux qu'ils peuvent trouver, et les entassent le plus près possible des parapapios, Lorsque les munitions sont suffisantes, ils s'approchent tous, provoquant le mâle dominant qui, furieux, s'avance. S'avance encore, les dents découvertes.

Un cri du Gaucher provoque un déferlement de pierres sur le grand parapapio, si soudain qu'il n'a pas le temps de reculer et de fuir. Il s'affaisse aussitôt, brisé, dans un râle. Ceux-qui-sont-Debout s'avancent en hurlant, tandis que la bande de singe s'écarte devant eux. Le passage vers la rivière est ouvert.

Ils se précipitent. Seul le Gaucher s'attarde, debout au-dessus du grand mâle lapidé, et assène une dernière lourde pierre sur le crâne déjà fracassé du vaincu.

Les parapapios se sont dispersés, on les entend encore dans les fourrés plus loin, mais le danger étant écarté les voyageurs se laissent aller à barboter dans l'eau, que les ugandax buvant en amont ont rendue boueuse. Leur soif étanchée, ils partent à la recherche d'un endroit sûr où passer la nuit, mais les rochers n'offrent aucun abri suffisant, et ils finissent par s'installer dans les fourches des arbres, en hissant des branchages pour confectionner des sortes de nids. Le

Gaucher a trainé la dépouille du singe tué jusqu'aux arbres. Il faut qu'ils coopèrent à plusieurs pour soulever la dépouille sanglante et l'accrocher hors d'atteinte des petits charognards.

Tandis que le soleil plonge derrière l'horizon, ils dévorent le singe, qu'ils ont éventré au moyen d'un cailloux brisé. Ils mâchonnent et arrachent péniblement de leurs dents des lambeaux de peau poilue pour exposer la chair rouge, encore tiède. Il n'en reste enfin plus qu'un tas désarticulé d'os, de viscères et de peau, qui dégringole jusqu'au sol. Demain, ils n'en retrouveront plus rien.

La grotte de la cascade

Ils partent dès les premières lueurs de l'aube, et parcourent sans difficultés le chemin qui les ramène vers les collines, en contournant le Grand-Lac et le Lac-de-la-Tourbière.

Lorsque le soleil passe son point le plus haut, ils quittent le plateau pour un paysage plus hospitalier, plus vallonné, de collines qui descendent par vagues successives vers la rivière. L'ombre des arbres rend la marche moins pénible, même si la progression, dans un sous-bois encombré de fourrés, est ralentie. Ils s'arrêtent pour se reposer dans un petit vallon ombragé parcouru par un ruisseau d'eau fraîche. Ils y ramassent des noix et des racines, et y dénichent des oiseaux dont les oeufs ou les oisillons sont promptement consommés.

Lorsque tombe le soir, ils s'installent pour la nuit dans les fourches basses d'un groupe d'arbres vénérables aux branches énormes, d'où pendent des guirlandes de lianes grosses comme leur bras. Mange-Chemin assure qu'il arriveront à la grotte de la cascade le lendemain.

Au matin le départ est tardif, et ce n'est que vers le milieu du jour que Ceux-de-la-Mer repèrent des endroits familiers où il sont allés naguère collecter de la nourriture. L'étape est proche, et le pas en devient plus vif. Aux abords de l'abri, cependant, sur les conseils de Voit-Loin, ils envoient Mange-Chemin en éclaireur, pour vérifier que la place est libre et que les voyageurs ne vont pas tomber nez à nez avec une expédition de chasse de Ceux-des-Collines.

Mange-Chemin, comme à son accoutumée, revient vite, car il a couru sur presque tout le trajet.

Il arrive, haletant, très excité : La grotte de la cascade est occupée, il a été vu par Casse-Cailloux qui l'habite avec quelques autres du Lac-de-la-Tourbière. Mais Ceux-des-Montagnes, Ceux-du-Petit-Lac et Ceux-de-la-Mer sont les bienvenus.

Les voyageurs, intrigués et méfiants, descendent le sentier qui longe le ruisseau, celui qui alimente la cascade, et arrivent à l'abri.

Casse-Cailloux les y attend, les bras écartés en croix en signe d'apaisement et d'accueil. Quelques autres, peu nombreux, se pressent autour de lui, avec des fruits, des noix et des racines. Rêve-d'Ailleurs reconnait tout de suite Longs-Cheveux, qui porte dans son bras en corbeille un petit enfant accroché à sa mamelle.

Le coeur de Rêve-d'Ailleurs se met à cogner plus fort dans sa poitrine, et son attention a du mal à se concentrer sur ce que dit Casse-Cailloux. Ce dernier explique qu'après la mort de la matriarche et la perte du sel, les hordes restées dans les collines se sont disputées le commandement et les ressources des lacs. Au grottes du Lac-de-la-Tourbière, Cherche-Lune a contesté l'autorité de Casse-Cailloux, qui a fini par quitter la grotte et à s'installer près de la petite cascade, avec quelques fidèles.

Casse-Cailloux, que l'âge et l'expérience rendent sage, dit que les hordes sont désorganisées et trop faibles maintenant pour entreprendre quoi que ce soit contre Ceux-des-Montagnes, et que dans quelques lunes tout sera oublié. Ceux-qui-sont-Debout, peu nombreux, ont besoin les unes des autres, pour échanger des partenaires sexuels et s'entraider quand le gibier est rare.

Les voyageurs, mis en confiance, expliquent au petit groupe rassemblé que tout le sel est perdu, mais qu'ils vont descendre la rivière pour en chercher, là où Rêve-d'Ailleurs a trouvé celui qu'il avait apporté. Le Gaucher s'aventure à dire, après un coup d'oeil latéral à ses compagnons, que si à leur retour ils sont bien accueillis par les hordes, il y aura du sel pour tout le monde.

Ils passent ensemble la nuit dans la petite grotte, non sans avoir mangé tout ce que Ceux-du-Lac-de-la-Tourbière avaient préparé. Bientôt des ronflements couvrent les murmures. Les yeux grands ouverts dans l'obscurité, Long-Cheveux, dont l'enfant s'est endormi, cherche de la main celle de Rêve-d'Ailleurs couché à ses côtés dans le noir.

Sur la rivière

Le départ au matin est difficile, car la tentation est forte de rester dans l'environnement confortable de la grotte de la cascade avec le petit groupe de Ceux-du-Lac-de-la-Tourbière. Ce n'est que lorsque le soleil est déjà haut que la petite bande descend le torrent vers les rapides, qu'elle le longe sur la rive, jusqu'à ce que le cours d'eau s'assagisse et qu'elle puisse poursuivre la descente à la nage.

Les voyageurs apprécient la facilité et la vitesse de leur progression sur la rivière, car ils se laissent emporter par le courant, parfois vif, parfois paresseux, sans qu'ils aient à se préoccuper ni des petits enfants ni du sac de sel qu'il fallait maintenir au sec. Il les emmène entre les collines, à travers des paysages qu'ils ne reconnaissent pas chaque fois, tantôt boisés, tantôt découverts. Maintenant, depuis le milieu de la rivière où ils nagent de concert, ou se laissent simplement flotter, la perspective est différente. Parfois la pluie drue qui s'abat sur l'eau fait comme un rideau qui les empêche de voir les berges, et les oblige à rester très près les uns des autres, jusqu'à parfois constituer de leurs bras et jambes enlacés comme un radeau vivant. Quelques mouvements, presque nonchalants, de leurs mains palmées suffit à maintenir leur nez au ras de l'eau. Lorsque les remous, le sens du courant ou la courbure d'un méandre les pousse vers une rive, quelques battements énergiques de leurs pieds les remettent au milieu du lit de la rivière. Par moment, lorsqu'elle est peu profonde et le courant faible, ils progressent en marchant sur le fond de galets ou de vase.

Ils en profitent parfois, lorsque des poissons filent entre leurs jambes, pour rivaliser d'habileté et tenter de les saisir. Le corps immobile, ils approchent imperceptiblement leurs mains pour enserrer un poisson glissant. Le plus souvent, le corps effilé leur échappe d'un battement de queue. Parfois il parviennent à le saisir. Avant qu'en frétillant il ne puisse se dégager, ils s'empressent alors de mordre fermement dans les ouïes pour ne pas le perdre. Le poisson est ensuite tué entre deux galets, afin qu'il soit inerte, et qu'en se le partageant ils puissent éviter de se blesser la bouche avec les arêtes.

Le soir, ils choisissent un îlot dans la rivière et passent la nuit sous un arbre. Parfois le matin les retrouve trempés par la pluie nocturne. Ils regagnent alors la rive pour y ramasser les escargots et les limaces.

Lorsqu'ils arrivent aux rochers où, à l'aller, ils avaient bivouaqué avec toute la horde de Ceux-de-la-Mer, et rencontré l'imposant troupeau de deinotheriums, ils font étape dans l'abri qu'ils avaient naguère occupé sur la paroi, dans l'anfractuosité où maintenant leur nombre plus réduit leur permet de se loger plus confortablement. En contrebas, la grève où les troupeaux se rassemblent pour se désaltérer est presque déserte car le soleil est encore haut. Seules quelques gazelles viennent furtivement boire, les pattes avant écartées et le cou tendu. Elles relèvent fréquemment leur tête pour surveiller les alentours, tournent leurs oreilles à chaque son, prêtes pour la fuite. A chaque bruit fait par les voyageurs perchés dans les rochers au-dessus d'elles, les gazelles sursautent, font un écart. Ce gibier est bien trop rapide pour Ceux-qui-sont-Debout, sauf s'il parviennent à blesser un animal en le lapidant.

Les voyageurs se souviennent du festin qu'ils ont fait des petits de la mère kolpochoerus, lors de la remontée de la rivière. Aujourd'hui, en prévision d'une chasse, ils accumulent haut sur le rocher des cailloux qu'ils pourront précipiter sur des proies en contrebas.

Ils vont aussi glaner quelques fruits oubliés par les singes, déterrer quelques racines, sans vraie motivation, dans l'anticipation d'une chasse le soir, lorsque les troupeaux viendront boire.

Lorsque le jour décline, ils sont prêts, et guettent l'arrivée sur la grève des herbivores. Cette fois, ce sont les deinotheriums qui arrivent les premiers, en faisant trembler le sol sous leurs pas pesants. Des adultes immenses s'engagent dans la rivière, s'éclaboussent avec leur trompe, barrissent de plaisir. Les chasseurs se tiennent cois, observent, moins impressionnés que lors de leur première rencontre des monstres, mais craintifs quand même. Les ébats des pachydermes s'éternisent, interdisant l'accès de la rivière aux autres troupeaux, qui doivent tenter d'atteindre l'eau en amont ou en aval, là où les berges sont beaucoup plus abruptes. Finalement le troupeau s'éloigne, majestueusement. Une grande femelle ferme la marche, en poussant devant elle de sa trompe et de ses défenses recourbées vers le bas un petit qui trottine.

La voie est libre, et très vite une bande d'hipparions investit la rive. Ils se bousculent avec des hennissements d'impatience, et bientôt la multitude de traces laissées par le sabot central de leurs pattes à trois doigts a oblitéré les larges empreintes rondes imprimées dans la boue par les deinotheriums.

Des coups d'oeil passent entre les chasseurs. Ils attendent qu'un animal s'écarte du troupeau et se rapproche du pied de la paroi, là où il sera aisé de l'atteindre avec les pierres.

Mais le troupeau s'agite, les têtes baissées vers l'eau se dressent, les oreilles battent, une vague d'inquiétude traverse la troupe d'hipparions, comme une houle. Les voilà qui refluent, de chaque côté, et certains déjà s'échappent vers la savane. Hors de vue des chasseurs, un prédateur se coule dans les herbes vers la rivière. Un groupe d'hipparions enfin se rapproche des rochers, dos aux chasseurs, les sens aux aguets, focalisés sur une forme ondulante qui émerge maintenant des fourrés. Un dinofelis solitaire se coule comme un serpent vers la rive.

Une pluie de cailloux tombe soudain sur le dos et la tête de l'hipparion le plus proche, qui s'affaisse, l'échine brisée, provoquant la fuite éperdue des autres, droit vers le fauve dont ils s'écartent au dernier moment. Le dinofelis se détend comme un ressort et intercepte un fuyard, en lui sautant à la gorge. Ils roulent au sol, dans

239

une confusion de pattes agitées, puis l'hipparion après un dernier soubresaut, s'éteint sous les griffes du carnivore.

La grève est maintenant déserte, il ne reste que le dinofelis, qui traine sa victime et s'éloigne, et l'hipparion lapidé par Ceux-qui-sont-Debout, inerte au pied des rochers.

Les chasseurs tremblent encore d'excitation. Le fauve va manger, et ne sera plus dangereux lorsqu'il sera rassasié. Après une attente impatiente, ils descendent prudemment vers la grève. Il faut faire vite, car l'obscurité gagne et les charognards ne vont pas tarder. A l'aide du bord tranchant de galets qu'is ont brisés contre le rocher ils ouvrent le ventre de la proie, en prélèvent le foie qui est immédiatement consommé, découpent les morceaux les plus tendres, avec une frénésie dictée par l'urgence.

Dans la nuit qui s'épaissit, ils entendent bientôt le ricanement d'une bande d'hyènes qui ont senti l'odeur de sang des hipparions, et s'approchent d'un pas balancé. Leurs mâchoires énormes claquent déjà et bientôt elles repoussent les chasseurs qui s'écartent et remontent précipitamment dans les rochers, emportant des lambeaux de viande flasque. De là-haut, dans l'ombre qui gagne, ils entendent bientôt les hyènes se battre autour de la carcasse, ils perçoivent le craquement des os et les glapissements des eucyons qui essaient de grappiller une part de butin.

Ce n'est que tard dans la nuit que le silence s'installe, interrompu de temps en temps par le cri d'un oiseau nocturne.

Repus, fatigués, les voyageurs s'endorment dans la sécurité de leur abri.

Vers la forêt

Les jours suivants les voyageurs avancent bien, en se laissant porter par le courant, parfois accrochés à un tronc flottant, parfois simplement en nageant de concert. La traversée de la zone marécageuse où Ceux-de-la-Mer se sont égarés en remontant la rivière est aisée, et la nourriture abondante. Rêve-d'Ailleurs et ses compagnons sont tout particulièrement attentifs aux embranchements de la rivière, et s'efforcent de bien mémoriser les affluents, pour éviter de se perdre à nouveau au retour.

Ils ne reconnaissent pas l'îlot où ils étaient réfugiés lors de la crue, la rivière a remodelé les berges et les points de repère de Rêve-d'Ailleurs ont disparu. Ceux-de-la-Mer se souviennent alors de la perte de Mange-Beaucoup, emportée par le courant.

Plus loin, la rivière s'enfonce dans le défilé qu'ils ont contourné par le plateau à l'aller. Cette fois, ils se laissent porter par le courant, accrochés à un grand arbre arraché à la rive par la rivière. Ils prennent soin de se regrouper au milieu de ce radeau improvisé, près du grand tronc, afin que les branches les protègent lorsque les remous précipitent l'arbre sur la paroi qui s'élève verticalement, où il est raclé, où parfois même il tournoie, avant de revenir au milieu du courant.

Le défilé est parcouru sous une pluie intermittente, en une seule journée, très éprouvante, pendant laquelle ils sont ballottés, secoués, immergés lorsque leur radeau tangue, tour à tour excités, grisés de vitesse et terrorisés.

Lorsque enfin vers le soir la perspective s'ouvre et que les berges redeviennent accessibles, ils abandonnent l'arbre flottant et vont se reposer sur les rochers, entre les buissons, là où ils peuvent rapidement retourner à l'eau en cas de danger. Ils y passent une nuit réparatrice. Au matin ils vont ramasser de la nourriture avant de se remettre à l'eau pour une nouvelle étape.

Le Gaucher, Voit-Loin et Rêve-d'Ailleurs reconnaissent au passage la petite falaise où est nichée la belle grotte où Ceux-de-la-Mer ont passé quelques jours avant de la quitter précipitamment lorsqu'ils se sont aperçus qu'ils occupaient le repaire d'un prédateur.

Plus loin, les traces de l'incendie dans lequel Ceux-qui-sont-Debout ont failli périr sont encore visibles, même si entre les troncs calcinés et délavés par les pluies la verdure a repoussé.

Ils abordent ensuite le tronçon de rivière qui enroule mollement ses méandres dans la savane, puis dans des forêts clairsemées. Plutôt que de couper les méandres comme Ceux-de-la-Mer ont fait en remontant, ils se laissent porter par le courant paresseux, s'arrêtent de temps en temps sur les îlots encombrés de végétation pour se reposer, dénicher des oiseaux, pêcher. Le voyage est paisible, les prédateurs rares, les proies nombreuses, et la vie facile, même si parfois une pluie drue les oblige à trouver un abri sec sur la berge, un recoin sous un rebord rocheux, une faille, un trou dans un talus.

Les voyageurs, solidaires dans les épreuves, apprennent à se connaître mieux. Sans qu'ils en aient conscience, les différences dans leurs vocabulaires et leurs accents s'évanouissent presque, ils ne constituent maintenant plus qu'une seule horde. La nuit, les femelles et les mâles se retrouvent dans leur abri improvisé en groupes souvent variables, au gré de leurs envies du moment. Seuls Parle-Oiseaux et Mange-Chemin, qui s'étaient plus dès leur première rencontre, ne se quittent pas et ne fraient pas avec le reste de la troupe. Au fil des nuits et des copulations, Tête-Plume et Rêve-d'Ailleurs se côtoient de plus en plus, et parfois s'isolent pour ne retrouver les autres qu'au matin.

Peu à peu, au fil du voyage, la forêt s'épaissit. La rivière s'y fraie un passage ombragé. Lorsque des îlots partagent le courant en plusieurs bras, chacun moins large que le courant principal, la canopée est ininterrompue : les cimes des arbres des deux rives s'entremêlent presque et les singes peuvent traverser en bondissant de branche en

242

branche. Les voyageurs nagent ou se laissent porter par le courant, et parfois agrippent des troncs flottants. Ils n'accostent que pour se nourrir et trouver un endroit sûr pour passer la nuit. Le plus souvent ils dorment sur des îlots.

Ils passent l'endroit où à l'aller, Ceux-de-la-Mer ont rencontré Ceux-de-la-Forêt. Cette fois-ci, ils n'aperçoivent pas les silhouettes poilues aux longs bras.

Quelques jours plus tard, Voit-Loin reconnait la petite île où Ceux-de-la-Mer avaient fait étape, et abattu des oiseaux à coups de galets. Ils abordent le gué et s'y installent pour la nuit. Ils retrouvent les nichées dans les roseaux, à la pointe de l'île, et dînent d'oeufs et d'oiseaux.

Demain, ils arriveront à la mer. L'excitation du Gaucher, de Voit-Loin et de Rêve-d'Ailleurs est palpable, et contagieuse. Cette nuit, ils dorment mal.

La survivante

Lorsque l'horizon rosit et que les oiseaux se mettent à chanter, avant le lever du soleil, ils se mettent en route.

L'impatience les pousse à nager au milieu de la rivière, là ou l'eau est la plus profonde, plutôt que de marcher sur la berge. Ceux-de-la-Mer reconnaissent bientôt des endroits familiers, où ils allaient jadis ramasser des plantes et des fruits.

Vers le milieu du jour, ils arrivent au confluent entre la rivière et le ruisseau. C'est l'endroit où Ceux-de-la-Mer allaient boire et laver leurs aliments, la où la berge portait la trace de leurs allers et venues. Mais n'y a plus maintenant que les empreintes des oiseaux et des petits animaux qui viennent boire, des gros rongeurs et des eucyons.

L'odeur de la mer est déjà prégnante et le Gaucher, Comme-un-Singe, Voit-Loin et Rêve-d'Ailleurs, inhalent profondément, comme ivres. Tout un monde de souvenirs les assaille, et leur fait presser le pas. L'excitation gagne par contagion les autres, qui ont grandi au bord des lacs, et pour qui les effluves d'iode et de goémon sont nouvelles. Bientôt la rumeur de la mer se fait entendre, comme un murmure ininterrompu.

Ils remontent le ruisseau jusqu'à l'endroit où le sentier s'en écarte pour traverser la forêt vers le cirque rocheux dans lequel les dauphins rabattaient les bancs de poissons lors des grandes pêches. Le petit chemin qui se faufilait entre les arbres, naguère marqué par la végétation piétinée et les branches cassées, a presque disparu, avalé par la végétation qui l'obstrue au point que ce n'est qu'en faisant un effort de mémoire que Voit-Loin les mène jusqu'à l'anneau de rochers où les poissons prisonniers étaient massacrés.

A l'orée de la forêt, lorsque la perspective s'ouvre sur le champ de rochers et de sable, et plus loin, sur l'horizon où la terre et l'eau se rejoignent, tous s'arrêtent. Ceux des lacs sont immobiles, la bouche ouverte, les yeux perdus devant l'immensité du panorama. Dans un ciel immense peuplé de quelques nuages effilochés, des oiseaux blancs et noirs tournoient, très haut, en criant. Au-delà du cirque rocheux, et du haut promontoire escarpé qui domine les récifs, une immense étendue d'eau d'un bleu-vert profond, moutonnée par le vent, rejoint l'horizon, à perte de vue, dans une ligne floue estompée par la brume du lointain. Quelques îles parsèment les flots, qui éveillent en Ceux-de-la-Mer des souvenirs de nage, d'oiseaux blancs, d'escalade et de récolte d'oeufs.

Et, par-dessus tout, l'odeur forte de la mer.

Ils sont tous figés par l'émotion. Quelque chose de très fort et de très profond agrippe tout leur être, et fait battre leur coeur plus fort.

Un à un, ils parviennent à s'arracher à la contemplation de la mer, et leur regard parcourt les environs. Devant eux, le grand anneau irrégulier de roches sombres, comme un corral, où Ceux-de-la-Mer pêchaient, délimite un champ de roches irrégulières couvertes d'algues pourrissantes ou séchées. Entre les cailloux, des petites marres asséchées, jadis grouillantes de vie, ne montrent plus qu'un fond de sable et de détritus. De loin en loin, une flaque putride persiste, au-dessus de laquelle bruit une nuée d'insectes. Près du goulet qui relie le cirque rocheux à la mer, au pied de la paroi du promontoire grêlé d'alvéoles et d'anfractuosités, la mer parvient encore, si l'on en juge par les algues fraîches déposées sur les rochers, à envahir l'entrée à marée haute.

Le regard de Ceux-de-la-Mer s'élève sur la paroi rocheuse du promontoire, jusqu'à la poche d'ombre où se situent entrées des grottes qui étaient leur refuge. En les quittant ils y ont laissé les anciens, Oeil-Blanc, Plus-de-Dents, Tête-Nue et Dos-Courbé, qui n'ont pas voulu les suivre sur leur chemin vers les lacs. Que reste-t-il d'eux ?

Les voyageurs écarquillent les yeux dans le grand soleil, leur main en visière sur leur sourcils, mais ils ne voient personne devant les grottes, qui les aurait vus arriver.

Avant d'entamer l'ascension de la paroi, par la petite sente oblique qui mène aux grottes, ils descendent tous vers les vagues, jusqu'au cordon de bois flotté laissé par la dernière marée, où ils s'arrêtent encore, pour regarder, encore. Encore....

Comme-un-Singe, le premier, s'avance dans les vagues, dans de grands éclaboussements et des cris de joie, suivi par Voit-Loin, le Gaucher et Rêve-d'Ailleurs. Ceux-des-Lacs, plus hésitants, aventurent un pied prudent, le retirent lorsqu'une vague monte à leur genou, recommencent. Les voilà enfin tous dans l'eau, à nager et jouer, avec de grands cris. Lorsque Parle-Oiseau pousse la tête de Marche-la-Nuit sous l'eau, et que cette dernière ouvre la bouche, puis se redresse en ébrouant sa longue chevelure noire, la stupéfaction se lit sur son visage dégoulinant. Elle n'ignorait pas que l'eau de la mer avait le goût du sel, mais la surprise, devant l'intensité de la sensation, lui arrache des cris d'extase.

Au milieu du chahut, le regard de Voit-Loin s'élève périodiquement vers les abris, là-haut, mais les arches d'entrées, noyées dans l'ombre, semblent chaque fois désertes.

Elle est la première à sortir de l'eau, à tordre sa chevelure qu'elle enroule comme une natte sur son épaule, et à prendre le chemin des grottes. Les autres la suivent, sans échanger un mot.

Elles sont désertes.

Une odeur musquée toutefois, ainsi que des herbes encore fraîches et des reliefs de repas, leur indiquent qu'elles sont toujours habitées.

Le soleil est encore haut, ils décident donc d'explorer les environs. De l'autre côté du promontoire, la grande plage de galets est déserte. Ils la longent, en marchant dans l'eau qui leur monte aux mollets. Lorsque plus haut sur la grève ils aperçoivent un crabe qui sur ses pattes tendues, arpente les cailloux, Comme-un-Singe ou le Gaucher sortent de l'eau pour le capturer et fracasser sa carapace, y plonger des doigts gourmands et en extraire la chair. Ceux-des-Lacs goûtent d'abord prudemment, puis se prennent au jeu et rapportent des coquillages qu'ils ouvrent et dévorent. Ils arrivent ainsi à la lisière de la mangrove. Parle-Oiseaux, Mange-Chemin, Marche-la-Nuit et Tête-Plume découvrent la forêt dont les racines ramifiées plongent dans l'eau saumâtre, comme suspendue sur un marais, et dont le feuillage dense bruit des cris des oiseaux et des singes. Comme Ceux-de-la-Mer s'y engagent résolument, tantôt immergés, tantôt dans les branches, ils suivent, et découvrent les fruits nouveaux et savoureux que leurs compagnons leur présentent. Ils progressent dans un passage plus large où les branchages ont été brisés par les allers et venues de Ceux-de-la-Mer. L'ombre s'épaissit à mesure qu'ils avancent, et une odeur puissante de mer et de végétaux humides fait remonter en Rêve-d'Ailleurs le souvenir de son premier contact avec la mangrove.

Voit-Loin qui est en tête s'arrête soudain, et le regard fixé sur un point dans l'ombre devant eux, pose sa main fermement sur le bras du Gaucher. Tous s'immobilisent et tentent de distinguer ce qui a attiré son attention.

Un peu plus loin dans les branches, à une longueur de bras au-dessus du niveau de l'eau noire, une forme se déplace lentement. Ils se remettent à avancer et Ceux-de-la-Mer s'aperçoivent qu'il s'agit d'Oeil-Blanc, qui a voulu rester au bord de la mer avec Plus-de-dents, Tête-Nue et Dos-Courbé. L'ancienne finit par les repérer également, et agite un bras maigre.

Les retrouvailles sont poignantes, et Ceux-de-la-Mer prennent la vieille femelle dans leurs bras, et se sont comme des sanglots qui secouent Oeil-Blanc. Ceux-des-Lacs la regardent curieusement, ils n'ont jamais encore vu encore de vieille si mince et pourtant si tonique, et qui malgré sa chevelure blanchie et son oeil éteint, s'aventure si loin de sa grotte pour chercher à manger. Elle les regarde en hochant la tête, dans un geste qu'ils interprètent comme à la fois une salutation et un étonnement.

Ils retournent tous ensemble vers les abris. Comme-un-Singe et Voit-Loin, avec déférence, assistent Oeil-Blanc qui se déplace avec moins d'agilité qu'eux, mais qui décline leur aide lorsqu'ils lui proposent de la porter. La montée vers les grottes est laborieuse, et Oeil-Blanc, bien que vaillante, arrive très essoufflée.

Ils s'y installent ensemble, et lorsque Oeil-Blanc est confortablement allongée sur un lit de feuillage secs, le Gaucher et Comme-un-Singe redescendent vers la mer.

Pendant ce temps Voit-Loin raconte à la vieille, avec des arrêts fréquents pendant lesquels elle rassemble ses idées, les péripéties de la horde qui a descendu la rivière et a rencontré Ceux-des-Lacs. La mort de Mange-Beaucoup et de Un-Bras, la maladie de Parle-Peu et de Bras-qui-Frappe. Les luttes pour le sel, l'accueil de Ceux-des-Montagnes. Les lacs et les gros animaux, la tourbière et le miel.

Le Gaucher et Comme-un-Singe reviennent au coucher du soleil avec un gros poisson que la marée descendante avait laissé prisonnier d'une mare entre les rochers. Oeil-Blanc, qui n'en a pas mangé depuis longtemps, leur fait un accueil enthousiaste. Le poisson est éventré et partagé, et disparait promptement dans les estomacs. Demain, il faudra jeter ce qu'ils n'ont pas mangé, la peau, les viscères, la tête et les arêtes dans l'éboulis, de l'autre côté du promontoire. A cette pensée, le regard d'Oeil-Blanc s'assombrit, et tous sentent qu'elle a le coeur gros. Elle explique, en sanglotant, que c'est là qu'elle a dû précipiter le cadavre de Dos-Courbé, lorsqu'elle est morte après une forte fièvre il y a peu de lunes. Lorsqu'un matin Oeil-Blanc l'a secouée, et que son corps déjà froid n'a pas réagit, il lui a fallu tout le jour pour trainer à grand-peine son cadavre sur le petit sentier escarpé, et le pousser dans le précipice où Ceux-de-la-Mer jetaient tous les restes d'animaux. En quelques jours, les oiseaux et les bêtes de la nuit n'ont laissé que des os et quelques tendons desséchés.

Avant cela, raconte Oeil-Blanc, les deux vieilles ont vécu de nombreuses lunes seules, depuis que Tête-Nue et Plus-de-Dents ont disparu entre la côte et un îlot où ils tentaient de chercher des oeufs.

Depuis la disparition des deux vieux mâles, la vie des deux survivantes n'a pas été trop difficile car les coquillages trouvés sur la grève, les crabes et les fruits de la mangrove sont assez abondant pour elles. Jusqu'à ce qu'après les grandes pluies, Dos-Courbé soit tombée malade. Elle a beaucoup toussé, puis craché du sang, et la fièvre l'a emportée.

Oeil-Blanc se tait, et un silence s'installe un moment.

Puis Rêve-d'Ailleurs, qu'Oeil-Blanc appelle encore le Visiteur, explique qu'ils sont là pour chercher du sel, beaucoup de sel, pour les hordes lointaines des lacs et au-delà. Il va falloir tuer beaucoup de singes pour prendre leur peau, la rouler dans le sel pour qu'elle ne pourrisse pas, la remplir de coquilles d'escargots ou de coquillages remplis de sel. Oeil-Blanc hoche la tête. Elle a besoin de penser à tout cela. Elle parlera demain.

Les sacs de sel

Le lendemain ils vont visiter la lagune asséchée, en laissant Oeil-Blanc dans l'abri. Ils longent la mer, au-delà de la mangrove, jusqu'à la grande plage. Elle est désolée, et seules plusieurs carcasses vides de tortues que Ceux-de-la-Mer avaient dévorées il y a longtemps restent comme des écueils sur le lit de sable sale, au-delà de la limite de la marée haute, au milieu de débris poussés par le mauvais temps, de bois flottés, d'algues à demi desséchées, à demi pourries.

Prises de curiosité, Parle-Oiseaux et Tête-Plume vont examiner un squelette, dont les plaques osseuses sont craquelées, et dont les écailles cornées se détachent.

Ils gravissent la pente raide de la dune en oblique, pour ne pas glisser là où le sable fin se dérobe sous leurs pieds. Du sommet, la vue embrasse toute l'étendue de la lagune asséchée, marbrée de jaune sale et de gris, où rien ne pousse.

Rêve-d'Ailleurs entraine Ceux-de-la-Mer vers le fond de la cuvette, où le sol est recouvert de croûtes de sel. Il s'accroupit pour en gratter avec ses ongles et le porte à sa bouche. Le goût puissant et exquis éclate dans sa bouche. Les autres l'imitent, s'exclament.

Il va falloir trouver des peaux pour transporter le sel.

Il n'y a pas d'hipparions, ici, et Ceux-qui-sont-Debout ne savent pas chasser ces animaux puissants et rapides. Ils se dirigent donc vers la forêt pour y repérer des singes, mais cherchent en vain. Une troupe perchée dans la canopée, loin, s'enfuit avant que les chasseurs ne puissent s'approcher. Le soleil est déjà à mi-course lorsqu'ils trouvent enfin un groupe de grands singes qui patrouillent au sol le long de la rivière. Les chasseurs ne sont pas nombreux, et les singes agiles se dérobent plusieurs fois, avant d'être, enfin, encerclés au bord de l'eau, avec comme seule issue la rivière. Ils courent de long en large, s'agitent, les femelles agrippent les petits accrochés à la fourrure de leur ventre, les mâles montrent les dents, crachent. Les voilà acculés à la berge, et le piège se resserre. Tête-Plume, Mange-Chemin et Comme-un-Singe donnent l'exemple et s'avancent en hurlant et en agitant des branches, en frappant le sol, en gesticulant. Bientôt tous forment un arc de cercle autour des proies, qui se serrent sur la rive, puis finissent, dans la plus grande confusion, par se jeter à l'eau. Les chasseurs n'attendaient que cela : Beaucoup plus rapides et habiles à la nage, ils se jettent sur les singes, et malgré quelques morsures, en noient plusieurs. Les survivants parviennent à traverser et à disparaître promptement dans la végétation, non sans pousser des cris perçants et en secouant le feuillage.

Le Gaucher, Mange-Chemin, Rêve-d'Ailleurs et Marche-la-Nuit regagnent la terre ferme avec chacun un singe pantelant sur l'épaule.

Rêve-d'Ailleurs dissuade ses compagnons de rapporter les singes à la grotte. Il faut les dépecer maintenant, leur fait-il comprendre, et les remplir de sel pour que la peau se conserve. La peau de singe que Rêve-d'Ailleurs avait sélectionnée pour transporter le sel, jadis, en avait été imprégnée toute de suite. La peau de l''autre singe, chassé en même temps, mais qui n'avait pas été immédiatement salée, a pourri. Ils cherchent donc tous des cailloux tranchants et ouvrent les ventres, s'aident de leurs dents et de leurs ongles, dégustent le foie et les partie tendres. Rêve-d'Ailleurs va, vient, donne des instructions, mime ce qu'il y a à faire, s'agite.

Les peaux sanguinolentes, imparfaitement nettoyées et encore poisseuses de sang, sont trempées dans la rivière, puis traînées jusqu'à la lagune. Là, ils raclent du sel qui se décolle par croûtes friables du sol, et en bourrent les peaux.

Le soir est déjà proche, ils sont en rond autour de leur butin, las et satisfaits, goûtant un peu de repos.

Lorsqu'ils décident de rentrer vers les grottes, ils accrochent les peaux par les pattes des singes au branches squelettiques d'un des arbres morts aux troncs blanchis, qui émergent comme des spectres du sol aujourd'hui stérile de la lagune. Les encyons ne pourront pas atteindre les peaux. L'odeur de sel et la désolation du lieu dissuaderont les charognards.

La horde reviendra demain pour collecter des coquillages et des coquilles, et les remplir de sel.

Epuisés et contents ils reprennent le chemin du retour, emportant le foie d'un des singes pour Oeil-Blanc, et glanant sur leur route quelques fruits dans la mangrove.

Le jour suivant, dès le lever du soleil, les voilà en route pour la lagune, où ils retrouvent les peaux de singe intactes.

Ils les étalent au soleil, les vident du sel qu'elles contiennent, raclent encore les restes de viande coriace et les filaments qui adhèrent aux peaux.

Commence alors un travail fastidieux : Remplir des coquilles vides qu'ils vont ramasser dans les environs et jusque sur la plage.

Vers le soir ils reviennent chargés des sacs de peau remplis de coquilles pleines de sel, et obturées par des tampons de mousse sèche bien tassée. Le bruit des coquilles qui s'entrechoquent dans les sacs rappelle à Ceux-de-la-Mer celui qu'il ont entendu tout au long du premier voyage vers les lacs, et qui leur était devenu si familier.

Casse-Cailloux

La vie dans la grotte de la cascade est bien différente de celle des grottes du Lac-de-la-Tourbière, et Casse-Cailloux et les quelques proches qui l'ont accompagnés là ont la nostalgie de la grève, de la vue sur le lac, des crocodiles et des archeopotamus vautrés dans l'eau, des tapis roseaux pleins d'oiseaux. Ici, la vue est moins large, même si depuis la hauteur on peut voir au loin le moutonnement de la forêt. La grotte est confortable, sèche et sûre, et le ruisseau qui cascade depuis les hauteurs est frais et vivifiant. Plus bas, il se jette dans la rivière sur le tronçon mouvementé des rapides. Mais la pêche y est malaisée, il faut remonter le courant jusqu'au-dessus des rapides pour trouver des coins plus calmes, où capturer des écrevisses, ramasser des poissons échoués, et dans les roseaux, des grenouilles et des oeufs d'oiseaux.

Sur les hauteurs, toutefois, abondent les figues dont les habitants de la grotte se gavent.

Le petit groupe a de temps en temps quelques nouvelles de Ceux-du-Lac-de-la-Tourbière et Ceux-du-Grand-Lac, car Coeur-Rapide, un jeune mâle, remonte de temps en temps vers le lac pour rencontrer Ciel-dans-l'Oeil, l'adolescente aux yeux étranges qui était là lors de l'attaque et de la mort de la matriarche.

Elle lui raconte que Ceux-qui-sont-Debout sont divisés, que beaucoup demandent l'apaisement, mais que Cherche-Lune, qui ambitionne de diriger la horde, crie vengeance et harangue les mâles pour les enrôler dans une expédition punitive aux Lacs-des-Montagnes. Ceux-des-Montagnes, prétend Cherche-Lune, ont encore du sel. Le sel est à tous. Il faut aller le leur prendre.

Tous ceux qui aimaient rendre visite aux autres hordes, pour rencontrer des partenaires sexuels, chasser ou pêcher ensemble, ou simplement parler pour se vanter ou se plaindre, regrettent l'enfermement des grottes sur elles-mêmes. Finie la Grande Viande où tous partagent. Ils ne goûteront plus le miel de Ceux-du-Lac-du-Haut, ni les fruits fermentés de Ceux-du-Lac-des-Sources.

Casse-Cailloux attend. Il attend que le mécontentement grandissant exclue Cherche-Lune, et que lui, Casse-Cailloux, puisse proposer d'aller rencontrer Ceux-des-Lacs pour rétablir la fraternité.

Aux sources chaudes

L'attente est longues pour ceux des Lacs-des-Montagnes, qui comptent désormais parmi eux Ceux-de-la-Mer et Ceux-du-Petit-Lac. Les voyageurs qui sont partis vers la mer en quête de sel sont absents maintenant depuis plusieurs lunes. Ceux qui sont restés autour des Lacs-des-Montagnes se sont fondus en une communauté unie. Oeil-qui-Rit partage ses nuits avec Parle-Peu, ainsi que Longues-Mamelles avec Bras-qui-Frappe. De temps en temps, d'autres femelles ou d'autres mâles participent à leurs ébats, au gré des envies et des circonstances. Maître-Abeilles prend soin de Deux-Doigts, d'Aime-les-Fleurs et de leurs petites, leur apporte des fruits qu'il va chercher loin dans la montagne, et même, lorsqu'il trouve le courage d'affronter les piqûres des abeilles, du miel qu'il va voler dans les ruches à l'orée de la forêt.

Aime-les-Mâles entraîne presque quotidiennement Tonnerre-de-Bois, pour qui il s'est pris d'une grande affection, jusqu'aux sources chaudes, sur les contreforts de la montagne, au-dessus du Lac-des-Sources.

Le matin, dans le petit bassin de pierres où s'écoule l'eau chaude et odorante, un nuage de vapeur enveloppe les baigneurs, comme une ouate épaisse. Seul le clapotis du filet d'eau qui suinte du rocher perturbe le silence.

Ils y sont souvent seuls et passent du temps l'un contre l'autre à se donner du plaisir. Ils parlent également des hordes, de la discorde entre les grottes. Ils espèrent que Casse-Cailloux, qui n'a participé à aucun affrontement, contribuera à apaiser les esprits.

Bras-qui-Frappe et Parle-Peu ont eu tous deux, presque en même temps, de nouveaux accès de fièvre, de tremblements et d'abattement. Sans-Petits est restée près d'eux, leur a apporté à manger, leur a donné à boire en faisant de multiples allers et retours au lac pour en revenir les joues gonflées d'eau. Quand ils ont à nouveau pu marcher, Aime-les-Mâles les a d'autorité emmenés aux sources chaudes.

La vie coule paisiblement aux Lacs-des-Montagnes, la saison est propice et les cueillettes sont abondantes. Pourtant très souvent maintenant, la terre tremble, et des fumerolles s'élèvent plus nombreuses de la Montagne-qui-Fume.

L'arrivée

Ils ont marché pendant de longs jours, remontant le cours d'eau comme la horde de Ceux-de-la-Mer l'avaient fait. Cette fois, il n'y a pas d'enfants parmi eux, ni de femelles grosses, mais ils ont avec eux des sacs de peau gonflés de sel, qu'ils ont dû porter sur leur dos, préserver de la pluie et de l'immersion. Les peaux des singes qu'ils avaient tués avant leur départ de la mer se sont déchirées et ont pourri, et il ont tué d'autres proies pour s'approprier leur cuir. Plusieurs kolpochoerus et une hyène y ont laissé leur vie.

Eux sont sains et saufs, ils ont échappé par deux fois à des fauves, et ont anticipé suffisamment une crue d'orage pour se mettre à l'abri de la montée des eaux.

Avec eux marche Oeil-Blanc, l'ancienne des grottes de la mer. Ils ont dû la convaincre, ils ont insisté, ils l'ont presque emmenée de force, et elle marche à petits pas. Souvent, dans les passages les plus difficiles, il l'ont aidée, et parfois même portée. Elle est avec eux, vaillante et lucide, son oeil valide pétillant, le verbe prompt. Tout au long du chemin, les voyageurs lui ont réservé les nourritures les plus riches, les morceaux tendres quand ils abattaient une proie, les fruits les plus doux. Malgré la longue marche, sa chair est ferme sous la peau ridée, et ses joues ont repris un peu de rondeur.

Le Gaucher, Voit-Loin, et les autres marcheurs de l'expédition la consultent dès qu'une décision doit être prise. Pleuvra-t-il demain ? Auront-ils suffisamment bu pour endurer le soleil de la journée ? Ce champignon est-il comestible ?
Au fil des jours, Oeil-Blanc est devenue leur conseillère, leur mère, leur patronne.

C'est le matin, et ils abordent maintenant le dernier tronçon de la rivière, tout près des lacs, là où les rapides obligent à marcher haut sur la grève. A l'approche du petit torrent qui descend de la colline et longe la grotte de la cascade, ils envoient Mange-Chemin en éclaireur. Casse-Cailloux est-il toujours là ? Est-ce sans danger de venir à la grotte ?

L'attente n'est pas longue. Ils entendent du bruit sur le sentier, des pierres qui roulent. Voilà Mange-Chemin, suivi de Casse-Cailloux et de Longs-Cheveux.

L'accueil est chaleureux. Les peaux remplies de sel font impression. Casse-Cailloux étreint tour à tour tous les arrivants, à l'exception d'Oeil-Blanc, dont il prend les petites mains fripées dans les siennes, et qu'il regarde longuement. La vieille soutient son regard, de ses yeux sombres et brillants nichés entre ses paupières ridées. Après un instant suspendu, ils hochent tous deux lentement la tête.

Long-Cheveux quant à elle, qui est venue sans son enfant resté dans la grotte, est résolument allée se blottir dans les bras de Rêve-d'Ailleurs, et dévisage, d'un regard provoquant, Tête-Plume et Parle-Oiseaux.

Bientôt les sacs de sel sont rechargés sur les épaules, et ils montent tous vers l'abri, dont repart presque immédiatement un petit groupe en quête de nourriture pour les nouveaux venus.

Ce soir-là, Casse-Cailloux encourage les voyageurs à poursuivre jusqu'aux grottes des montagnes, en évitant le Lac-de-la-Tourbière et le Grand-Lac. L'abondance de sel renforcera l'influence de Ceux-des-Montagnes. Ceux-des-Collines, sans matriarche, divisés, vont demander une alliance et un retour à la fraternité. C'est l'occasion de retrouver la paix, mais le sel doit rester sous le contrôle de ceux qui l'ont cherché.

Les regards convergent vers Oeil-Blanc, qui d'un lent hochement de tête, approuve.

Après être allés se soulager dans les éboulis, ils rejoignent tous l'abri, et se blottissent sur les lits de fougères séchées et de feuillage. Long-

Cheveux enlace Rêve-d'Ailleurs, et Tête-Plume et Parle-Oiseaux trouvent promptement des partenaires ravis de leur visite. Ce n'est que longtemps après le coucher du soleil qu'ils sombrent tous dans le sommeil.

Oeil-Blanc

Après avoir laissé quelques coquilles de sel aux occupants de la grotte de la cascade, les voyageurs repartent. Ils suivent le conseil de Casse-Cailloux, et contournent les lacs des collines par le plateau, comme ils l'ont fait à l'aller, pour rejoindre Ceux-des-Montagnes. Ils envoient Mange-Chemin, qui piaffe d'impatience, avertir les grottes de leur arrivée.

Lorsqu'ils abordent la pointe du Lac-des-Sources, ils sont tous là, à les attendre, avec des poissons, des fruits, des cris et embrassades.

Oeil-Blanc est traitée avec déférence. Elle est sage, elle est vieille, elle vient de très loin, elle sait beaucoup de choses. Les femelles se pressent autour d'elle, lui proposent les meilleurs morceaux, les fruits les plus sucrés.

Oeil-Blanc accepte, cache sa surprise d'être l'objet de tant d'attentions, elle qui n'était qu'une ancienne parmi d'autres, dans le monde de Ceux-de-la-Mer. Elle qui a été seule, qui pensait mourir seule, maintenant est adulée et choyée.

Tonnerre-de-Bois et Aime-les-Mâles se disputent pour porter l'ancienne jusqu'aux abris, puis décident de se relayer. Ils lui font visiter les grottes, les lacs, puis l'invitent aux sources chaudes. Oeil-Blanc découvre l'eau chaude avec autant de surprise que Ceux-de-la-Mer en avaient éprouvée à leur arrivée au Lac-des-Sources. Ce soir-là ses vieilles jambes lui semblent moins douloureuses, moins raides, et sa peau plus douce.

Au coucher du soleil, une coquille de sel passe de main en main, et chacun, même les petits, goûte ce qui fait l'objet de tant de convoitise.

Les jours suivants, ceux qui se nomment maintenant d'un commun accord la Grande-Horde-des-Montagnes s'organisent et s'installent. Oeil-Blanc trouve une place dans l'abri le plus proche des sources chaudes, où elle va régulièrement. Les mâles et les femelles se répartissent dans les grottes en fonction des affinités amicales et sexuelles.

Les sacs de sel sont cachés dans un recoin bien sec, dans une des grottes du Lac-du-Haut qui était jusqu'alors inhabitée.

Maître-Abeilles apprend à Comme-un-Singe comment collecter le miel des abeilles sauvages qui peuplent les prés et la forêt, au pied de la Montagne-qui-Fume. La première fois que Comme-un-Singe éventre à coup de pierre une souche sèche, pour atteindre la ruche à l'intérieur et prélever un rayon de miel, il se fait tellement cruellement piquer qu'il est malade toute une nuit. Sans-Petits appelée à ses côtés urine sur ses piqûres puis y applique des compresses de mousse imbibée d'eau du lac.

Maître-Abeilles doit alors insister beaucoup pour que Comme-un-Singe fasse une seconde tentative. Ce n'est que presque une lune plus tard qu'il s'y aventure à nouveau. Cette fois il parvient à plonger dans le lac avant de subir de trop nombreuses piqûres.

Le rayon de cire passe alors de mains en mains, et chacun lèche avec délectation le miel qui s'en écoule, et les regards approbateurs décident Comme-un-Singe à réitérer l'expérience.

Oeil-Blanc est maintenant bien installée, et elle a pris ses habitudes. Elle est régulièrement consultée lorsqu'une situation inhabituelle survient, où qu'un de la Grande-Horde-des-Montagnes est malade. Elle dépêche en général Sans-Petits, après qu'elles aient parlé des plantes qui guérissent.

Le soir, quand l'ombre rampe dans les abris, et que Ceux-qui-sont-Debout sont rassemblés devant les rochers, et que les insectes lumineux constellent les buissons, Oeil-Blanc raconte la mer. Avec ses mots à elle, posément, en s'arrêtant de longs moments pour contempler le large ruban clair de la voie lactée ou le croissant blanc de la lune, elle évoque les dauphins, cette horde de la mer que Ceux-des-Lacs n'ont jamais vue. Elle parle des îles et des embruns, des tortues et des coquillages. Et du monde perdu.

Délégation

Ceux-des-Lacs sont en émoi.

Coeur-Rapide, un jeune qui a suivi Casse-Cailloux à la grotte de la cascade, vient régulièrement rendre visite à Ciel-dans-l'Oeil, la jolie jeune femelle de la grotte du Grand-Lac. Le manège dure depuis que les hordes se sont brouillées. Les deux jeunes colportent des informations, et ce soir-là, Ceux-des-Lacs apprennent qu'une expédition est de retour de la mer avec des sacs de sel. Les voyageurs ont quitté la grotte de la cascade pour rejoindre Ceux-des-Montagnes. Le sel est de retour, et avec lui, une vieille vénérable qu'ils appellent Oeil-Blanc et dont ils prennent grand soin.

Des voix s'élèvent pour dépêcher des émissaires aux grottes des Lacs-des-Montagnes.

Il faut proposer la paix, rétablir l'échange des partenaires et la fraternité, le partage des grandes proies, du Champignon-du-Rêve, du miel et.... du sel.

Bientôt, Cherche-Lune reste le seul à s'y opposer, évoquant les morts, la disparition de la matriarche, les affronts et les disputes.

Une lune s'écoule, de palabres et d'hésitations, d'allers et venues entre les grottes.

Un soir, Ceux-du-Lac-de-la-Tourbière et Ceux-du-Grand-Lac sont rassemblés, assis ou accroupis, devant la grande grotte du Grand-Lac. Le soleil qui se couche derrière eux, sur les collines, dans une débauche de rouges et de jaunes, projette sur le lac étendu devant eux une lumière dorée.

Les conversations sont tombées. Tous sont silencieux et songeurs. Pied-Rapide, le plus vif et le plus hardi de Ceux-du-Grand-Lac, se lève soudain, s'approche à le toucher de Cherche-Lune, assis le dos contre la paroi, en retrait, et en parlant lentement et distinctement pour que tous entendent, lui déclare que Ceux-des-Collines vont envoyer des émissaires aux Grottes-des-Montagnes. Ils vont demander l'arrêt des hostilités, ils vont demander des femelles et du sel, et proposer une grande chasse à l'archeopotamus.

Cherche-Lune bouillonne instantanément : La haine dans les yeux, un rictus sur les lèvres, il repousse violemment Pied-Rapide, puis se lève, le dos au rocher, les mains en appui sur la paroi. Il sent qu'il est identifié comme le fauteur de trouble, il écume de rage et se rebelle.

Pied-Rapide, sentant que c'est lui qui exprime l'avis du plus grand nombre, tient bon. Peu à peu, Ceux-des-Lacs se regroupent derrière lui, silencieusement. La masse des épaules et des regards durs, des poings serrés, des bouches silencieuses écrase Cherche-Lune, qui comprend enfin qu'il a perdu.

Acculé au rocher, désavoué, seul, Cherche-Lune réalise qu'il n'a d'autre alternative que de partir, aux périls des fauves, de la faim et de la solitude, et de chercher, au-delà des Lacs-des-Montagnes, une autre horde.

En rasant la paroi, il s'écarte, et les regards le suivent jusqu'à ce qu'il disparaisse dans la nuit.

Ceux-des-Lacs ne le reverront plus.

Comme un comme un rocher qui se serait subitement détaché de la montagne pour dévaler dans la pente, les langues se délient, et il est promptement décidé d'envoyer à Ceux-des-Montagnes une délégation leur demandant l'apaisement, la confiance, la fraternité. Les morts seront oubliés, les lunes à venir seront belles.

Demain, dès demain, un petit groupe mené par Pose-ses-Mains ira vers Ceux-des-Montagnes, pour essayer d'obtenir la paix. Pied-Rapide ira au lac de la cascade pour informer Casse-Cailloux de la situation.

Ciel-dans-l'Oeil, évidemment, propose de l'accompagner.

Retour vers les collines

La terre a tremblé cette nuit. Ceux du Lac-des-Sources, terrés dans leur abri, ont senti les tressaillements du sol, puis le grondement puissant et sourd des rochers détachés de la montagne, qui roulent sur la pente. Une peur intense leur serre la gorge, et fait couler le long de leur dos une sueur glacée. Les petits enfouissent leur visage dans la chevelure de leur mère. Aime-les-Mâle sent la main de Tonnerre-de-Bois serrée sur son avant-bras, les ongles fichés dans sa peau. Lorsque tout s'arrête, ils restent tous éveillés, les yeux ouverts, jusqu'au matin.

Lorsque le soleil émerge de derrière la montagne, ils voient que les éboulis ont changé, et que de nouveaux rochers recouvrent par endroit ceux que le précédent tremblement de terre, dont parlent les anciennes, avait fait rouler de la montagne.

Le matin est calme, et bientôt, la crainte dissipée, ils vaquent à leurs ramassages de nourriture et à leurs pêches.

Vers le soir, un sifflement strident fait lever toutes les têtes. Le veilleur posté plus haut depuis le début du conflit avec Ceux-des-Collines signale de nouveaux arrivants. Ces derniers sont bientôt en vue. Ils ne portent ni cailloux ni bâtons et sont en petit nombre. Ceux-de-la-Montagne, un peu rassurés, les attendent.

Pose-ses-Mains marche en tête, elle s'avance, les paumes en l'air, détaillant un à un ceux qui s'écartent sur son passage, et qui la laissent marcher jusqu'aux grottes.

Ils sont debout, ils s'observent. Finalement Aime-les-Mâle s'assoit, invitant ainsi les visiteurs à en faire de même.

Pose-ses-Mains parle enfin. Elle déclare que Ceux-des-Collines veulent partager les proies du lac, fraterniser à nouveau avec Ceux-des-Montagnes, copuler avec eux. Et partager le sel.

Elle déclare que Cherche-Lune est banni. Que certains parmi Ceux-des-Collines veulent venir vivre dans les montagnes, et si Ceux-des-

Montagnes en retour veulent venir aux Lacs-des-Collines, ils seront les bienvenus.

Aime-les-Mâles et ceux qui sont assis avec lui écoutent, et ne répondent rien.

Sur un signe discret d'Aime-les-Mâles, quelques-uns se lèvent. Ils reviennent peu après en compagnie d'Oeil-Blanc qui s'installe devant les ambassadeurs des Collines. Pose-ses-Mains comprend que l'avis de la vieille est déterminant. Elle répète le message, le ponctue de grand gestes emphatiques.

Tout l'espoir de Ceux-des-Collines est dans sa voix, dans ses gestes.

Les regards de Ceux-de-la-Montagne se tournent vers Oeil-Blanc, qui, très doucement hoche la tête. Oui, elle pense que la délégation est digne de confiance.

Le lendemain, vers le milieu du jour, Tonnerre-de-Bois, Aime-les-Mâles, Rêve-d'Ailleurs, Maître-Abeilles, Pose-ses-Mains et quelques autres prennent le chemin des grottes de Ceux-des-Collines. Ils emportent avec eux un sac de sel, et, enveloppés dans de grandes feuilles vertes, des rayons de miel, que Comme-un-Singe et Maître-Abeille ont périlleusement volés aux ruches de la forêt le matin même. Maître-Abeille exhibe comme des trophées son cou et ses épaules boursoufflés de piqûres.

Le tambour de bois

Ceux-du-Grand-Lac, qu'ils paressent devant la grotte, qu'ils sillonnent les collines à la recherche de nourriture, ou qu'ils guettent, immobiles, une grenouille qu'ils veulent saisir avant qu'elle ne bondisse, se figent subitement.

Là-bas, au-delà du lac, un coup profond, sourd et familier, mat et puissant, résonne. Non, ils ne se sont pas trompés : D'autres coups suivent, beaucoup d'autres, qui ramènent des vagues de souvenirs d'un temps meilleur. Le grand tambour de bois dans la grotte abandonnée du Petit-Lac, sonne le retour de Ceux-des-Montagnes.

Sans se concerter, ils convergent maintenant vers le Petit-Lac, à l'exception de Pied-Rapide, qui spontanément part en courant avertir Ceux-du-Lac-de-la-Tourbière et Ceux-du-Lac-de-la-Cascade.

Au fur et à mesure de leur approche, le rythme lancinant du grand tronc creux se fait plus puissant. Lorsqu'ils débouchent devant la grotte ils y découvrent Tonnerre-de-Bois, Aime-les-Mâles, Rêve-d'Ailleurs, Maître-Abeilles, Pose-ses-Mains et quelques autres.

Tandis que Tonnerre-de-Bois, inlassablement, un bâton dans chaque main, qu'il lève haut au-dessus de sa tête, martèle le tambour, Ceux-qui-sont-Debout, sans échanger un mot, s'étreignent, soulagés.

Avant la fin du jour, tous Ceux-des-Collines sont rassemblés autour du tambour de bois, serrés à l'entrée de la première salle de la grotte. Seul manque Cherche-Lune, qu'on ne reverra plus. Qu'on espère bien ne plus revoir.

Casse-Cailloux, Maître-Abeilles, Rêve-d'Ailleurs et d'autres se tiennent par l'épaule, comme pour ne plus se perdre. Les nourrissons blottis contre leur mère jettent des regards étonnés, et tressautent à chaque battement du gourdin sur le grand tronc creux.

Des couples s'étreignent, se câlinent.

Bientôt, des Champignons-du-Rêve circulent, sortis on ne sait d'où. Certains se rappellent alors de Peau-de-Lune, puis se laissent aller dans l'ivresse du moment, où tous tanguent, comme la houle, dans le rythme du tambour, jusque tard dans la nuit. Ils s'assoupissent les uns après les autres, serrés, entassés dans l'espace trop petit.

Ensemble.

La nouvelle matriarche

Ils ont installé Oeil-Blanc dans la grande grotte du Grand-Lac. Elle ne comprend pas l'attention qu'elle suscite, le respect et la vénération. Elle n'a pas voulu siéger sur la plateforme de pierre d'où Mère-des-Grottes distribuait des ordres, mais plutôt au fond de la grande salle, au pied de la paroi, à un endroit bien sec et abrité des courants d'air. Les femelles lui ont confectionné un épais matelas de plantes sèches qu'elle a choisies elle-même, parmi celles qui sentent bon et qui guérissent.

Après la réconciliation à la grotte du Petit-Lac, au son du tambour de bois, la horde est venue la chercher aux grottes du Lac-des-Sources.

Elle est venue à petits pas tranquilles lorsque le terrain était facile, portée par les mâles lorsqu'il était accidenté. Tous l'attendaient.

Son grand âge, sa sagesse, sa clairvoyance et sa bienveillance, rapportés par ceux qui l'on côtoyée, puis amplifiés jusqu'au mythe, ont rassemblé tous les suffrages.

Elle comprend que Ceux-qui-sont-Debout attendent d'elle des conseils, des recommandations, des arbitrages.

Une fois accoutumée à sa nouvelle vie, Oeil-Blanc prend la décision de ne pas rester en permanence dans la grotte du Grand-Lac, mais de circuler, de visiter régulièrement toutes les grottes. Là, les femelles les plus avisées l'informent et lui prêtent main-forte, les mâles les plus influents lui demandent conseil. Oeil-Blanc encourage le partage des grandes proies qu'on ne pouvait tuer qu'en étant un grand nombre. Elle demande à Maître-Abeille d'enseigner à d'autres la collecte du miel, à Oeil-qui-Rit la manière de faire fermenter des fruits. A Sans-Petits de collecter des plantes qui guérissent.

Le sel, naguère objet des convoitises et source de conflits, est réparti entre les grottes, sous la garde d'un adulte de confiance.

La nouvelle matriarche recommande d'en consommer avec parcimonie.
Lorsqu'il viendra à manquer, il faudra aller en rechercher.

La route du sel

Depuis des générations, ceux qui se nomment le Peuple-du-Sel parcourent la longue vallée ramifiée où s'égrène un chapelet de lacs, et qui s'étire depuis au-delà des Montagnes-qui-Fument jusqu'à la mer.

Les mères de leurs mères racontaient que dans des temps anciens, leurs hordes vivaient au milieu d'animaux désormais oubliés, au bord de la mer.

La mer qui a vu naître leur race, où ils ont grandi, où ils se sont dressés sur leurs jambes et où ils ont appris à parler. La mer qui interminablement se meurt en laissant des étendues stériles de sel, des rivages morts et des lagunes asséchées.

Les anciennes disent que Ceux-qui-sont-Debout sont partis pour peupler les lacs et les rivières, les étangs et les ruisseaux, pêchant, chassant, ramassant des fruits, des noix et des petites bêtes.

Les anciennes disent qu'un jour l'un de Ceux-des-Lacs a redescendu la rivière. Tout au bout du bout, au bord de la mer, il a découvert une horde qui ne l'avait jamais encore quittée.

Il y a aussi trouvé du sel, beaucoup de sel. Il en a rapporté.

Depuis, Ceux-des-Lacs et Ceux-des-Rivières, génération après génération, descendent à la mer pour s'y approvisionner.

Ils rapportent à grand-peine vers les montagnes le sel dans des sacs en peau de bête qu'ils remontent jusqu'au-delà des Montagnes-qui-Fument, dans des régions lointaines où des hordes inconnues habitent d'autres rivières et d'autres lacs.

Ils l'échangent contre du miel, de la viande, des noix, des Champignons-du-Rêve. Qu'ils rapportent dans leurs sacs de peau de bête.

Ils sont le Peuple du Sel.

Ce livre a été imprimé par BoD-Books on Demand, Norderstedt, Allemagne

Dépôt légal : mai 2017